심복사

심복사

초판 1쇄 발행 2019년 9월 17일

지은이 | 우한용
펴낸이 | 지현구
펴낸곳 | 물레
등 록 | 제406-2006-00007호
주 소 | 경기도 파주시 광인사길 223
전 화 | (031)955-7580
전 송 | (031)955-0910
전자우편 | mulle7@naver.com
블로그 | https://blog.naver.com/spin_wheel

값은 뒤표지에 있습니다.

ISBN 978-89-88653-64-7 03810

이 도서의 국립중앙도서관 출판예정도서목록(CIP)은 서지정보유통지원시스템 홈페이지
(http://seoji.nl.go.kr)와 국가자료종합목록시스템(http://www.nl.go.kr/kolisnet)에서
이용하실 수 있습니다.(CIP제어번호: CIP2019033780)

심복사

우한용 장편소설

물레
books

조지아, 므츠헤타의 즈바리 수도원에서, 우한용 촬영.

"혜초가 여기까지 와서 기독교 수도사들을 만나지 않았을까?"

소설의 결말에 대한 독자의 기대

시형!

보내주신 편지 잘 받았습니다. 우편함에 들어 있던 편지를 꺼내 쥐고, 요새도 이런 우아한 소통을 도모하는 분이 있구나, 그런 생각을 했습니다. 더구나 저의 그 복잡스럽게 전개되는 소설 《심복사》 원고를 보내드리며 검토해달라고 부탁한 뒤에 받는 편지라서, 다른 서신과 달리 반가움과 기대가 한결 더했습니다.

한데 상림원에 급히 오느라고 편지 피봉을 뜯지도 못한 채 가방에 넣고 왔습니다. 가을이 이우는 저녁은 사람들마다 마음이 바쁠 겁니다. 상림원에는 아직 거둬들이지 못한 구근이며 김장거리 등이 마음을 조이게 합니다. 계절에 맞춰 살아간다는 게 얼마나 부지런을 떨어야 하는지 실감합니다. 가을 타 작마당에는 종그락도 나와 뛰어다닌다는 말도 기억납니다.

지금 여기, 앙성 상림원은 늦은 밤입니다. 낮에는 배추를 뽑아 실어 올리고 김장용으로 쪽파를 뽑아 씻어서 뿌리를 자르고 정리하느라고 매운 기운 때문에 눈알이 알알합니다. 바람을 쐴 겸해서 밖으로 나섰습니다. 오늘이 음력 보름인 모양입니다. 휘영청 밝은 가을 달이 잎 진 숲 뒤쪽에서 한아름은 되게 뿌듯이 밀려 올라옵니다.

미세먼지가 날아가 하늘이 맑고 별 무리가 섬벅거리는 모습이 선한 환상을 불러옵니다. 시인이 말을 잘 다듬으면 하늘로 올라가 별이 되는 것이거니, 그런 환상 말입니다. 별은 보석이라고 하겠지요. 아름답기만 하고 아무 쓸모도 없는 그 보석을 시와 견준다면 논리가 안 설 듯합니다. 아무튼 별을 보면 시가 생각나고 시를 생각하면 시형의 그 섬세하고 넉넉한 얼굴이 떠오릅니다. 시를 닦는 중에 사람이 순화된 결과가 아닌가 그런 생각도 합니다. 소설도 잘하면 사람이 군자다워질까? 글쎄요.

시형에게 내 소설을 읽어달라고 부탁한 까닭은 간단합니다. 시인의 감수성으로 소설을 읽고 평을 듣는다면, 그리고 그 의견을 들어 작품을 손질한다면 내 소설에도 시적 감수성이 묻어 들어갈 게 아닌가 하는 그런 욕심 때문이었습니다. 자연을 바라보는 방법이라든지, 인간 삶의 섬세한 갈피를 살피는 일, 인간관계를 관찰하는 안목 등은 시와 소설이 그렇게 달라야 할 이유가 별로 없는 듯합니다. 아무튼 제가 지금 이

글을 쓰는 상림원에서는 자연에 묻혀 사는 사람의 시간이 흘러갑니다.

어느 골짜기에서인지 고라니가 캬악캬악 울어대는 소리가 창을 넘어옵니다. 배가 고픈지 짝을 찾는지 처연하고 서럽고, 원한으로 가득한 울음소리 같습니다. 짐승들이 우는 뜻을 일일이 다 헤아릴 수야 없지만, 이 고라니 울음은 이승에 한 맺힌 어떤 사람이 죽어 저승으로 가는 길에 들릴 듯한 울음입니다. 고라니 '울음'은 시로 다가갈 수 없는 원형적 비애와 원한이 응어리져 있는 것 같습니다.

고라니를 소재로 해서 시가 안 되면 소설은 될까요?《고라니 발자국》이라는 소설을 하나 쓰기는 했습니다. 봄부터 가을까지 왼갖 작물을 파헤치고, 잎을 따 먹고, 줄기를 긁어 먹고 해서 말라 죽게 하는 고라니는 가히 저주스러운 동물입니다. 그런데 겨울에는 이 짐승이 달리 보입니다. 눈 덮인 밭에 짝을 지어 앞서거니 뒤서거니 뛰어다니는 모습은, 실로 낙원의 정원 한 모퉁이를 연상하게 할 정도로 아름답습니다. 고라니가 뛰어다닌 발자국마다 얼음이 풀리면 예쁜 꽃이 자라나겠다는 게, 초등학교 다니는 손녀의 시적 상상입니다.

손녀의 상상이 기특하고 아름다워서 네가 시인이다, 그렇게 칭찬을 해주었습니다. 속으로는 다른 생각을 했습니다. 제 발자국에서 피어나는 꽃을 또 뜯어먹을 것이다, 더구나 거기는 꽃밭이 아니라 곡식을 심어야 하는 밭이다, 고구마, 땅콩 같은 작물은 물론 비비추, 아이리스, 상추, 아무거나 닥치는 대로 먹어대는 식욕 사나운 짐승. 그건 생애에 도움이 안 되는 짐승이었습니다. 거기다가 멧돼지가 와서 밭을 온통 갈아엎는 통에 도무지 남아나는 것이 없습니다. 이런 짐승들과 겨루면서 여기서 얼마나 오래 견딜 수 있을까 의문을 가지기도 했습니다. 이런 이야기를 길게 하는 까닭은 이렇습니다.

시형께서는 편지에다가 내 소설의 결말이 너무 밋밋하게 처리되지 않았나 평을 하셨더군요. 그래서 원고를 찾아 다시 훑어보았습니다. 나로서는 나름대로 여러 조건을 고려해서 결말을 처리한 것인데, 시형이 보시기에는 엉거주춤 결말을 마무리한 걸로 느끼신 모양입니다. 그렇게 보셨다는데 제가 아니라고 우길 생각은 없습니다. 어차피 문학이라는 게 다소 주관적인 속성을 지니지 않던가요. 그러니 제가 시형의 평을 순순히 받아들이지 않는다고 불편하게 생각지 마시길 바랍니다.

시형께서 그런 말씀을 한 것은 소설에 대한 독자의 기대를 돌려놓지 말라는 뜻으로 이해가 됩니다. 문학은 작가와 독자가 협조하고 버팅기는(길항하는) 가운데 진실을 찾아가는 일종의 문화적 실천 양태일 겁니다. 경험이 다르고 사고 패턴이 다르면 서로 밀어제치게 됩니다. 그러나 경험과 사고가 너무 똑같으면 그래 맞아, 하면서 동감(同感) — 공감(共感)이 아니라 — 을 나타내게 되면 동지 하나 만났다는 느낌, 거기서 더 이상 나아가지 못합니다. 소설은 동감보다는 공감을 겨냥합니다. 그러니 작가는 독자에게 제안을 하는 것이지요. 나는 이런 문제를 이렇게 보는데 독자 당신은 어떻게 생각하십니까, 그렇게 묻는 셈이지요. 그건 시비 걸기일지도 모릅니다. 이런 문제는 결말을 처리하는 방법과 연관해서도 같은 이야기가 될 듯합니다.

그런데 소설의 결말은 시대마다 어떤 패턴이 있는 듯합니다. 우리 고전소설의 경우 이른바 '행복한 결말'을 보여준다는 것이 통설이지 않던가요. 그것은 어쩌면 우리가 잘 아는 '평생도'에서 볼 수 있는 생애 결말과도 닮은 점입니다. 생애 과업을 다 달성한 끝에 향리에 내려가서 후손들의 효도를 받고 고종명(考終命)하는, 그 우아한 죽음(웰 다잉)에 이르는 과정은 현실주의 철학인 유학의 세계관이 반영된 걸로 생각됩니다. 조선 시대 어떤 소설의 주인공이 부덕하고 악행을 거듭하다가 결국 노상객사하는 걸로 그려진다면, 그런 인간은 삶의 전범이 되기 어렵기 때문에 독자들의 호응을 얻지 못했을 겁니다. 우리 시대는 인생의 종말에 대한 합의가 없는 듯합니다. 그러니까 미래를 예측할 수 없는 우리 시대는 소설의 결말이 잘 먹고 잘살았다는 식으로 갈 수 없는 것이지요. 우리 시대는 도무지 전망이 서지 않는, 앞을 내다볼 수 없는 그런 시대니까 말입니다.

서사적 완결성을 위해서는 분명한 결말이 요청되기도 합니다. 서사시의 경우가 적실한 예가 될 것입니다. 고향에 돌아온다든지 나라를 세운다든지 하는 식으로 결말이 성공적으로 마무리되지요. 시의 경우는 소재 자체가 완결성을 지니는 구조를 불러오기도 합니다. 면앙정 송순의 시조 가운데 이런 게 있지요. "십 년을 경영하여 초려삼간 지어내니 / 나 한 간, 달 한 간, 청풍 한 간 맡겨두고 / 강산은 들일 데 없으니 둘러두고 보리라." 사나이가 살아가면서 집을 하나 짓는다는 게 얼마나 대단한 일입니까. 집을 짓고 자연과 더불어 유유자적하면서 살아가는 삶의 이상이 나타난 작품입니다. 그런데 소설에서는 세 칸짜리 집 한 채 짓는 과정, 거기 드러나는 모색과 갈등과 인간적 비애와 성취의 환희 등을 그리는 게 일종의 장르관습입니다. 이에 비하면 시는 이미 결론이 나 있는 소재를 완결형으로 그린다고 보아야 할 듯합니다.

소설에서는, 특히 현대소설에서는 양상이 다릅니다. 뭐랄까 삶의 가치가 내면화되어 있는 것이지요. 10년 경영해서 초가삼간 짓는 것을 삶의 목표로 하지도 않을 뿐만 아니라, 자연과 더불어 살기보다는 인공적 환경 속에 사는 가운데 불거져 나오는 문제를 해결하며 살아야 하는 그런 세계가 되었습니다. 그리고 자기 가치관에 따라 자기들 삶을 요량해가는 것이 가치로 굳어져가고 있습니다. 공준에 해당하는 삶의 규칙이 사라진 겁니다. 자연도 이미 이념화된 자연이 된 것은 물론이고요. 그리고 살아가는 과정에서 겪는 감당할 수 없는 변화는 삶의 궁극점에 말뚝을 박을 수 없게 합니다. 착하고 아름답게, 정직이 최선의 정책이라고 태연하게 믿고 마음을 놓을 수 없게 됩니다. 그래서 소설에서 서사적 완결성은 그걸 설정하더라도 가변적이고 잠재적인, 혹은 임의적인 것이 될 수밖에 없습니다. 이른바 신이 없는 시대, 우리들 삶이 그렇습니다.

소설의 결말을 명쾌하게 제시하지 못하는 데는 이런 문제도 있을 겁니다. 소설 내용으로 전개되는 서사적 완결성―그것은 작중인물의 생애 완결성일 터인데―은 작가의 생애 결말과 일치하지 않습니다. 작가는 자신의 생애 결말을 이야기할 수 없습니다. 어떤 인물의 생애 결말을 이야기한다면 그것은 남의 이야기이기 때문에 가능할 겁니다. 이 소설 《심복사》의 작중인물 '어삼만'은 이렇게 죽었다는 이야기는 가능하지만, 나는 이렇게 죽었다는 이야기는 서술의 원칙에서 벗어납니다. 소설에 작가의 그림자가 어른거릴 수밖에 없는 일이지만, 아무래도 소설은 남의 이야기입니다. 남의 이야기라야 산문정신이 오롯이 발휘될 수 있습니다. 남의 이야기에 묻어 들어가는 나의 체취와 그림자는 어쩔 수 없겠지요. 그러나 작가는 자기 이야기를 소설 문면에 드러내기를 주저합니다. 주관성의 길로 접어들기 때문입니다.

신라의 혜초, 그가 천축을 여행하고 그 기록을 남긴 것이 《왕오천축국전》. 우선 혜초에 대한 관념어를 벗겨내야 한다는 생각이 들었습니다. 흔히 말하듯, 혜초를 구법승이라 하는데, 정말 불법을 탐구하기 위해 중국을 거쳐 천축을 헤매고 다녔을까? 그리고 왜 혜초는 신라로 돌아오지 않고 중국에서 불경 번역을 하다가 생애를 마감했을까? 그런 의문이 나를 소설로 몰고 갔습니다. 이런 의문에서부터 허구적 상상력이 작동하기 시작했습니다. 내가 혜초가 되어 혜초와는 다른 여행을 해본 게 이 소설입니다. 혜초의 사리가 남았다면 그 사리에 새겨진 혜초의 고뇌는 무엇이었을까? 그건 이제부터 탐구할 화두인 것 같습니다. 결말의 지연이 다른 탐구를 촉구하는 이 추동력 때문에 소설가는 소설을 계속 쓰는 게 아닌가 싶습니다.

이야기가 길어졌습니다. 시형께서 내 작품을 읽어주신 것만으로도 고마울 따름입니다. 같은 시대에 문학을 하는 사람으로서 시형을 친구로 두고 있는 게 얼마나 가슴 벅찬지 모릅니다. 사실 작가는 자신이 작품을 쓰는 한 짐 져야 하는 고독이 있는 법이잖습니까. 고독은 독선으로 빠질 수도 있습니다. 그래서 비평가가 필요한 것이지요. 그런데 때로는 비평가 자신이 독선에 함몰하는 경우도 있지 않겠습니까. 작가가 비평가와 겨루거나 비평가에게 두드려 맞지 않기 위해서는 작가가 자기 내면에 비평가를 불러들여 같이 지내야 할 것입니다. 그걸 작가의 비평의식이라 할 수도 있을 것입니다. 다른 말로 하면 작가는 자기 내부에 똑똑한 독자를 길러두어야 합니다.

내 작품의 첫 독자로서 소설가 자신이 지녀야 하는 자질이 그 겁니다.

시형이 나의 비평가는 아닐지 몰라도 나 자신과 함께 나의 첫 독자라는 점은 참으로 고마운 일입니다. 내가 나의 내부에 지녀야 하는 비평가를 밖에도 두고 있기 때문입니다. 내가 쓴 작품의 결말에 대해서는 좀 더 싸늘한 시각으로, 비평적 안목으로 살펴볼 작정입니다. 오늘이 마침 절기로 소설(小雪)입니다. 소리가 같으면 뜻도 같을지 모릅니다. 눈 계절로 들어가는 문턱에서 '소설'을 살펴보고 그 뜻을 음미하는 일은 계절 감각과 어울리는 잔치이기도 합니다.

원고 손질이 다 되면 들고 가서 탁주 일배 하기로 하지요.

별이 얼어 빛나는 밤입니다.

2018년 11월 22일

충주 앙성 상림원에서

우공(于空) 우한용(禹漢鎔)

차례

—

1

—

키 작은 코스모스

요즈음, 경차 '이브닝'을 몰고 작정 없이 떠도는 게 장장숙의 생활 전부였다. 그는 차를 몰고 근교를 헤매는 것은 물론, 경남 창녕의 우포늪까지 갔다 돌아오기도 했다. 경차로 고속도로 달리기는 위험천만한 모험이다. 장장숙은 그런 위험을 마다하지 않았다. 어디론지 돌아다니지 않으면 직성이 풀리지 않아 풀풀거렸다.

아산 스파비스에서 일하던 장동건의 아내 신지미 여사가, 팔이 빠졌다고 연락해왔다. 팔이 빠졌다는 사람치고는 전화로 전달되는 목소리가 강강했다. 말이 근사해서 세신사지, 때밀이였다. 때밀이였지만 사람들은 그녀를 신 여사라고 불렀다. 식구들이 함께 내려가기로 했다. 식구라야 그 장동건과 딸 장장숙, 인도인 사위 어삼만, 그렇게 셋뿐이었다.

딸 장장숙이 운전하고, 덩치가 커서 머리가 천장을 받치는 사위는 조수석에 앉아 영어로 잔소리를 늘어놓았다. 어떤 때는 한국어를 유창하게 구사했다. 그러나 어려서부터 인도에서 익힌 영어가 한결 편한 모양이었다.

장동건은 딸 장장숙이 속 썩인 내력을 더듬고 있었다. 장장숙은 별명이 키 작은 코스모스였다. 다른 놈들보다 일찍 꽃이 피고는 말라버리는 게 키 작은 코스모스의 생리였다. 중학교 때는 체육선생이 너 참 귀염성 있다 하니까, 저 안아주면 안 돼요? 애가 그렇게 커서 어쩌려고 그런다냐? 핀잔을 들었다. 고등학교 들어가면서부터 키 작은 코스모스의 생리를 본격적으로 드러내기 시작했다. 꼬부장한 눈꼬리에 웃음을 살살 피워 올리면서 한 달이 멀다 하고 남자애들을 바꿔 끌고 다녔다. 그러면서 나는 남자애들이 좋더라, 계집애들은 화통하질 않아! 장장숙은 일찍이 양성애를 터득한 모양이었다. 남자애들하고 술도 마시고 담배도 피우는 눈치였다. 그렇게 고등학교 삼 년을 사내애들 탐험에 써버렸다. 장동건은 그런 딸의 앞날을 걱정하느라고 상한 막걸리 마신 모양으로 속이 부글거렸다.

학교 공부에 관심이 없는 장장숙은 한국 애들은 이제 졸업했다는 식으로, 외국인들에게 눈을 돌리기 시작했다. 장장숙은 고등학교 3학년 때 아이를 가졌다. 사성전자에 기술자로 와 있는 우즈베키스탄 청년과 애를 만들었다. 고등학교에서 러시아어를 배운 게 사단이 되었다. 포취바고라, 본토 말로

흙산〔土山〕이라는 우즈베키스탄 청년은 영어는 뜨덤뜨덤하는 편이었다. 러시아어는 유창했다. 딸 장장숙의 말로는 러시아 대통령 푸틴보다 러시아어를 더 잘한다고 했다. 그놈의 러시아어가 둘 사이를 묶어놓았다. 사람이 말로만 사는 게 아니다, 말은 삶을 돕는 수단일 뿐이다, 그러니 사람 잘 보아야 한다, 준절히 타일렀다. 딸은 달랐다. 엄마가 그랬잖아요, 말 않는 인간을 두고 노상 소 죽은 귀신이 씌었나, 하면서 여우 며느리하고는 살아도 곰 같은 며느리하고는 못 산다고. 하기는 신지미도 말이라면 누구에게 빠지지 않았다. 한 이바구 단단히 했다.

포춰바고라와 가까워진 것은, 장려화라는 남자친구와 갈라서면서 허전해서 팔을 저으며 거리를 헤맬 무렵이었다. 장장숙 말로는 문학을 한다는 자식이 벙어리와 다름없다는 것이었다. 장려화와는 더 못 사귄다고, 넋 나간 놈이니 무지렁이니 탓을 했다. 장려화는 '장한산부인과' 장두식 원장의 아들이었다.

산부인과 원장의 아들, 그것도 외아들인데 둘이 잘 어울리면 앞길에 구름 다 걷힐 터인데, 말이 없다고 가차 없이 까내리는 속은 알다가도 모를 일이었다. 타 내리고 추어올리고 간에, 고등학교 다니는 애가 남자를 공깃돌 놀리 듯 하는 게, 싹수가 노랗다는 말이 목울대까지 올라왔다. 그러나 장동건은 참을 인(忍) 자를 써가면서 말이 씨가 된다고, 딸의 장래를 위해 악담은 가슴에 걷어 담았다. 아무튼 우즈베키스탄 청년 포취바고라에게 빠져서 허우적대는 사이에 사단이 벌어졌다.

장한산부인과 아들 장려화는 우수 어린 눈빛의 문학청년이었다. 글재주가 남달랐다. 장장숙은 글재주보다는 말재주에 기울었다. 말재주라야 남학생들 꼬여내는 정도였지만. 거기 비하면 우즈베키스탄의 고도 '부하라'에서 왔다는 청년은 숫기가 없었다. 장동건의 앞에서는 어깨를 추켜 올리고, 거기다 목을 처박고 눈을 굴렸다. 얼굴로 한다면, 겉보기는 똘박지고 당차 보였다. 그러나 몸가짐과 속은 달랐다. 한마디로 어벙한 젊은이였다.

장차 어떻게 하려고 한국 처녀, 그것도 고등학생과 성관계를 했는가? 장동건은 청년의 눈을 똑바로 쳐다보고 물었다. 대답은 뜻밖이었다. 학교가 그렇게 중요합니까? 그게 되돌아온 답이면서 동시에 질문이었다. 한국 사회에서 사람 노릇 하자면 대학은 나와야지. 장동건의 대답은 단순했다. 장동건의 아내 신지미는 한숨을 내쉬었다. 학교가 목숨보다, 생명보다 중요하단 말이지요? 이런 제기랄, 장동건은 어금니를 힘주어 물었다. 말을 뱉어놓고 감당이 안 되면 입을 가리는 게 장동건의 습관이었다. 한국이라는 삶의 토양을 모르는 이야기였다. 장동건은 세상에 사람보다 귀한 건 아무것도 없다고 입만 열면 강조해 마지않았다. 둘은 죽고 못 살았다. 말이 통하는 사이라는 게 무서웠다.

장장숙이 포취바고라와 말이 통했던 것이다. 말은 곧 감정이고 감정은 심장으로 파고들었다. 그러한 짙은 감정적 교감 속에서 아이를 만들었다. 아이는 장동건과 종친회에서 만난 장한산부인과 장두식 원장이 받아주었다. 건강한 사내아이였다. 그러나 문제는 어미가 여고생 미혼모라는 점이었다. 장동건이 재산을 압류당한 뒤라서 탈탈 털어봤자 병원비 나올 구석이 없었다. 그 사정을 어떻게 알았는지, 장한산부인과 원장의 아들 장려화가 나섰다. 장려화는 장장숙의 고등학교 1년 선배였다. 장장숙을 죽자사자 따라다녔다. 장장숙도 말이야 얼간이 어쩌고 하지만, 장려화에게 뜻을 두었던 적이 있었다.

아연실색하지 않을 수 없었다. 장장숙과 장려화가 이미 깊은 관계까지 진전된 것 같았다. 장동건은 성과 본이 같으면 짝을 맺지 않는 법이라고 타일렀다. 실정법과는 관계가 없지만, 공교롭게도 둘이는 덕수 장씨 집안의 후손들이었다. 덕수 장씨라면, 고려가요에 나오는 "회회아비 내 손목을 쥐여이다" 하는 회회인, 위구르인이 시조라는 것이 아니던가. 사정이 그래서 장동건은 사랑을 약속하고 걸었던 손가락을 잘라도 안 된다는 것이었고, 딸 장장숙은 질러보는 성미였다. 자기가 공부한 역사책에 그런 사례가 없다는 것이었다. 역사에 없는데 현실이 무슨 문제냐는 것이었다.

둘이 얼마나 깊은 관계로 진전되었는지 알 수 없는 일이다. 우수에 차 있던 장려화는 돌변했다. 장려화는 성씨가 같다고 결혼 못할 이유가 되는지, 유전자 검사를 해보자며 달려들었다. 장장숙을 좋아한다는 것이었는데, 장장숙은 이미 우즈베키스탄 청년의 아이를 가진 뒤였다. 동성동본의 결혼은 정말이지, 인간 말종들의 짓거리라고 장동건의 아내 신지미가 가닥을 틀었다. 신지미는 딸을 옹호하고 남편에게 동조하는 노선을 택했다. 장동건으로서는 오랜만에 아내 덕을 본 셈이었다.

장려화가 유학을 가는 걸로 둘 사이가 정리된 듯했다. 장장숙이 얼굴 뽀얗고 눈이 파란 아이를 안고 다닐 때, 장려화가 찾아왔다. 방학이라서 집에 온 김에 들렀다는 것이었다. 여전히 작달막한 코스모스는 청초하고 아름답네. 말로만…… 자아 보자, 이 인형 같은 애가 네 배 속에서 나왔단 말이지. 그런데 애 낳은 뒤 더 섹시하다, 너어. 첫애 낳은 여자는 지나가던 중도 돌아본다잖아. 어디서 들은 건지 장장숙은 그렇게 응대했다.

장려화는 장장숙을 두고 침을 삼키는 눈치였다. 퍽큐, 장동건은 자기도 모르게 한숨을 내뱉었다. 장장숙은 문을 걸어 닫고 방에 틀어박혀 사흘을 굶었다. 장장숙이 전하는 바로는, 너는 결국 나한테 돌아올 거야, 그렇게 박아 넣고 장려화는 달아났다는 거였다. 자기 딸이지만, 몸매 얼굴 어디 한 군데 돌아볼 구석이 없는 장장숙에게 젊은 것들이 무얼 보고 달려

드는지 도무지 이해가 안 되었다. 그러는 사이, 장장숙은 미혼모로 아이를 길러야 했다.

집에서 미혼모 데리고 사는 것은, 고약한 상전 거느리는 처지나 다름이 없었다. 미혼모 상담원에 가서 정부의 도움을 받을 방법이 없겠는가 물었다. 아이를 거기다 맡길 생각이었다. 방법이 없다는 대답이 반복해서 돌아왔다. 행인지 불행인지 아이는 꼭 6개월을 살고 죽었다. 장장숙은 아직 수유기관이 덜 발달되어 있었다. 아이에게 먹일 것은 최고급으로 먹여야 한다는 바람에 네덜란드산 분유를 먹였다. 그런 정성을 배반하고, 아이가 죽었다. 수입품 우유가 중금속에 오염된 제품이라는 것이 식약청 검사 결과 판명되었다. 장장숙은 뼈마디가 녹아날 지경으로 몸을 뒤틀다가 자진하기가 여러 차례였다.

장장숙의 미혼모 표딱지는 지워지지 않았다. 학교를 자퇴했다. 장장숙은, 한국에서는 자기를 쳐다보는 눈들이 무서워 못 살겠다고 하소연했다. 포춰바고라와 우즈베키스탄에 가서 살겠다면서 이 넓은 세상 어디 가서 살면 어떤가, 당찬 소리를 질러댔다. 전적으로 어른들에게 의존하는 주제에 쓸데없이 목소리만 컸다.

그사이 우즈베키스탄 청년은 슬그머니 자취를 감추었다. 그의 친구를 통해 알아본 바로는, 형이 사고로 죽는 바람에 급히 귀국했다는 것이었다. 회사에서는 이미 사직서가 수리된 뒤였다. 죽일 놈, 장동건은 가래를 돋워 마른 땅바닥에 뱉었다. 거기대로 사정이 있답니다. 그 사정이란 게 뭔데? 형이 죽으면 동생이 형수를 맡아 가업을 이어야 한답디다. 신지미는 장동건에게 남의 말 하듯이 저간의 사정 설명을 했다. 해괴한 오랑캐들이구먼. 장동건은 다시 가래를 돋우었다. 자기는, 내력을 따진다면, 회회아비잖아요? 신지미는 남편에게 그렇게 들이받았다. 말하자면, 딸 장장숙이 너불대고 돌아다니는 데도 그런 내력이 있다는 것이었다. 그러니 당신 입 닫고 국으로 박혀 지내라는 으름장이기도 했다.

아이가 죽자, 장장숙은 집 안에 처박혀 종일 울기도 하고, 입술을 빨갛게 칠하고 휘청거리는 걸음으로 거리를 헤매고 돌아다녔다. 저러다가는 딸 버리겠다고 정신과 의사를 찾아갔다. 의사는 실패한 사랑의 공백, 공허를 견디지 못해 방황하는 중이라고, 장동건도 아는 뻔한 소리를 했다. 그때 나타난 것이 인도 청년 어삼만이었다. 어삼만은 사성전자 계열사인 육성전자에서 일하고 있었다. 전에 계열사 외국인 구기대회에서 포취바고라를 만나 장장숙을 소개받은 적도 있었다.

2

먼 데서 온 손님

장동건의 사위 어삼만은 아랍계 인도인이었다. 어삼만이
란 이름은 본인이 한국어 작명법을 참조해 만든 것이었다. 본
래 이름은 '아카스 삼만 라나'인데 하늘의 영광이라는 뜻이
라고 했다. 그런데 이름이 너무 길어서 자기 몫의 고유명사
에 해당하는 이름만 줄여 부르자면 아카삼만인데 한국에 아
씨 성이 없어서 어씨(魚氏) 성을 빌려다가 어삼만이라 하기
로 했다면서 명함에다가는 유식한 한자로 어삼만(魚參卍)이
라고 새겨가지고 다녔다.

사랑스럽고 고약한, 그리고 천진하면서도 사색이 깊어 시
인인 듯 도인인 듯, 상이 잡히지 않는 사람이었다. 사위는 장
모를 끔찍이도 좋아했다. 어삼만의 표현으로는 장모를 사랑
한다는 것이었다. 장모 또한 사위를 만나기만 하면 덥석 끌어
안았다. 입을 안 맞추는 게 다행이라면 다행이었다. 그럴 때

마다 장장숙의 눈꼬리가 꼬부장하니 돌아갔다. 장동건은 시
대 풍속이거니 하고, 건성으로 스쳐 지나갔다. 속으로는 꼬부
장한 앙심이 똬리를 틀었다.

장장숙은 근간 전주에 가서 한지를 배운다고 며칠씩 지내
다 오는 적도 있었다. 물론 경차를 몰고 갔다 오는 것이었다.
한지가 종이의 원류라는 것을 장동건은 잘 알고 있었다. 종이
의 원류인 만큼 현대적 감각으로 개량하면 충분히 상품 가치
를 지닐 만했다. 그러나 전망에는 확신이 없었다. 한지가 한
류를 따라 주목을 받는다 해도 마니아들의 하잘것없는 관심
일 뿐이었다. 그게 생계를 도와줄 일이 아니었다. 공장을 경
영한다면 혹 모르거니와 거기까지는 길이 멀고 아득했다. 하
물며 한지공방에서 일하는 걸로는 입 가림을 할 가망은 천만
없었다.

모전여전이라는 말을 증명이라도 하듯, 장장숙은 뭐라고
나무랄라치면 엄마도 그랬다면서, 하고 들이대는 편이었다.
딸은 떠돌고 어미는 엉덩이 무겁게 눌러앉아 일에 빠져들었
다. 장동건의 아내 신지미는 아무래도 딸 편이었다. 딸이 남
자애들 꿰차고 돌아다니는 걸 오히려 신통하다는 듯 쳐다봤
다. 자기 밑으로 낳은 딸이니까…… 왈 신지무의, 장래를 믿
어 의심치 않았다.

집안이 휘둘리는 통에 장동건은 딸을 건사할 여가가 없었

26

다. 아무튼, 장동건은 손방으로 돌아다녔고, 그의 아내 신지미가 억척어멈처럼 일했다. 누가 처 덕에 산다는 이야기를 하면 장동건은 실실 웃으면서 잘 해보시라고 비아냥거렸다. 그런 말에 해코지를 당하기라도 하듯, 장동건은 아내의 치마폭에 폭 싸여 지냈다. 집안 살림을 내던져두고 밖으로 돌아다닌다고 해도, 신지미는 집안의 경영을 책임지는 경영주였다.

사위 어삼만의 한국어가 유창해지면서, 사위와 장모 둘이는 소통이 그야말로 척 하면 삼척이라는 식이었다. 나아가 장모가 쩍 하면 사위도 입맛을 다셨다. 장동건은 어삼만을 두고 무굴제국의 황제 샤 자한을 연상했다. 세상에서 가장 아름다운 건축물, 영묘 타지마할을 지어 아내에 대한 지독한 사랑의 신화를 만들어낸 인물이었다. 죽은 다음에 하는 일들이야 그게 어느 것이나 살아 있는 사람들의 일일 뿐이라는 게 장동건의 일관된 주장이었다. 미워하는 인간 만나 살아가는 게 괴로움이 아닐 턱이 없지만, 사랑하는 사람과 헤어지는 괴로움이 지나간 뒤에는 세상은 빛을 잃게 마련이 아니던가. 샤 자한은 결국 아들 손에 강제로 성에 갇히게 되어, 먹을 물조차 끊어버리는 통에 갈증과 기아로 처절하게 죽었다. 샤 자한 자기가 자무나 강변에 지은 아그라성(Agra Fort)에 감금되어 죽는 신세가 된 인물이다. 그러나 세인들에게 샤 자한은 거룩한 사랑의 한 표상이었다. 죽은 아내를 애도하는 애틋한 정이 하늘을 떠받쳤다. 그것은 허무한 무지개였을 뿐이다.

자네 우리 딸을 어떻게 사랑해줄라나? 장동건이 물었다. 샤 자한이 죽은 아내를 위해 타지마할을 지어준 것처럼, 장장 숙 씨가 죽으면 영묘라도 지어줄 겁니다. 혼담을 하는 자리에 서 죽음이라든지 영묘 따위를 거드는 것은 사실 거슬렸다. 아 직 한국에 온 지 얼마 되지 않고 말이 짧아 그렇거니 했다. 속 이야 태평양을 건너 대서양을 건너 '무조건'을 외고 있을 터 라고 굳게 믿었다. 거기다가 계급이 그 어마어마한 브라만이 라는 것이 아닌가. 네루나 타고르 같은 계통의 신분이 아닌가 말이다. 신지미에게 브라만은 가히 왕족이었다. 장동건도 수 염 길게 기르고 설법을 하는 도인의 집안쯤으로 생각했다. 요 즘의 인도 사정과는 하등 관계없는 허상이었다. 브라만이 오 히려 불가촉천민인 달리트를 선언하고, 국가의 지원을 받기 위해 신분을 역세탁하는 희한한 일이 벌어지고 있는 게 현실 이었다.

좋다, 그렇게 사랑하면 그만이지, 하면서 장동건은 아내를 쳐다봤다. 아내는 어삼만을 정이 잘잘 흐르는 눈으로 바라보 면서, 어머, 어머를 연발했다. 인물 좋고 근육 단단하고 그럼 되었지, 하는 눈치였다. 그렇게 인간이 섞이는 것이려니 하면 서 혼인을 허락했다. 그러나 두 사람 살림이 호락호락하지 않 았다. 장장숙은 고등학교를 졸업한 후 진학을 하지 않았다. 일자리도 없었다. 사위는 대학원 공부를 하는 중이라서 용돈 도 못 만들어 썼다. 일일이 다 뒤에서 챙겨주어야 했다. 밥 빌어다 죽도 못 쏠, 빌어먹을 브라만 사위였다. 그러나 출세해서 금방에 이름을 올릴 날을 기다리는 게 장동건의 사위에 대한 믿음이었다.

아내가 팔이 빠졌다는 것은 여간 심각한 사태가 아니었다. 집에 청처짐하니 처박혀 있을 상황이 못 되었다. 마누라가 팔을 못 쓴다면 생활을 말아 치워야 하는 형편이었다. 아내가 가용을 대는 유일한 수입원이었다. 어쩐다냐, 궁시렁거리면서 장동건은 맨손으로 딸 내외를 따라나섰던 터였다.

차가 서서히 밀리기 시작했다. 어삼만은 말이 유창하고 아는 게 많았다. 같이 길을 나서면 심심할 짬이 없었다. 말과 밥은 서로 딴 길을 가는 터라 밥벌이 길에서는 멀리 벗어나 있는 인물이었다. 공부하는 사위는 생활이 손방이었다. 발등을 찍고 싶다는 얘기는 차마 입에 올릴 낯이 없었다. 자초한 일이기 때문이었다. 수원수구를 하리오. 한번 데었으면 다시는 그런 시도를 말아야 하는 것을, 그놈의 믿는 구석 때문에 일이 그렇게 돌아갔다. 더구나 사위에게 싫은 소리 하기는 염이 없었고, 생활고는 딸에게 할 이야기가 아니었다. 꾸역꾸역 참기는 하지만 어삼만과 딸 장장숙의 결혼을 허락한 것은 후회 막급이었다. 그러나 돌이킬 수 없는 일이었다. 세상에 돌이킬 수 없는 게 시간 말고 어디 또 있는가, 그리 생각했다. 그런데 그 돌이킬 수 없는 일이 자기에게 현실로 돌아왔다. 제기랄,

자기도 모르게 그런 탄식이 튀어나왔다. 점점 버릇이 되어가는 중이었다. 장동건의 후회는 꼬리를 감추지 않았다.

어삼만은 포취바고라와 함께 사성전자의 계열사 육성전자에서 일했다. 친구끼리 대를 물려 한 여자와 관계를 맺어가는 꼴이었다. 너, 계속 그렇게 남자 디터 가다가는 신세 망친다. 내가 선택하는 인간이 내 장래고 내 삶이고 그렇지, 신세? 그런 게 어디 있어요? 사는 게 그렇게 간단하지 않다, 잘 생각해라. 장장숙은 아버지 이야기를 이해는 하지만, 그게 정답이라는 생각은 안 들었다. 대학에 목매는 일, 어리숙한 애들의 장난이었다. 먹고 자는 것만 해결되면 사는 거 아닌가, 장장숙은 그런 뱃심으로 나아갔다. 공부야 혼자 하면 되었다. 장장숙은 짬이 나는 대로 책을 읽었다. 이른바 독학에 열공이었다.

딸 사는 거야 자기 알아서 할 일이었다. 제 받은 바 복대로 살겠지, 하는 쪽으로 마음을 안줄렀다. 장동건은 미국으로 이민 갈 계획을 했다. 미국에 가서 스시 집을 할 생각이었다. 요리사 자격증을 따두었다. 장동건의 아내 신지미는 미용사 자격증을 따느라고 얼굴이 하얗게 셀 지경으로 공부에 매달렸다. 그런데 트럼프 정부가 들어서면서 이민을 통제하는 정책을 폈다. 이민 심사에서 통장 잔고가 없다는 이유로 번번이 밀려났다. 언젠가는 해결될 거라는 믿음으로 자기 일을 도모

해야 한다는 생각이었다. 미국이란 게 뭔데? 각성바지 모아다가 나라 운영하는 거 아닌가 싶었다. 미국에 가서 터가 잡히고, 기회가 된다면 딸을 불러들여 미국에서 살아도 좋겠다는 아메리칸드림을 꿈꾸어보기도 했다. 사위는 민족적 특이성과 함께 다언어 사용자로서 능력을 지닌 인물이기 때문에 미국 같은 다민족 국가에서 살기 적격이었다.

장동건은 딸을 불러놓고 시한을 선고했다. 25세까지는 살아갈 방법을 찾으라는 것이었다. 딸 장장숙은 혈, 혈, 하면서 부친 장동건의 말을 귀곁으로도 안 들었다. 그럼 너는 한국에 두고 우리만 미국으로 갈란다. 맘대로 하세요. 딸은 이미 마음이 부모를 떠나 있었다. 마음 떠난 딸이 부모에게 되돌아올 까닭이 없었다. 아무리 생각해도 딸 시집을 보내고 미국을 가야 했다. 그래서 한 이야기가 인류 보편성이었다. 물론 딸의 첫 아이 실패와 정붙여 살던 사람이 자기 나라로 돌아가는 그게 얼마나 쓰라린 체험인지를 모르는 바 아니었다. 그것도 어린 나이에. 인간이 현재 살아가는 방법을 조금만 벗어나면, 그래서 시각을 좀 높이 설정하면 누구와 어떻게 어울려 사는가 하는 문제는 아무런 걱정거리가 될 게 없었다. 사람의 능력이라는 건 인류 보편적인 것이었다. 조물주의 평등한 은혜를 믿기로 했다.

피부 색깔 관계없이 인간의 피가 똑같이 붉은 까닭은 하느님의 섭리다. 그러니 피를 섞는 사태에서 피부색을 따지는 작대기들은 낮도깨비 한가지다. 흰둥이 검둥이 가리지 말고 건강하고 사기 치지 않을 놈이면 코를 꿰어 데려와라. 장장숙의 아버지 장동건이 사람 취하는 원칙이었다. 아내 신지미는 픽픽 웃었으나 속이 딴 데 가 있는 것 같지는 않았다. 생각이 조금 다를 뿐이라고 이해하기로 했다. 장동건은 딸 장장숙이 이미 저질러놓은 행동을 추인하는 미네르바의 부엉이인 셈이었다.

딸 장장숙은 부친 장동건의 철학을 몸으로 실천했다. 부친의 말씀을 받들어 꿰차고 들어오기는 했다. 육덕이 거창한 인도인을 데리고 와서는 친구라고 소개했다. 부친의 말대로 국제화의 한가운데 장장숙이 맹렬한 활약을 하고 있는 중이었다. 얼굴이 가무잡잡하고 높은 눈두덩 아래 눈이 깊숙이 들어간 청년이었다. 이번에는 인도인이라니. 딸 뜻대로 그렇게 하라고, 신지미는 남편에게 눈을 끔적했다. 그게 지금 조수석에 앉아 있는 '어삼만라나'다. 그 이름은 왕족인 어삼만 가문의 후손이라는 뜻이라고 했다. 그런데 그냥 인도인이 아니라 아랍계 인도인이었다. 장동건은, 말이 그렇다는 것이지, 하는 이야기를 하지 못했다. 아랍계 인도인이라면 가계가 너무 복잡하지 않은가, 하는 의문이 들었다. 말이 통하면 다른 일이야 그저 따라오는 것이 아니던가. 장동건은 어삼만이란 청년이 무얼 하는가 물었다.

서울대학교 동양사학과에 유학 와 있는 젊은이였다. 육성전자에는 알바를 하러 다녔다는 것이었다. 육성전자에서 인도에 파견되는 사원들을 위해 힌디어를 가르칠 사람을 찾고 있었다. 그런 문의가 서울대학교 취업담당관실로 왔다. 인도에서 유학 온 어삼만이 그런 루트를 통해 일자리를 얻게 되었다. 알고 보니 우즈베키스탄에서 왔던 포춰바고라와는 전부터 교분을 가지고 지내는 사이이기도 했다.

장동건이 물었다. 한국 불교사를 공부한다는 건가? 그렇습니다. 어삼만의 대답이었다. 공부 끝나면 일자리는 예정되어 있는가? 일자리는 공부하면 저절로 생깁니다. 그래? 장동건은 눈을 감고 손을 모아 얼굴을 감쌌다. 손에서 땀 기운이 느껴졌다. 인도인들 평균수명이 육십도 안 된다던데? 옛날 고려적 이야깁니다. 당신은 별걸 다 묻고 그래요, 불편하게시리. 장동건은 어삼만을 이리저리 뜯어보았다.

우주는 삶의 에너지로 가득 차 있습니다. 그 에너지를 받아들이면 사는 일은 저절로 해결됩니다. 아무렴 그래야지…… 신지미가 추임새를 넣었다.

그만하면 되었다 싶은 생각도 들었다. 한국에서 서울대학교 나와 굶어 죽었다는 이야기 들은 적이 없는 것만도 크게 믿음이 가는 구석이었다. 자기 분복대로 사는 거지…… 장동건은 더 속을 끓이고 싶지 않았다. 좋다, 무릎을 쳤다.

딸 결혼시키느라고 아파트를 처분했다. 서울에서 밀려 수

원으로 거처를 옮겼다. 일이 외로 돌아가기로 작정한 것처럼 틀어지고 꼬였다. 장동건이 다니던 팔성전자 회장이 붙들려 갔다. 비자금을 조성해서 대통령의 통치행위에 지대한 폐해를 미쳤다는 것이었다. 자회사 사장들이 옭혀 들어가고 장동건은 비의지적 협조를 했다고 관대히 보아주었다. 징역 1년에 집행유예 2년의 형을 받았다. 아무리 가벼워도 형은 형이었다. 비자금 조성에 협조했다는 죄목을 벗어날 길이 없었다. 그건 적폐라고 딱지가 붙었다. 진작 사직서를 써야 할 판이었다. 사직서 쓸 여가가 없었다. 주춤주춤하는 사이 파면이었다. 차곡차곡 코너로 몰려 들어가는 중이었다. 그러나 어떻게 해볼 도리가 없었다. 그리고 적극 대응하는 방법은 아예 궁리하지 않았다.

다른 사람 길을 막지 않는 조건이라면, 아랍에 가서 근무할 꿈을 꾸었다. 그런 기대로 아랍어를 배우기도 했다. 다른 사람 나서지 않으면, 하는 게 장동건의 타인에 대한 배려였다. 꿈은 순식간에, 아니 30년 만에 깨지고 말았다. 집안이 뒤죽박죽이 되었다.

장동건의 아내 신지미는 미국에 가서 돈 벌 셈으로 따두었던 미용사 자격으로 아산 스파비스 사우나탕에서 일을 시작했다. 미용실은 찾아가는 데마다 이미 만원이었다. 세신사라는 근사한 직함으로 불리는, 겉옷 벗어부치고 알몸으로 다른 알몸을 닦아주는 감정노동자였다.

용산에 있던 미군기지가 평택으로 옮겨오면서 외국인 손님이 늘었다. 손님은 늘었는데 수입은 줄었다. 팁을 주는 이들이 없었다. 팁은 요금에 포함되어 있다고 경고문처럼 매표구 앞에 써 붙인 이후 팁을 내는 손님이 없었다. 그것은 사우나 업자의 영업전략이었다. 신지미에게는 독극물이나 마찬가지였다.

팁 없는 손님 대충대충 하자는 이야기가 세신사들 사이에 돌았다. 늙은이들은 그걸 금방 알아챘다. 손아귀 힘 뒀다가 국 끓일라나 삶아 먹을라나, 꽉꽉 주물러보더라구, 예 알았습니다, 너무 세게 하면 아플까 봐서…… 등배근과 요추 사이를 자근자근 눌러가는데, 좀 더 세게 못 하나, 하면서 손님이 오른팔을 낚아챘다. 오른쪽 어깨에서 딱 소리가 나면서 팔이 내려앉았다. 그리고 손이 맥이 놓여서 움직이지 않았다. 동료에게 얘기해서 가운을 걸치고 남편에게 전화를 했다.

장동건은 눈앞이 아찔했다. 늬 엄마 큰일 났다. 집안 기둥이 무너진 느낌이었다. 아버지가 큰일이네요. 홀아비 신세가 된다는 뜻이렸다. 내가 큰일인가? 그렇기도 할 것 같았다. 제기랄, 장동건은 한숨을 쉬었다.

3

돌비석

수원 고색동에서 출발해서 43번 국도를 따라 내려갔다. 39번 국도로 갈아타고 아산만 방조제를 건너갈 셈이었다. 그런데 안중에서부터 차가 밀리기 시작했다. 차 밀리면 구경하기 좋지요. 어삼만의 뜬금없는 상황대처였다. 사잇길로, 사잇길로 내비게이션 무시하고 짐작 가는 대로 길을 골라 평택호 관광지로 접어들었다. 거기도 사람들이 북적댔다. 평택호 관광지 예술관 앞에 차를 세웠다. 잠시 혼잡을 피해 갈 셈이었다. 거기는 막다른 골목이기도 했다.

호수는 물이 흐려 늪을 연상하게 했다. 그런 중에도 하얀 물너울을 만들면서 서핑에 몰두하는 사람들이 분수 앞을 지나가기도 했다. 분수가 하늘 높이 치솟아 올라갔다. 김광균의 "분수처럼 흩어지는 푸른 종소리"는 들리지 않았다. 호숫가로 내려서자 넓은 광장이 조성되어 있었다. 그 옆에 배가 한

척 전시되어 있는 게 보였다. 자그마한 목선이었다. 아산만 지역에서 고기 잡던 어부들이 쓰던 배를 복원한 것인 듯했다. 별반 흥미를 이끌어낼 만한 물건은 아니었다. 고기를 잡아 생애를 이어간다는 것은 만만한 일은 아니었을 것 같았다. 한편 저 배 몰고 바다에 나가면 수평선 너머 아득한 저쪽 세계를 꿈꾸었을 거란 생각도 들었다. 인간의 역사는 그들이 꿈꾸어온 꿈의 역사이기도 하지 않던가. 장동건으로서는 참으로 오랜만에 해보는 우아한 생각이었다. 그것은 장동건이 읽은 카를 만하임의 명제이기도 했다. 혁명은 삶의 고통 때문에 발생하는 게 아니라, 유토피아를 꿈꾸는 데서 터져 나온다는 이야기가 아슴푸레 떠올랐다.

장려화가 평택 어느 절에서 공부한다고 했는데…… 장장숙이 혼자 중얼거렸다. 미국으로 유학을 갔다는 그 사람이, 여기로 돌아왔을 턱이 없었다. 장동건은 고개를 갸웃했다. 얘가 아직도 장려화에게 마음을 주고 있는 것인가, 의문이 들기도 했다. 얘가 찌질해서 사내자식이 뽀뽀 한번 해줄 줄 모른다니까요. 늘상 그렇게 장려화 타박을 했다. 말로야 뽀뽀지만 하고 싶은 얘기는 그보다 더 깊숙한 성감대에 닿아 있을 듯했다. 장장숙은 스스로 성 충동을 제어하지 못하는 아이였다.

광장 옆으로 한 50여 미터나 될까 하는 데에 까만 오석으로 만든 비석이 서 있었다. 주변에는 보도블록 같은 돌판 사이에 잔디가 심어져 있을 뿐 아무런 조경도 되어 있지 않았다. 혜

초의 기념비였다. 장동건은 혜초가 여기 평택과 어떤 연관이
있는가 하는 게 궁금했다. 평택항을 통해 중국으로 가는 것은
자연스러운 여정일 듯했다. 고려 시대부터 영산강 하구라든
지, 나주, 법성포, 당진 같은 데를 거쳐 중국으로 건너갔을 터
였다. 그렇다면 평택도 서해안의 그런 항구 역할을 충분히 했
을 걸로 생각되었다. 비석에 새긴 글씨가 눈에 안 들어왔다.
안구건조증 때문에 눈이 알알하니 뻐걱거렸다. 너 저거 보이
냐? 딸에게 물었다. 그런 거 읽는 건 이이가 전문인데…… 장
장숙은 어삼만의 어깨를 툭 치면서 쳐다봤다. 도움을 청하는
눈빛이었다.

　어삼만 씨, 비석에 써 있는 거 읽어볼래? 장장숙이 부친의
심정을 헤아리기라도 하는 듯이 제안했다. 어삼만은 한 구절
한 구절 조심하면서 차근히 읽어나갔다. 아버님 들어보세요,
하면서 목청을 가다듬은 다음이었다.

　혜초는 단장의 향수를 읊은 시편에서 "내 나라는 하늘 가 북
쪽에 있고(我國天岸北……) 누가 소식 전하러 계림(신라)으로
날아가리(誰爲向林飛)"라고 하여, 자신이 신라인임을 밝힌 바
있다. 704년경 신라에서 태어난 그는 열여섯의 나이에 구도의
푸른 꿈을 안고 당나라로 건너가, 723년에 다시 천측(인도)을
향한 위험천만한 대장정에 나섰다. 장장 4년간에 걸쳐 천측과
서역을 두루 답사하고, 727년에 당나라로 돌아와서 세계적 명

문 람험기이며 한국 최고(最古)의 서지로서 국보급 진서인《왕
오천축국전(往五天竺國傳)》을 찬술하였다. 그 후 50여 년간 장
안의 여러 명찰에 주석하면서 궁중 원찰인 내도량의 지송승
(持誦僧)으로서 도화원력(道化願力)이 지고의 경지에 이르렀
다. 780년, 한생의 마감을 예감한 듯, 노구를 이끌고 오대산
건원보리사(乾元菩提寺)로 옮겨 역경본을 적다가 조용히 붓을
놓은 채 입적하였다.

　당대 동아시아에서 아시아 대륙의 서단까지 해로로 갔다
가 육로로 돌아와 현지 견문록을 남긴 것은 일찍이 없었던 장
거이다. 혜초는 이역만리 험난한 여정에서도 수구지심(首丘之
心)을 내내 간직한 채 고국과 겨레 사랑의 얼 극기와 창의의
넋, 탐구와 구지의 슬기를 만방에 과시한 위대한 한국의 첫 세
계인이다. 1,200여 년이 지나, 이제 후손으로서 불초의 응어
리를 풀었다는 후련함 속에 온 국민과 평택 시민의 한마음 한
뜻을 모아 여기 서해(西海)를 오간 구법 고승들의 발자국이 찍
혀 있는 평택 땅, 서기(瑞氣) 어린 이곳에 그의 업적을 새긴 기
념비를 세워 영원토록 기리고자 하는 바이다.

2009년 5월 28일

어삼만은 건립 일자까지 막힘없이 읽어 내려갔다. 목청도
근사한 울림을 더불고 있었다. 거어, 사람 괜찮다! 하는데 장
장숙이 짝짝 박수를 쳤다. 그러다가 부친 장동건을 쳐다봤다.

아버지는 왜 따라 하지 않는가 하는 눈치였다. 이만하면 합격입니까, 어삼만이 장동건을 향해 이마 아래 깊이 들어간 눈을 찡긋했다. 자기 장모한테도 저런 눈짓을 하겠거니 하는 생각이 들었다. 한편 어딘지 좀 수상쩍은 놈이라는 느낌이 걷히지 않았다.

비석 옆에는 비를 세운 설립자 명단이 나와 있었다. 공동위원장은 심복사 주지와 한국문명교류연구소장 두 사람이었다. 위원은 한국티베트연구소장을 비롯하여 교수 등 일곱 명으로 구성되어 있었다. 장동건으로서는 알 만한 사람이 별로 없었다. 어삼만은 아니었다. 자기가 잘 아는 인물들이라는 듯이, 자랑을 늘어놓기라도 하려는 듯 이름을 하나하나 짚어가며 아는 척을 했다.

강 선생님이 이런 일도 하셨네. 어삼만이 비석에 새겨진 건립위원 명단을 보면서 놀라워했다. 아버님! 왜 그러나. 혜초라는 사람은 8세기 인도를 여행한 최초의 한국 사람이라고 강 선생님께서 말씀하셨어요. 어삼만이 장인 장동건을 빤빤히 쳐다보면서 얘기했다. 어삼만은 사람을 쳐다보면 늘 빤히, 말끄러미 바라봤다. 장장숙은 아버지가 그런 걸 관심이나 할까 하는 눈치로 비석 주위를 빙빙 돌았다. 장동건은 어삼만을 바라보면서, 저런 정도 한국어를 잘하면 앞길 걱정 안 해도 제가 알아서 먹고살겠다는 생각을 하는 중이었다. 거기다가 서울대학교 대학원에서 공부하는 준재가 아닌가, 기특하기까지 했다. 고등학교 중퇴자가 서울대학교 박사를 남편으로 맞는다는 것은 신문에 크게 날 일이었다.

장동건은 근간에 강수일 역주본《혜초의 왕오천축국전》을 읽고 있었다. 본문은 약식 여행기록처럼 되어 있지만, 번역자가 붙인 해제와 각주는 장동건을 놀라게 했다. 그런데 그 책은 사위 어삼만의 혈통과 연관된 기록이라는 생각이 들었다. 어삼만이 아랍계 인도인이라 해서 그 조상이 궁금했다. 혹시 혜초가 다녀간 길이 어삼만의 고향과 통하는 길이 아닌가 하는 생각이 들어서 한 줄기 기대를 가지고 있었다. 기왕 받아들이기로 한 사위인데, 어떤 경로를 통해 한국에 왔는가를 따지는 것은 주책스러운 짓이었다.

그런데 책의 내용보다 역주 작업을 한 강수일이라는 사람에게 더욱 흥미가 갔다. 연변 출신 조선인으로 중국에서 공부하고, 이집트, 이란 등지에서 교수를 하며 살다가 북한에 가서 15년인가 교수로 산 경험이 있는 학자였다. 북한에서 대남 공작을 위한 간첩으로 발탁되었다. 그의 뛰어난 외국어 실력과 국적을 여러 차례 바꾼 게 한국에서 간첩 활동을 하기에 적격이었다. 한국에서 간첩으로 체포되어 사형이 구형되었는데, 몇 차례 감형되어 5년 옥살이를 하고 나왔다. 열 개 이상의 외국어를 술술 구사하는 사람이라는 사실은 참으로 놀라웠다. 떠돌며 사는 사람들이 성취한 학문은 유다른 데가 있어야 했다.

길 위에서는 학문이 안 되는 법이다. 그런데 강수일은 그 악조건을 훌쩍 넘어섰다. 대단하단 경탄이 절로 나왔다. 강수일이 대단하다는 것은 장동건 자신이 별 볼 일 없다는 이상한 논리로 곤두박질했다. 하기는 근간 매사 자신이 없는 자신감 결핍 때문인지도 몰랐다.

장동건은 강수일의 책이라면 나오는 대로 사서 읽었다. 미국에 가더라도 자기가 사 모은 강수일의 책은 버리지 않을 셈이었다. 그것은 일종의 이루지 못한 꿈에 대한 보상작용과 같은 것이었다. 장동건은 정년이 되면 그동안 하지 못한 여행을 할 작정이었다. 중동과 아라비아를 가고 싶었다. 청마의 말대로 아라비아 사막에 가서 인간 "본연한 자태"를 배우고 싶었다. 그게 안 되면 "어느 사구에 회한 없는 백골을 쪼이리라"고, 청마를 따라 다짐하곤 했다. 그런데 현실은 아라비아 사막은 고사하고 소래포구에 가서 밴댕이 젓갈 한 젓가락 집어 먹을 여유도 허용하질 않았다. 아무튼 강수일은 장동건이 하지 못하는 꿈을 이루어낸 어기찬 사나이였다. 기회가 되면 만나서 따뜻한 저녁이라도 사고 싶었다.

차가 꼼짝 못 하고 서 있는 까닭을 도무지 알 수 없었다. 답답했다. 바로 호수 건너에 아산 스파비스가 자리잡고 있었다. 거기 아내가 팔이 빠져 덜렁거리는 채로 누워 있을 참이었다. 그런데 발이 묶여 꼼짝을 할 수 없는 것이다. 장장숙이 핸드폰으로 월드투데이 뉴스를 확인했다. 평택과 아산을 연결하는 국제대교 건설 현장에서 사고가 났다는 것이었다. 교각을 세우고 교각 사이에 상판을 조립하는 가운데 교각이 상판의 무게를 이기지 못하고 물러나는 바람에 상판이 주저앉아버렸다는 것이었다. 다리가 잘도 무너진다는 생각이 들었다. 성수대교, 창선대교…… 무슨 무슨 다리들이 무너지고 사람 죽는 일이 다반사로 일어났다. 한국은 바야흐로 위험 공화국, 리스크 공화국 그거였다. 아산시로 건너가는 모든 길이 막혀버렸다. 서해대교 방향, 평택 아산 톨게이트로 거꾸로 가서 안중으로 돌아 아산으로 갈 수 있는 방법이 있기는 했다. 그러나 낯선 길을 헤매 가기가 부담스러운 것은 물론 차를 돌릴 방법이 없었다. 뉴스에서는 서울 방향으로 돌아가는 길도 모두 막혀 있다고 했다. 자정이나 되어야 풀릴 거라고 예측하고 있었다.

인도에서는 이런 위험한 사고 안 터지나? 장동건이 어삼만을 손가락질하며 물었다. 사건이 터져도 잘 넘어가는 게 인도입니다. 느긋하거든요. 어삼만의 느긋한 대답이었다.

심복사 주지 스님이 왜 이런 기념비를 여기 세웠을까요? 팔이 빠졌다고 연락을 해온 장모를 찾아가는 사위로서는 엉뚱한 질문이었다. 아무튼 어삼만은 질문이 많았다. 호기심으로 가득했다. 심복사를 가본 적이 있는가 물었다. 장동건은 처음이라고 했다. 장장숙은 전에 이름을 들은 절이었다. 재료공학을 공부하러 미국에 갔던 장려화가 문자 메일을 보내온 적이 있었다. 심복사에서 글쓰기를 공부하고 있으니 한번 들르라는 내용이었다. 그 심복사가 여긴가, 장장숙은 어깨를 추썩 들어 올렸다. 친구가 심복사에 와 있다고 했는데, 연락해 보겠습니다. 장동건은 자기 귀를 의심했다. 딸 장장숙과 사위 어삼만이 장려화를 둘이 똑같이 잘 알고 있다는 건 뭐란 말인가. 도무지 어느 나라 풍속인지 알기 어려웠다. 장동건은 잠시 멈칫했다. 한국 사람 둘이 인도 사람 하나 안다는 걸 풍속이니 하는 식으로 생각하는 건 분명 옹졸한 비약이었다.

차내 라디오에서는 평택항 국제대교 상판이 무너지는 바람에 인근 교통이 이삼 일간 통제된다는 방송을 내보냈다. 차량의 우회로를 안내하는 방송이 거듭되었다. 문제는, 방송에서 안내하는 길 어디로도 돌아가거나 우회할 방법이 없다는 점이었다. 고립이라는 말이 실제상황이었다.

어차피 어머님 만나러 가기는 늦었고, 근처 어디서 묵어야 할 것 같습니다. 어디서 묵는다? 템플스테이라는 거 있지 않아요? 자네는 늘 그렇게 천하태평인가? 우리가 빨리 간다고 장모님 팔이 금방 날개 단 것처럼 움직이지는 않아요. 이 사람 너무한 거 아냐? 한국어 '너무'는 부정의 이미지를 떨어버리고 너무 자연스럽게 긍정의 이미지를 획득하고 있는 중이라고요. 너무가 너무 넘치는 나라가 한국인 거 같아요. 그리고 빠진 팔은 잡아당겨 맞추면 된다고요. 츳츳 혀를 차는 장동건을 장장숙이 흘겨봤다. 팔이 어떻게 빠졌다는 걸 모르는 상황에서, 잡아당겨 맞추는 간단한 일로 치부하는 게 경박스럽다는 생각을 불러왔다.

4

—

심복사

템플스테이, 불가유숙? 장동건으로서는 해본 적이 없는 일이었다. 팔이 빠져서 병원에 가 있는 아내를 두고 호수 건너 절간에서 하루를 보낸다는 것은 말이 되질 않는 상황이었다.

네 생각은 어떠냐? 장장숙은 속으로 무슨 생각을 하는지 아무 대답이 없었다. 내친김에, 자빠진 김에 쉬어간다고, 가보세나. 장동건의 말에 어삼만이 깔깔대며 웃었다. 떡 본 김에 제사 지낸다는 말도 있잖아요, 기회포착을 잘하란 뜻이지요? 말하자면 그런 셈이었다. 장장숙이 내비게이션을 켜고 현덕면 덕목리에 있는 심복사라는 절을 향해 차를 몰았다.

광덕산 심복사(深福寺)는 아담한 절이었다. 일주문, 강당, 대웅전 그리고 좌측에 응화당이라는 강습소가 갖추어져 있었다. 그 맞은편에 요사채가 자리잡고 있었다. 대웅전 뒤로 계단을 올라가면 삼성각이 자그마하게 절 경내를 내려다보게 앉혀졌다.

신축한 강당이 대웅전 앞을 가리고 있는 건 눈에 거슬렸다. 그런데 그 현판이 '해수향'이라고 되어 있는 것은 좀 이채롭기도 했다. 대웅전에는 大寂光殿(대적광전)이란 현판이 걸려 있었다. 건물에 비하면 버거울 정도로 큰 현판이었다. 근래 새로 지은 건물들 때문에 세속화된 듯, 한편으로 그윽한 분위기를 유지하고 있는 절이었다. 전국적으로 유명사찰이 관광지가 된 것은 오래전 일이다. 그러나 이 절은 그런 유흥적 분위기에서는 멀리 떨어진 사찰이었다. 수도권에서 그리 멀지 않은 지역에 이런 절이 있는 것은 나름대로 의미 있는 문화재의 배치였다.

이 절, 신라 시대에 창건된 대단한 물건입니다. 절의 창건 연대를 신라 대로 추정한다는 안내판을 읽어보던 어삼만이 말했다. 절을 물건이라고 하는 맥락은 좀 거슬리는 어감이었다. 외국인이 구사하는 한국어 그게 완벽할 수 없는 일, 말로 인한 근원적 거리감은 앞으로도 어쩔 수 없을 터였다. 딸 장숙 때문에 저런 낯선 사람을 겪어야 한다는 것은 장동건의 속을 끓어오르게 했다. 이따금은 자기 자식 아니지 않은가 하는 엉뚱한 생각이 들기도 했다. 어삼만을 받아들이는 장동건의 수용 태도는 양면적이었다. 기대와 실망 사이를 오갔다.

통일신라 시대라면 어림잡아 7세기 말경이니까, 불사를 한게 천삼백 년 저쪽의 일이었다. 인도에서는 불교의 세력이 약화되는 무렵이었다. 단순한 약화라기보다는 스리랑카나 티베트, 중국으로, 그리고 한반도로 일본으로 불교가 전파되면서 발상지에서 중심세력권을 벗어나는 중이라고 보는 게 정확할 듯했다.

일주문에는 廣德山深福寺(광덕산 심복사)라는 현판이 달려 있었다. 해서체로 쓴 글씨의 필체가 단아하고 힘이 있어 보였다. 일주문을 지나 강당에 해당하는 건물은 돌기둥 위에 결이 고운 나무 문살을 연달아 붙인 복식 삼간 건물이 올려져 있었다. 그런데 거기 붙은 현판이 특이했다. 당호나 누명(樓名)을 연상하기는 거리가 있는 海水香(해수향)이라는 소박한 현판이 붙어 있었다.

해수향이라니? 낙산사 해수관음이나 남해 보리암의 해수관음을 본 적이 있었다. 그런데 해수관음을 조성해 세운 것도 아닌데 해수향이라는 누각 명칭은 좀 이색적이라는 느낌이 들었다. 관음이 소리를 본다는 뜻이라면 바닷물 향기를 못 맡을 턱이 없을 것 같기도 했다. 감각과 감각의 경계를 넘나드는 게 한국인의 발상법 아닌가 하는 생각이 들기도 했다. 어삼만에게 물어볼까 하다가, 숨을 고르고 건물 앞에 서서 저 아래쪽을 멀리 바라보았다. 평택항의 물빛이 낮은 산자락 사이로 비쳐 보였다. 어쩌면 조금 전에 본 혜초의 기념비가 이곳 심복사와 연관이 있을 듯했다. 바닷물의 향기가 아니라 바닷물을 바라본다는 해수향(海水向)은 아닐까 하는 생각도 들었다. 어삼만에게 물어볼까 하다가 한발 물러섰다.

산스크리트가 어쩌니 하면서 난삽한 설명을 하려 들지 싶어, 그대로 돌계단을 밟아 올라갔다. 대웅전 앞에는 아담한 삼층석탑이 서 있었다. 고려 시대 석탑 양식으로 보였다. 장동건은 대웅전 건물을 쳐다봤다. 그런데 대웅전이 아니라 '대적광전'이라는 현판이 눈에 들어왔다. 이게 본전 건물이지? 장동건이 물었다. 어삼만이 기다리기라도 했다는 듯이 설명하러 달려들었다. 이 절 법당에 보물 565호로 지정된 '석조비로자나좌불'이 안치되어 있습니다. 어삼만은 득의의 웃음을 흘리며 그렇게 설명을 하려 들었다. 장동건은 돌부처보다 대적광전이란 현판이 우선 궁금했다. 법당으로 들어가는 어삼만을 불러세웠다.

이보게, 어떤 절은 본당을 대웅전이라고 붙이고 어떤 절은 대적광전이라고 하는 건물이 있는데 왜 그런지, 자네, 아나? 사위의 박식함을 믿는 나머지 던진 질문이었다. 물론 거기에는 한 줄기 의문이 동반되어 있었다. 인도는 힌두교가 주종을 이루는 국가라서 사실 불교하고는 거리가 있었다. 석가모니가 득도해서 설법을 시작한 이래, 불교는 분파를 거듭하여 반목하기도 하고 대립하는 가운데 약 천 년 가까운 세월을 풍미하다가 세가 약화되었다. 거기에는 정치적인, 문화적인 영향이 있었다. 개인의 초월을 주장하고 욕망을 버리라고 가르치는 불교는 전쟁도 수행하고 남의 나라를 정벌해야 하는 정치와는 거리를 둘 수밖에 없었다. 승려들의 결혼을 금하는 것도 불교 쇠퇴의 한 원인이 되었다. 종족보존의 본능까지 억제하는 게 과연 정당한가 하는 의문이 있었고, 현실적인 무리를 가져왔다. 결국 불교는 인도 안에서 힌두교의 한 파벌인 것처럼 묻혀버린다. 그러나 그건 정확한 지식이 아니었다. 그저 대강 알고 있는 상식에 불과한, 장동건의 방식으로 이해하는 불교의 전개 맥락이었다.

비로자나불을 모신 법당을 대적광전이라고 이름을 붙이는 겁니다. 현판은 우측에서 아래로 두 글자씩 문자를 앉히는 식으로 검은 바탕에 백색 양각으로 각자(刻字) 되어 있었다. 어삼만은 대적광전에 대해 설명했다. 비로자나불이라고 들어보셨지요? 어삼만의 설명은 그 물음에 이어졌다. 장장숙이 '사찰 건축의 이해'라는 리플릿을 찾아 들고 왔다. 산스크리트어를 번역한 한자 어휘들이 정리되어 있었다. 장동건은 주제어를 대강 훑어보았다. 비로자나불(毘盧遮那佛), 화엄전(華嚴殿), 비로전(毘盧殿), 연화장(蓮華藏), 관음(觀音), 그런 단어들이 눈에 들어왔다. 어삼만이 설명을 늘어놓았다.

대적광전은 화엄전이라 하기도 하고 비로전이라고도 합니다. 주로 화엄종 사찰에서 본전으로 세우고 비로자나불을 모십니다. 비로자나불이 있는 연화장세계는 장엄하고 진리의 빛이 가득한 대적정의 세계라 하여 전각 이름을 대적광전이라고 한다고 해요. 화엄종의 사찰에서 주불전이 아닐 경우에는 그냥 비로전이라 하지요. 화엄전이라는 이름은《화엄경》에 근거해서 붙인 전각 이름입니다.

어삼만은 화엄전의 내부 구조며, 부처를 앉히는 방법, 불공을 올리는 방법 등을 자세히 설명했다. 그러고는 눈썹 아래 깊이 패어 들어간 눈으로 장동건을 빤히 쳐다봤다. 뭔가 확인하고 싶은 의욕이 안에서 끓어오르는 것 같은 얼굴이었다. 아울러 우수와 신비감이 어우러진 눈빛이었다. 장동건은 어삼만을 건너다보며, 인간 내면의 깊이란 무엇인가를 생각했다. 어삼만은 잠시 설명을 멈추었다. 장동건이 설명을 대충대충 듣는 눈치를 챈 것 같았다.

사위가 똑똑하면 장인이 기뻐한다……? 그런 말이 있는데, 저를 보니까 정말 그렇지요? 어삼만이 장동건을 향해 물었다. 아유 웃긴다 웃겨, 장장숙이 끼어들었다. 사위 똑똑하면 장인 골치 아프다, 그런 걸 패러디한 거 아니겠나. 장동건이 사위 어삼만의 말을 비틀어보았다. 속이 좀 가라앉은 모양이었다. 장장숙은 부친과 남편이 주고받는 이야기를 듣고 빙긋빙긋 웃었다. 장인이 자기를 인정하는 눈치를 보이자 어삼만의 입이 가볍게 놀기 시작했다.

저는 대적광전이란 말을 사랑합니다. 밝은 빛이 아니라 고요한 빛입니다. 크고 고요한 빛은 적멸의 빛보다는 다가옴이 짙습니다. 관세음이란 말도 한국에 와보니 공감각적 은유더라고요. 그게 무슨 소리야? 소리를 본다는 거잖아요…… 관음이란 말, 어떤 교수님한테 들었는데요, 당나라 이전에는 관세음보살이었는데, 당 태종 이세민의 이름에 인간 세(世) 자가 들어 있어서, 휘자(諱字)인 세 자를 쓰지 말라고 해서, 그냥 관음보살이라고 했답니다. 제가 이 정도는 알고 다닙니다. 어삼만이 자기 자랑을 넌지시 내비쳤다. 자네, 불교사가 전공이랬지? 저는 알라, 시바, 부처, 다 아는 사람입니다. 그런 중에 어떤 신이 자네 하늘나라 데려갈까? 하늘나라, 아직 멀었습니다. 엄마랑만 통이 잘되는 줄 알았더니, 아버지랑도 통이 기차네요. 장장숙의 말투에는 약간 비난조가 섞여 있었다. 가난한데 뜻이라도 잘 통해야지. 장동건은 자기 말에 스스로 열적은 웃음을 띠었다.

어삼만이 핸드폰을 집어 들었다. 장모님……? 저, 장모님 사위 어삼만인데요…… 우리 여기 심복사에서 장모님 아픈 거 나으라고 기도하는 중입니다. 전화기 저쪽에서 깔깔대며 웃는 소리가 들렸다. 장모님 사랑해요. 장동건이 어삼만을 모가 난 눈초리로 쳐다봤다. 어삼만은 그 눈초리를 피하기라도 하듯 설명을 이어갔다.

법신은 빛깔이나 형상이 없는 우주의 본체인 진여실상을 의미하는 것입니다. 이 부처를 몸을 뜻하는 신(身)이라고 하였을망정 평범한 색신이나 생신이 아니며, 갖가지 몸이 이것을 근거로 나오게 되는 원천적인 몸을 뜻합니다. 장동건은 어삼만의 어깨너머로 비로자나불을 그윽이 바라보고 있었다.

어삼만의 설명이 이어졌다.

이 부처님을 형상화할 때는 천엽연화의 단상에 결가부좌를 하고 앉아, 왼손은 무릎 위에 놓고 오른손은 가볍게 들고 있어요. 저거 보세요. 저렇게 커다란 연화로 이루어져 있는 이 세계 가운데에는 우주의 만물을 모두 간직하고 있다 하여 흔히 연화장세계라고 하는 거고요. 저 부처님이 연화장세계의 주인이지요. 장동건은 안내서의 한자어들을 찾아 손가락으로 짚어가면서 어삼만의 설명을 들었다. 진여실상(眞如實相), 천엽연화(千葉蓮華), 연화장세계(蓮華藏世界), 색신(色身), 생신(生身), 그런 단어들은 소리로만은 뜻이 통하지 않았다. 그리고 산스크리트어를 번역한 한자를 발음한다는 게 애초부터 무리였을지 모를 일이었다. 다행인지 불행인지 한자어가 중간 다리를 놓아 대강의 뜻을 짐작하게 했다.

너무 어렵고…… 허공을 넘나드는 상상력을 지닌 사람이라야 이해할 것 같네. 그래, 저 돌부처가 그렇게 어마어마한 존재란 말인가? 장동건은 놀라는 눈을 해가지고 감탄 섞인 비난을 뱉어냈다. 그런데 저런 부처 하나 조상하는 데 돈은 얼마나 든다나? 핸드폰이 울렸고, 장장숙이 법당을 벗어나 전화를 받았다. 다행이네요. 우리가 부처님 앞에 절했더니 영험이 있나 봐요. 그런 소리가 들렸다.

엄마가 병원에 가 있대요. 장장숙이 자기 부친에게 핸드폰을 내밀면서 말했다. 아빠 바꿀게요. 장동건이 핸드폰을 받아

들었다. 아니, 지금 내 팔이 절딴나서 축 늘어져 못 쓰게 되었는데 한가하게 절에 가서 기도한다고요? 그게 도무지 말이돼요? 마구 퍼붓는 투였다. 길이 막혀서, 차가 꼼짝을 못해. 우리도 해보는 도리가 없어서…… 장동건은 우물쭈물 전화를 받았다. 평택이나 그런 데로 돌아오면 되잖아요, 주변머리하고는…… 돌아오라고? 암튼 다시 평택으로 나가서 천안, 아산, 그렇게 오면 되잖아. 나, 여기 아산병원에 와 있으니 알아서 하세요. 장동건이 대답할 사이도 없이 통화가 끊겼다. 아무튼 도로가 사방으로 막혀 있었다. 고립되어 있는 정황은 풀리지 않았다.

당황해하는 장동건을 쳐다보며 어삼만이 빙긋이 웃었다. 아무 때나 빙긋이 웃고 상대방을 빤히 쳐다보는 어삼만한테 장동건은 질릴 만큼 되었다. 저런 맘 좋은 얼굴로 한국에서 어떻게 학위 받고 일자리를 구할지 까마득하다는 생각이 들었다. 그런데 이야기를 들어보면 웬만한 한국인보다 한국어를 더 잘했다. 그리고 무엇보다 유식했다. 그 유식함이 장동건을 주눅 들게 했다. 무식한 자의 용기를 두려워하라, 그게 장동건의 표어 가운데 하나였다. 장동건은 나름대로 자신의 표어를 실천하기에 애를 썼다. 장동건이 강수일의 책을 두루 찾아 읽는 것도 그러한 맥락과 연이 닿아 있었다. 장동건은 남을 앞서가는 것은 몰라도 남들만큼은 자신을 닦아야 한다는 다짐을 잊지 않으려고 애썼다. 그래서 유식한 인도인 사위가 맘에 착 안겨 들었다. 물론 의문이 없지 않았다. 장동건은 자기도 모르게 관세음보살! 그렇게 낮은 소리로 한숨처럼 내뱉었다.

일행은 법당 안에 앉아 다른 사람들이 절하고 기도하는 모습을 한참 바라보았다. 어삼만은 혼자 절을 했다. 어삼만이 절을 끝내고 얼굴에 흐른 땀을 닦고 있었다. 우리 저 위 삼성각에 올라가봐요, 거기 가면 바다가 잘 보일 거 같지 않아? 장장숙이 어삼만의 소매를 이끌었다. 장동건은 두어 걸음 뒤에 떨어져 걸어 올라갔다. 딸의 뒷모습을 찬찬히 살폈다. 키는 작달막하지만 엉덩이가 실팍하고 다리에 팽팽한 근육이 잡혀 보였다. 해산바라지를 하러 왔던 장모가, 애 크면 애 잘 낳게 생겼네, 잘 키우소! 하던 얘기가 기억에 떠올랐다. 이게 다 삼신할미가 베풀어주는 은혜인 것이여. 장모는 북쪽으로 난 부엌문을 열어젖히고 비손을 했다. 삼신과 삼성이 무슨 관계가 있는지 궁금했다.

자네 삼성각이 왜 삼성각인지 아나, 혹시? 무식해도 의문이 있으면 미혹을 벗어날 수 있지요. 어삼만은 하늘을 올려다보았다. 시커먼 비구름이 몰려들고 있었다.

5

옛 친구와 구루

어삼만은 깔깔거리면서 웃기부터 시작했다. 삼성각과 산신각이 어떻게 다른지 묻는 장인 장동건의 질문이 우습다는 뜻인 모양이었다. 그저 넘어가면 될 일이지 어른의 질문에 태도가 불손하다는 생각이 들었다. 장동건은 크음 헛기침을 했다. 문득 떠오르는 구절이 있었다. 민이호학(敏而好學) 불치하문(不恥下問), 《논어(論語)》 어디선가 읽은 기억이었다. 즐겨 배움에 민활하고 아랫사람이라도 묻는 걸 부끄러워 말지니라, 그런 뜻이었다. 모르는 것은 모르는 것이지, 사위에게라고 장인 권위 내세울 일이 아니었다.

한국 불교는 도교와 습합하고, 재래 신앙까지 녹여내어 독특한 색채의 사상 체계, 아니 세계상을 구축했는데 말이지요, 삼신 아니 삼성은 도교의 삼청이 변화한 거잖아요. 도교에서 자기들 사원을 삼청전이라고 하는데, 한국 절에서는 대웅전, 대적광전 같은 전각이 있으니까 그것보다 규모가 작고 위치가 하나 아래인 각을 붙여 삼신각이나 삼성각이라고 하지요. 독성, 칠성, 삼신…… 을 모시는데, 어떤 절에서는, 아, 그게 양산 통도산데요, 거기서는 삼성각에 지공화상, 나옹화상, 무학대사를 모시기도 해요. 어삼만은 대충 설명을 했다. 그러다가 다시 하늘을 쳐다봤다. 비가 올라나…… 한데 그렇게 어수선하면 어떻게 엄정한 질서가 서겠는가? 본래 모태는 그렇게 어수선하고 흔들리고 뒤섞이고 그러는 거지요. 정신적 신앙의 터밭이라는 뜻인 모양이었다. 그러니 그 의미가 선명한 것은 아니었다. 장동건이 물었다. 모태라니? 아버지, 이제 그만하세요, 비 와요. 장장숙이 내려가기를 재촉했다.

장장숙이 어떤 생각을 하는지 "장하던 금전벽우 찬재 되고 남은 터에……" 그렇게 노래를 흥얼거리기 시작했다. 장동건은 〈장안사〉라는 그 노래는 자기도 고등학교 때 부르던 거라서, 장장숙과 같은 세월 안에 있다는 느낌이 들었다. 너, 금전벽우(金殿碧宇) 그게 무슨 뜻인지 아냐? 노래에서 꼭 그런 뜻을 따지고 해야 돼요? 노래는 노래지…… 비 쏟아지겠어요. 장장숙이 서둘렀다. 심복사도 한때 금빛 전각과 기왓골 푸른 건물이 그득했을 거란 생각이 들었다.

삼성각에서 대웅전 마당으로 내려오는 길은 꽤 길었다. 동쪽에서 구름이 몰려들었다. 구름이 몰려온다 싶더니, 소나기가 퍼붓기 시작했다. 비 맞아 젖으면 말리면 되고…… 어삼만은 느긋하니 발걸음을 옮겼다. 요사채 추녀 밑으로 들어가 비를 그었다. 아주 짧은 시간이었는데 윗도리 옷가지가 홈빡 젖었다. 비는 멈출 줄을 모르고 패연히 죽죽 쏟아졌다. 산사에서 만나는 비는 부처님의 자비가 내리는 겁니다. 어삼만의 법어 같은 말에 장장숙이 들이받았다. 뭔 얼어죽을 자비야, 비 맞은 중 꼴이나 되지. 저놈의 주둥이, 장동건은 입으로 말을 내지는 못하고 말을 삼켰다.

요사채 문이 열리고 회색 승복을 입은 청년 하나가 수건을 들고 나왔다. 빗물이라도 훔치시지요. 어머 장려화? 장장숙이 달려들어 청년을 덥석 끌어안았다. 평택이라는 데가 여기였어? 장장숙이 장려화를 쳐다보며 물었다. 어삼만의 얼굴에 묘한 웃음이 떠올랐다.

여어, 삼만라나! 여기는 어쩐 일로? 장려화가 어삼만의 손을 잡고 놀랍다는 듯이 상대방의 얼굴을 바라보았다. 그런데 말입니다, 장려화 친구는 심복사 스님이 되었습니까? 어삼만이 장려화의 복색을 아래위로 살피면서 물었다.

아닙니다, 장기 템플스테이를 하고 있습니다. 어삼만이 장려화라는 청년을 장동건에게 소개했다. 한국에서 처음! 만난 친구입니다. 처음에 강세를 두어 한국에서 '처음' 만났다는 것을 강조하고 있었다. 장동건은 이미 알고 있는 사람이지만 안다는 내색을 하지 않았다. 다만 장려화가 어떻게 여기에 와 있는가 궁금해서 무연히 쳐다봤다. 아슴푸레한 기억이 안개처럼 형상을 갖추지 못한 채 머릿속을 흘러갔다.

제가 장려화입니다. 장장숙이 피식 웃었다. 장동건은 장장숙과 장려화를 번갈아 쳐다보며 기억을 더듬고 있었다. 장한산부인과…… 장동식 원장, 그의 아들…… 고등학생 미혼모 장장숙의 아이를 맡아 받아주었던 장한산부인과 원장의 얼굴이 눈앞에 어른거렸다. 장동건은 눈길을 거두어 어삼만 쪽으로 옮기었다. 저간의 사정을, 장장숙이 어떤 이력을 가지고 있는지를 어삼만이 알고 있을까. 안다면 얼마나 깊이 알고 있을까, 그게 이들 살아가는 데 앞날을 가로막는 장애물이 되지는 않을 것인가, 그런 의문이 꼬리를 물었다.

혹시 장장숙과 장려화가 배다른 남매간은 아닌가? 그런 엉뚱한 생각을 했다. 말로 설명이 안 되는 이끌림, 그것은 생각의 갈피를 어지럽게 흩어놓았다. 성이 같다면 자기와 연이 닿아 있을 터인데, 자기 기억으로는 이생에서 맹세하건대 단연코 아니었다. 그러면 전생에서? 아니, 아내 신지미와는 어떤 핏줄이 말 못하게 얽힌 것은 아닌가, 엉뚱한 상상이었다. 뒤숭숭한 생각처럼 비는 계속 내리고 있었다.

무슨 공부를 하는데 얼굴이 안됐네. 장장숙이 장려화의 소매를 잡으면서 하는 말이었다. 장장숙 뒤꽁무니를 따라다니던 장려화는, 사랑한다면서 입도 한번 안 맞춰주는 얼치기라는 핀잔을 듣고는, 오래 같이하기 어렵겠다고 장장숙과 갈라섰다. 미국으로 유학 가서 신소재공학을 전공하겠다던 장려화는 어떤 계기에 미국에서 돌아왔는지 서울대학교 한국어 교육원 강사가 되어 있었다. 역시 재주 있는 사람다운 행동이었다. 적응력과 돌파력이 있었다. 장려화에게는 걸거치는 일들이 오히려 힘이 되었다. 자신의 의지를 시험해보는 좋은 기회라고 생각하면서 일을 밀고 나갔다.

미국 가서 신소재공학 공부 하겠다더니, 왜 한국에 돌아왔어? 장장숙이 장려화의 손을 슬그머니 잡으면서 물었다. 서로 총질하며 살아야 하는 나라가 싫어서. 근간 미국에서 총기사고가 유난히 많았다. 심지어는 고등학교에서까지 무차별 난사를 당하고 죽는 젊은이들이 속출했다. 교회에서 예배 도중에 총이 난사 되고, 젊은 대학생들이 모여서 파티를 하는 펍에서도 총기사고가 났다. 뉴욕 도심 타임스퀘어에서 자살 폭탄 테러가 발생하기도 했다. 개인총기 소지 금지를 법제화해야 한다는 여론이 일었지만, 무기상과 정치인들의 결탁으로 매번 좌절되고 말았다. 사실 장려화는 개인들이 총을 가지고 살아야 하는 그 정글 같은 분위기를 견뎌내기 힘들었다. 그렇다고 자신이 총을 들고 나서기는 마음이 허락을 하지 않았다.

설마? 총을 못 쏘는 건 아니고? 장장숙은 키들거리면서 장려화의 바지 앞자락을 눈으로 훑고 있었다. 잠재된 적대감이 어떻게 터질지 모르잖아. 미국까지 가서 총 맞아 죽기는 그렇고…… 장려화가 장장숙의 눈길을 피하면서 하는 말이었다.

장장숙은 옅은 한숨을 쉬었다. 나 보고 싶어서 돌아온 건 아니고? 장장숙이 장려화를 흘긴 눈으로 쳐다봤다. 꿈도 야무지시네. 그게 무슨 뜻인지 장장숙은 언뜻 감이 잡히지 않았다. 장장숙은 어삼만을 흘깃 쳐다봤다.

그런 일이 있었다. 장장숙과 장려화가 가평 남이섬으로 놀러갔던 적이 있었다. 장장숙이 장려화에게 알몸으로 달려들었다. 나는 불장난이 싫어, 이건 위험한 불장난이라구. 언제 우리가 이 갈피 잡지 못하는 불에 타 죽을지 몰라. 그런 이야기 끝에 장려화는 그답지 않은 자기 혈족의 계통을 이야기했다. 덕수 장씨 시조가 위구르인이라 하는데, 이들을 아라비아인이라 하는 설도 있다. 장려화는 한국인이 백의민족이라는 것은 이데올로기에 의한 가구(假構)라면서, 신라 시대부터 외국인들이 드나들었고 조정에서 벼슬을 하기도 했다는 이야기를 할 때는 제법 진지한 태도였다. 그런데 이야기를 확 비틀었다.

여기는 한국이야, 어른들의 관계를 우리가 모르잖아. 어떻게 얽혀 있는지 말야. 장장숙은 헉, 숨을 내뱉었다. 텔레비전에서는 〈그대의 뒷모습〉이라는 막장 드라마가 방영되고 있었다. 씨 다른 남매끼리 사랑에 빠졌다가 어머니가 같은 사람이라는 것을 알고 번민 끝에 자살을 기도하는 내용이었다. 그래, 우리가 저런 막장 드라마의 주인공이 되면 곤란하겠지, 옷을 챙겨 입고 돌아서는 장장숙은 울고 있었다.

장려화는 어삼만과는 깊은 사귐을 가진 사이였다. 어삼만이 한국에 와서 대학원에 들어가기 위해 한국어를 공부하는 과정에서 장려화를 만났다. 장려화는 한국어학원 강사로 일하고 있었다. 어삼만은 젊은 한국어 강사 장려화와 가능하면 가까이 지내고 싶었다. 외국어를 배우면서 원어민과 사귀는 것은 일종의 필수과정이었다. 어삼만은 장려화가 왜 한국어 강사를 하는지가 궁금했다. 감출 것 없이 직설적으로 물었다. 강사님은 왜 한국어 강사가 되었어요? 장려화는 잠시 멈칫하다가 어삼만의 어깨에 손을 얹었다.

장려화가 말했다. 나는 소설가가 꿈입니다. 여기서 강의하는 건 밥벌이로, 아니 아르바이트로 하는 일입니다. 소설가가 꿈이라면서 왜 한국어를 가르쳐요? 어삼만이 물었다. 소설을 쓰려고 하니까 한국어를 잘해야 하지요. 그래서 내 모국어를 더 확실하게 익힐 겸, 잠시 알바로 강의하는 겁니다. 장려화가 대답했다. 모국어를 더 익힌다는 건 말이 이상합니다. 하기는 듣고 보니 그럴 만도 했다. 잠깐만요…… 어삼만이 뭔가 물으려다가 도로 걷어 넣는 눈치였다.

어삼만은 언어가 돈벌이가 된다는 생각을 왜 진작 하지 못했던가 싶었다. 한국에서 아랍어와 인도어를 가르치는 일을 한다면 학비는 충분히 벌 수 있을 것 같았다. 어삼만이 한국에서 아랍어나 인도어를 가르치면 어떨까, 그런 생각을 할 무렵에 인도말로 진정한 선생을 뜻하는 '구루'를 만났다. 그게 강수일이라는 실크로드 학자였다. 다른 이들에게는 마하 샤리프로 알려진 그 문제의 인물이었다.

어삼만은 아랍어나 인도어를 공부하고 싶은 수강생을 찾느라고 여러 방면으로 갖은 애를 다 썼다. 한국외국어대학교 힌디어학과에 가서 문의를 하기도 하고, 중동에 기술자를 파견하는 건설업체를 방문해서 사람을 찾아보기도 했다. 그러나 일이 생각했던 것처럼 녹록하지를 않았다. 웬만한 건 영어로 소통이 다 되는데 그 어려운 말을 왜 배우느냐는 타박들을 늘어놓았다. 하기는 안녕하세요? 그렇게 입력하고, 아랍어, 그렇게 다시 입력하면 '마르하반'이라고 답을 내주었다. '나마스테'는, 그런 이름의 소설까지 나올 정도로 일상화되어 있었다.

말로 벌어먹기는 참으로 구차한 일이었다. 아랍어니 인도어니 하는 거 가르치는 구차한 일을 걷어버리고, 서울대학교 대학원에 들어갈 수 있었던 것은 오로지 강수일 선생 덕이었다. 강수일 선생이 《이븐 바투타》 여행기를 번역하면서 원어민 아르바이트생을 썼다. 아랍어 어휘를 정확하게 비정하는 데 원어민이 필요했다. 아랍이 인도와 교역 관계를 가졌던 터라, 아랍어와 힌디어를 할 줄 아는 사람이 더욱 소중한 재원이었다.

강수일 선생에게 어삼만을 소개한 것은 장려화였다. 장려화는 강수일 선생이 역주한 《혜초의 왕오천축국전》을 소재로 소설을 쓰고 싶어서, 강수일 선생을 몇 번 만난 적이 있었다. 그거 소설로 쓰면 좋지요, 잘 해보라면서 강수일 선생은 장려화에게 손을 내밀어 악수를 했다. 그리고 헤어질 때는 등을 두드려주면서, 나는 혼자 산 사람이요, 그래 제자가 없어…… 그러면서 서글픈 눈으로 구름 스쳐가는 하늘을 쳐다봤다. 언제던가 장려화가 몽골 사막에서 낙타 걸어가는 모습을 본 적이 있었다. 맨살이 드러난 무릎에 피딱지가 진 채 먼 하늘을 바라보고 있는 모습이 생의 허무를 되씹는 어느 늙은 철학자의 모습을 연상하게 했다. 강수일 선생은 일 열심히 하는 무서운 사람으로 이름이 나 있었다. 외로움을 탄다든지 허무감에 휩싸이는 등의 지적 사치와는 거리가 먼 사람이었다. 세간의 명성이 고독감을 걷어주는 그런 장치가 될 수 없다는 것은 장려화로서도 이해할 수 있는 인간 본연의 조건이었다.

국적은 인도지만 아랍어에 능통한 어삼만은 언어 측면에서, 강수일 선생의 조수로 적격이었다. 14세기, 모로코 출신 이븐 바투다가 20여 년간 여행한 지역은, 실로 광역 행보였다. 메카를 향한 순례 여행과 이집트, 시리아, 헤자즈 등지로 향하는 여로는 현자를 만나 지혜를 구하는 여행이었다. 아프리카 북부에서 아랍, 말레이시아, 중국을 두루 더터 다녔다. 그리고 지중해 지역을 여행하기도 했다. 그 넓은 지역의 풍속과 인정에 묻어 있는 언어의 다양성은 번역자의 호한한 언어 지식을 요하는 것이었다. 강수일 선생이 아니면 감히 욕심내어 달려들 수 없는 일이었다.

돌아다니는 인간, 그게 호모 비아토르라고 하는 것이잖은
가. 강수일 선생은 그렇게 이야기를 꺼냈다. 몸으로 돌아다니
는 것도 돌아다니는 것이지만, 정신적으로 영역을 넓혀가며
탐구를 계속하는 것 또한 돌아다니는 일이지 않겠나. 서양 학
자들 말로는 노마디즘이라는 거, 유목이라는 것인데 돌아다
닌다는 뜻의 공통성은 있지만, 그건 어원이 그렇달 뿐이지 사
실 양 떼를 몰고 돌아다니는 일은 단조롭지. 그러니 진정한
의미의 떠돌기에서는 거리가 있다네. 떠돌면서 공부하는 일
은 정신의 부단한 자기쇄신을 거듭하는 그런 과정일 것이네.
그러니 우물을 파도 한 우물만 파라는 정착농경민의 상상력
으로는 새로운 학문을 추구하기 어려운지도 몰라. 경전이 만
들어지면 그걸 책갈피가 닳도록 달달 외는 걸로 학문이 되질
않아. 실크로드라는 게 돌아다닌 사람들이 남긴 문명이고, 그
연구는 돌아다니면서 할 수밖에 없는 일이었지. 그런데 이제
힘이 다한 것 같아. 이룬 것은 많지 않은데 그 마무리를 해야
하는 시간이 검은 개처럼 어슬렁거리면서 다가오는 건 말일
세, 공포스러운 일이야. 강수일 선생은 몸을 부르르 떨었다.
그러고는 한참 몸이 굳은 듯이 앉아 있었다. 학문의 끝자락이
그렇게 허무한 것이지. 강수일 선생은 파우스트식의 좌절과
절망을 줄줄 읊고 있었다. 어삼만이 번역 일을 도와 진행하던
끝 무렵, 어느 저녁이었다.

선생님이 남긴 책들이 다 살아서 뒷사람들에게 영향을 줄 건데요. 선생님은 대단한 분입니다. 어삼만은 강수일 선생의 옷자락을 붙들고 하소연하듯 이야기했다. 고마우이, 어삼만은 아르바이트 수당이 담긴 봉투를 주머니에 집어넣는 사이 눈이 알알하게 젖어왔다.

강수일 선생은 번역 작업이 끝나자 어삼만을 단군대학교 동양어학과에 소개해주었다. 대학에서는 아랍어와 힌디어를 가르쳤다. 대학에서 그런 강의를 하는 것은 큰 보람이었다. 무엇보다 한국의 젊은이들을 만날 수 있다는 게 자신의 생애를 위해 대단한 자산이 되겠다는 생각이 들었다. 단군대학교에서 기초 힌디어 강의를 듣던 장려화가 어삼만에게 달려들어 짙은 우정을 쏟아부었다. 신소재공학이니 하는 건 빌미에 불과했다. 힌디어를 공부해서 미국 사회의 인도인들을 연구할 생각이었다.

재단 이사진이 바뀌었다. 어삼만은 학위가 없다는 이유로 잘리고 말았다. 대학원에 복귀해서 공부하는 중에 장장숙을 만났다. 그리고 열 달은 사랑이 이어졌다.

어느 사이에 비가 그쳐 있었다.

6

—

이야기가 살아서

선연입니다. 장려화가 손을 모으고 머리를 숙였다. 안으로 들 드시지요. 장려화의 안내를 따라 요사채 방 안으로 들어가다가, 장동건이 발을 멈추고 물었다. 저 앞에 있는 어촌재(漁村齋)는 무슨 연유로 사찰 경내에 저런 재실이 있다던가? 장동건은 왜 차를 몰고 여기까지 왔는지 하는 것은 다 잊어버린 듯이, 호기심 어린 눈을 반짝였다. 장려화가 열적은 낯으로 입을 열었다.

이 땅이 본래 공씨 집안의 땅인데 절을 개축하고 하는 과정에서 그 땅이 절 경내로 들어왔습니다. 자그마치 육백 년이나 이어 내려오는 유서 깊은 집안이라고 합니다. 그래서 그런 재각을 절 안에 두게 되었습니다. 장려화의 간결한 설명이었다. 공씨라면? 공자의 후손일 터인데…… 장동건이 또 다른 의문을 달았다.

전해지는 바에 따르면…… 혹시 지루하지 않겠습니까? 장려화는 옆 사람들을 둘러보며 주춤했다. 우리 아버지 호기심 못 말리는 분이라구요. 장장숙이 끼어들었다. 원나라 때 노국대장공주를 모시고 고려로 들어온 사신이 귀화해서, 창원을 본관으로 하는 공씨가 되었다. 그런데 조선조로 내려오면서 중국에 조상을 둔 사람이 조선의 지명을 본관으로 할 수 없다고 해서, 아예 공자의 고향인 중국 산동성 곡부(曲阜)를 본관으로 하는 성씨가 되었다. 공씨 집안이라면 중국의 산동성과 여기 평택을 잇는 국제적 가교 역할을 할 만도 하다는 생각이 들었다.

장장숙은 혜초기념비 옆에 놓아둔 고깃배가 단지 어선이 아니라 중국을 오가는 배들을 상징하는 것인지도 모른다는 생각을 했다. 어머나, 공씨가 공자 후손이네. 장장숙이 감탄의 말을 내뱉었다.

장동건이 물었다. 심복사, 한자로 깊을 심에다가 복 복 자를 쓰는 심복사(深福寺)인데, 글자로 봐서는 복이 깊다는 뜻 아니오? 이 절이 언제 적 절이랍니까? 어삼만이 장려화 쪽으로 손을 내밀어 설명을 부탁하는 제스처를 취했다.

여러 정황으로 봐서는 신라 때, 통일신라 때 창건된 절인 게 확실합니다. 다만 중수기록이라든지 하는 점에서는 고려시대 절로 보는 게 일반입니다. 장려화는 거기까지만 말하고 멈칫거렸다. 신라 때 절이라면 무얼 근거로 해서 하는 얘깁니까? 어삼만이 물었다. 이런 연기담이 민간에 전해지는 것을 들었습니다. 장려화가 심복사 창건에 대한 이야기를 했다. 절이라는 데가 부처님 앞에 절하고, 이야기 듣는 데지요. 아무튼…… 장동건이 웃었다. 장려화가 전하는 이야기는 이런 것이었다.

옛날 신라 시대, 어느 왕인지는 모르지만요. 파주 문산포에 천문을(千文乙)이라는 이가 살았는데, 강에서 붕어니 메기, 쏘가리 같은 물고기나 건져 주막에 팔아서 근근 살아가는 가난뱅이였답니다. 그때나 지금이나 가난한 사람 살기 폭폭하기는 마찬가지지요. 아무튼 천씨는 좀 낯설지 않아요, 아니 낯설기보다는 희성에 속하지요. 그게 영양 천씨(潁陽 千氏)라는데, 이 성씨는 거슬러 올라가면 중국 하남성이 본거지였다는데 말이지요, 양자강을 타고 내려와 아마 영파나 거기쯤일 걸로 짐작이 되는데 말입니다. 동해를 건너, 우리로 보면 서해지요, 한반도로 들어오게 되었다고 합니다.

아무튼 천문을이라는 양반이 어느 날 고기를 잡으러 바다에 나갔다가, 그게 바단지 아니면 바다와 강이 만나는 포구인지 몰라요. 이곳 덕목리 앞 아산만에 이르게 되었다나요. 고기잡이에 열중하고 있던 중 그물에 무엇인가 묵직한 게 걸렸답니다. 큼직한 놈 하나 걸렸나 보다 하고 침을 삼키면서 손에 침을 뱉어 비비고서는…….

그물을 당겨보니 커다란 돌덩이였답니다. 자세히 살피지

도 않고 무작정 바다에 던져버렸어요. 그럴 때 재수 없게 그렇게 말하잖아요, 재수 없게 돌덩이가 그물에 걸리다니. 어부는 다시 그물질을 했어요. 얼마 후 그물에 또 무엇인가 걸린 듯했어요. 죽을힘을 다해서 건져보니 이번에도 돌덩어리였어요. 이상히 여겨 흙을 씻어내고 살펴보니까 그게 불상이었다는 겁니다. 눈꼬리가 옆으로 뻗어 흘러내린 얼굴에 웃음이 배어나는 불상이었다지요. 그런데 어인 일인지 오른쪽 눈이 짓물러 헐어 있었답니다.

깊은 불심을 지니고 있었던 어부는 자기 배 위에 건져놓은 부처님 앞에 여러 차례 절을 올렸지요. 보통 인연이 아니라고 생각하고 어디든지 모셔야 되겠다고 마음먹고 절터를 찾아 근처 광덕산으로 향하지 않았겠습니까.

이상하게도 등에 지고 있는 부처가 광덕산에 이르니, 어디선가부터 깃털같이 가뿐했습니다. 얼마쯤을 왔을까. 그렇게 가볍게 느껴지던 부처가 갑자기 똥 못 싸고 죽은 놈처럼 무거워서, 발길을 옮겨놓을 수가 없었어요. 어부는 부처님을 업은 채 그 자리에 주저앉았지요. 이곳이 부처님을 모실 곳인가 보다 생각하고, 그곳에 돌부처를 모셔놓고 바라보니 저 아래 산자락 사이로 보이는 바다 한 자락이 옥 빛깔로 물들어 있었습니다. 어부는 그 바다를 바라보면서 산을 내려왔습니다.

그러나 어부에게는 걱정이 생겼습니다. 부처님을 모시자면 당연히 법당이 있어야 하는데 난감했어요. 나이는 먹었고 거기다가 홀몸인지라 어떻게 불사를 할 도리가 없었던 거지요. 자기도 모르게 아미타불을 찾으며 관세음보살을 외웠지요. 그날 밤 어부는 꿈에서 부처님을 만났어요.

"걱정하지 말거라. 바닷가에 나가보면 난파된 배가 있을 것이니, 그 재목을 써서 건물을 짓도록 하고, 또한 바닷가에는 검은 소 몇 마리가 있을 테니 그들을 끌어다가 법당을 짓도록 하여라."

잠시 동안의 일이었지만, 그 모습은 생생하게 머릿속에 새겨졌지요. 어부는 날이 밝자마자 바닷가로 달려갔어요. 모래사장에 난파된 배의 잔해들이 여기저기 흩어져 있었고 멀리 검은 소 세 마리가 한가하게 풀을 뜯고 있는 게 아네요?

어부는 그 자리에서 몇 번이나 꿇어 엎드려 절을 올리고, 그 재목을 가져다가 불사를 하고, 바다에서 건진 부처님을 모셨다고 합니다. 그 절이 지금의 심복사라고 해요. 가난한 이의 불사라 큰 복을 받아 잘살라는 뜻으로 그런 이름을 붙였겠지요. 복 복 자가 이상할 건 없어요. 기독교에서도 성경을 복음이라고 하잖아요. 널리 보면 인간에게 득이 되는 것은 덕이고, 덕은 복 받을 것이지요. 복이 세속적인 게 아닌 셈인데 사람들은 자꾸 세속 운운하는 게 사실 속 좁은 발상일지도 모릅니다.

아무튼 누구한테든지 이 절의 연기설화를 이야기를 하고 싶었는데, 오늘 어삼만 학형을 만나 이야기하니 속이 다 후련합니다.

제가 이 절에 와서 부처님 앞에 엎드려 절하고 등 뒤로 돌아가보니, 불상의 등에 一心會通(일심회통)이란 네 글자가 뚜렷했습니다. 잘 아시는 것처럼 원효대사의 '화쟁론(和諍論)'의 핵심이 거기 새겨져 있다는 것은 이 부처가 신라의 원효를 예언하고 있던 건 아닌가 싶습니다. 아니면 불법의 수레가 늘 법계를 향해 굴러간다고, 법륜상전어법계(法輪常轉於法界)라잖아요. 어쩌면 신라 고승들이 중국으로 구법 여행을 했던 일과도 상통하는 점이 있는 게 아닌가 싶었습니다.

그렇게 추리하는 구체적 근거가 있습니까? 어삼만이 그렇게 묻는 바람에 이야기는 중도막이 났다. '불광보조시방세계'라는데, 추리의 근거를 따지는 것은 어삼만답지 않다는 생각이 들었다.

사실 여부를 떠나서, 흥미 있는 이야기군요. 어삼만은 눈빛을 반짝이며 장려화에게 고맙다는 인사를 했다. 장동건은 딸 장장숙을 쳐다봤다. 너, 저런 사람을 두고 어벙하니 멍청하니 그랬다는 거냐고 타박을 하는 눈치였다. 장장숙은 부친의 눈길에 거의 신경을 쓰지 않았다. 어삼만 옆에서 손을 만지작거리면서 이야기하는 장려화를 빤히 올려다보았다.

다시 장려화가 이야기를 이어갔다. 그저 하는 이야기가 아니라, 돌부처 지고 다니는 이야기가 연기설화 가운데 널리 퍼져 있는 것 같습니다. 가야에 온 허황후처럼 돌부처를 배에 싣고 왔다는 이야기도 있지 않습니까? 잘들 아시잖습니까? 본래 허황옥인데 허황후라 하는 그 어른이, 인도의 아유타국 공주인데, 가락국 수로왕의 배필이 되도록 하느님께서, 즉 상제가 마련을 해서 한반도에 왔다는 거 아닙니까. 이미 이천 년 전부터 인도와 한반도에 내왕이 있었다는 이야긴데 말이지요…… 혜초는 허황후가 인도에서 한반도에 온 이후 오백 년이나 지난 뒤 사람입니다. 장장숙이 장려화에게 다가가면서, 그래 혜초 공부 많이 했어? 그렇게 물었다. 장려화는 고개를 끄덕이면서 이야기를 이어갔다.

돌탑과 어떤 사찰의 연기설화는 널리 퍼져 있습니다. 돌탑을 져다가 옮긴다든지 하는 이야기는 현대소설에도 나타날 정도로 중요한 모티프인데 사람들은 그걸 그다지 눈여겨보는 것 같지 않습니다. 일반 사람들의 관심은 먹고사는 데 있지 돌탑에 있지 않다는 이야기를 하려다가, 장동건은 나서지 말아야 한다고 주춤했다. 장려화가 이야기를 이어갔다.

아시잖아요, 〈대학별곡〉에 동자상을 지고 산으로 올라가는 모티프가 나오거든요. 그거 김신이란 작가의 소설인데, 기억하세요? 장장숙은 고개를 옆으로 돌렸다. 읽은 지가 너무 오래서 기억에 아물아물한 작품이었다. 절로 부처를 찾아가는 게 아니라 내가 모셔온다는 그 발상이 대단하지 않아요? 아무도 대답이 없었다.

7

서해안 포구

요사채에 들어가 자리를 잡고 앉은 사람들에게 장려화가 차를 준비해 내놓았다. 나라마다 차 마시는 습관이 다른데, 한국에서는 차 마시는 일이 문화로 정착하지 않은 거 같더라고요. 어삼만이 차를 들기 전에 그렇게 이야기했다. 하기는 그랬다. 불가에서야 차를 선(禪)을 수행하는 방법으로 마시기도 하지만, 일반 백성들이야 먹고사는 문제가 우선인데 어느 결에 차를 만들어 마실 여가가 있었던가, 장동건은 그런 생각을 했다. 혜초가 구법 여행을 하던 시대에 신라에서는 어떤 차를 마셨을까, 장동건의 속생각이었다.

그런데 혜초가 평택과 무슨 연관이 있습니까? 어삼만이 장려화에게 물었다. 장동건은 조금 전에 해수향 건물 앞에서 산자락 사이로 등을 내민 바다를 바라보면서 혜초를 생각했던 게 떠올라 기이한 인연이란 생각을 굴리고 있었다. 확신은 없습니다, 주지 스님이 아실 터인데 지금은 출타하고 안 계십니다. 장려화는 멈칫하다가 짐작이라는 걸 전제하고 자기 아는 대로 이야기했다. 아마, 아산만 저 아래 당진이 있는데요. 당진이라고 한자로 당나라 당 자와 나루 진 자를 씁니다. 장려화는 메모지에다가 붓펜으로 '唐津'이라고 써서 어삼만 앞에 내놓았다.

아, 그렇습니다. 당진항은 서해안이니까 중국과 가깝지요, 그러니까 중국과 교역을 하고 불교가 전래되어 들어오는 통로 역할을 했을 겁니다. 당시는 범선이 오갔을 터인데 범선들이 지금처럼 목적지 항구에 정확하게 정박을 하지 못했을 겁니다. 영광의 법성포 또한 마찬가지입니다. 법성포(法聖浦)에서 법은 불교를 뜻합니다. 맞습니다. 성인 성 자의 성은, 성인 마라난타를 의미하지요. 384년 인도의 스님 마라난타가 중국을 거쳐 백제에 들어올 때 법성포를 거쳤습니다. 그래서 지금 법성포에다가 불교 전래 성지를 조성하고 손님들을 끌어들이지요. 장려화의 이야기는 막힘이 없었다. 장동건은 이 젊은이들이 자기보다 한결 앞서간다는 생각을 했다.

이 김에 어삼만을 한번 떠보고 싶었다. 자네는 한국의 불교 전래에 대해 잘 알겠군. 대학원에서 불교 연구한다고 한 적 있지 않나. 어삼만은 비실비실 웃으면서 저야 뭐 잘들 아시잖아요. 설명은 우리 장려화 형이 제격이지요. 뾰루퉁하니 어삼만을 쳐다보고 있던 장장숙이 어삼만의 옆구리를 찔렀다. 당신도 지지 말고 이야기하라는 뜻 같았다. 어삼만이 나섰다.

고구려, 대고구려지요. 소수림왕 2년, 372년 진왕이 사신 부견과 승려 순도를 보내면서 불상과 불경을 전했다고 하지요? 그렇지요? 두 해 뒤 아도가 진으로부터 왔지요. 소수림왕 5년 초문사를 지어 순도가 머물게 하고, 이불란사를 지어 아도가 석장하게 했다고 하잖습니까. 신라에 불교가 들어온 것은 뒤의 일이지요. 장동건은 이야기를 요약하면서 듣고 있었다. 눌지왕(411-457년) 때, 고구려에 왔던 아도가 신라에 들어와 토굴 생활을 하면서 불교를 알렸다. 521년(법흥왕 8년) 양나라 무제가 원표를 보내 왕실에 불교를 전했다. 귀족들의 반대로 널리 전파되지 못했다. 불교가 공인된 것은 이차돈의 순교(527년)가 계기가 되었는데, 528년경이었다. 이차돈의 순교에 대해서는 현장이라는 작가가 '허구 에세이'라는 책에 쓴 걸, 어삼만은 읽은 적이 있었다. 밖에 빗소리가 그쳐 있었다.

그런데 평택항 관광지에 세워놓은 혜초기념비는 평택이라는 지역과 어떤 연이 닿는 거라나? 장동건이 물었다. 장동건은 딸 장장숙과 청년 장려화가 남매라는 생각을 떨치지 못했다. 그러나 장동건 자신은 신지미 말고 다른 여자와 관계한 적이 없었다. 친구들한테 숙맥이라고 비난을 받을 정도로, 여자에 대해서는 백치나 다름이 없었다. 그렇다면 아내 신지미를 의심할 수밖에 없는 일이었다. 장한산부인과 원장 장동식은 키가 유난히 작았다. 장동건은 딸 장장숙의 작은 키에 마음이 쓰이기도 했다. 그런 생각을 하는 가운데 장려화가 불교 전래와 혜초 이야기를 했다.

혜초는 704년생으로 되어 있습니다. 장려화가 신라에 불교가 전래된 내력을 이야기하는 사이, 어삼만은 집중이 안 된다는 듯 몸을 꼬았다.

아직도 차가 못 움직인다고 하네요. 장장숙이 핸드폰을 들고 부친 장동건을 향해 말했다. 혜초의 속성은 석씨였을 겁니다. 장려화의 말에 어삼만은 엉뚱한 이야기를 했다. 여기서 아산병원까지 걸어가면 얼마나 걸리지요? 30킬로 정도 될 거예요. 장장숙이 대답했다. 나는 못 걷는다. 사팔은 삼십이, 여덟 시간을 걸으란 말인가? 혜초는 목적지에 도착하기 위해 몇 달도 걸었다구요. 어삼만이 못할 일이 어디 있느냐는 듯이 툴툴거렸다. 처음, 절에서 머물다 가자던 것과는 영판 다른 태도였다. 그때야 걸어 다니는 수밖에 다른 방법이 있었겠나? 지금은 아니란 말이지요? 심정이 거룩하면 몸이야 따를 수 있는 거 아닙니까? 장동건은 말인즉 옳은 말이라서 달리 대응할 게 없었다.

아무튼, 어머님하고 연락해놓고, 아버님은 쉬었다 가세요. 어삼만의 제안이었다. 좋다, 장동건이 속으로 기다리던 말이었다. 이 시간 움직이나 안 움직이나 그게 그거다. 차가 움직일 수 없는 상황, 어떤 결정을 하지 못하고 시간을 주춤주춤 늦추어 지연하기는 마음이 안 놓였다. 차라리 편히 자고 다음 날 다른 방법을 찾는 게 순리란 생각을 했다. 어삼만의 말이 옳았다. 장동건은 사위 어삼만을 흘금 쳐다봤다. 저 친구가 나한테도 그렇게 자별한 때가 있구나 싶었다. 속이 출출했다.

공양 시간이 다 되어가는데 어떻게 하실랍니까? 장려화가 물었다. 이 동네 식당 천진데 우리가 절에서 신세 질 일은 아닌 것 같구먼. 장동건의 대답이었다. 장동건은 그렇게 대답한 데에 책임이라도 지겠다는 듯이 일행을 식당으로 이끌었다. 일행은 '어촌재'라는 식당을 찾아갔다.

아까, 장장숙 씨가 혜초의 속성이 석씨일 거라고 했는데 근 거가 있어요? 장려화가 호기심 어린 눈을 반짝이며 물었다. 장장숙이 그리는 혜초의 생애는 탁월한 구성을 지니고 있었다. 원형적 화소가 전개되는 공식과도 같은 것이었다.

물길로 해서 중국에 갔다가 인도로 아라비아로, 실크로드를 통해 돈황에 이르렀고, 나중에는 장안에 가서 글 쓰다가 죽은 생애가 석탈해(昔脫解)의 행로를 연상하게 하거든요. 장동건은 딸 장장숙이 하는 이야기를 듣고 적이 놀랐다. 언제 저런 공부를 했을까 싶었다.

그래요? 그건…… 나도 그런 생각을 하기는 했는데, 우연의 일치라 하기에는 희한하군요. 장려화가 장장숙에게 입을 떡 벌리고 이야기했다. 나도 나름대로 공부를 했어요. 장장숙은 장려화의 어깨를 툭 치면서 공부는 자기만 하는 줄 알아, 그렇게 시샘 섞인 한마디를 했다. 장장숙을 앞서서 장려화가 설명을 이어갔다. 조심하면서도 자랑스러운 태도가 역력했다.

아는 분은 아시겠지만, 석탈해는 다파나국 사람이라고 하는데, 그의 출생과 이동은 신화인지 역사적 사실인지 구분이 안 가는 모호한 중간 점이대에 놓여 있어요. 장려화가 말을 이어가고 있는 중에 장동건은 아는 분은 아시겠지만 하는 말에 신경올실을 세웠다. 그 말은 결국 저만 안다는 걸 강조하기 위한 수사였다.

다파나국 왕이 이웃 나라 공주를 데려다가 왕비를 삼았다지요. 아이를 밴 지 7년 만에 커다란 알을 낳았답니다. 저런, 인간사로는 감당하기 버거울 지경으로 기이한 일인지라, 그 아이를 보물과 함께 보석으로 장식한 궤짝에 넣어서 바닷가에 버렸고, 이건 장례절차 가운데 하나고요, 그 궤가 금관국에 가서 닿았다네요. 아진 포구 노파가 궤를 발견하고, 거기서 아이를 찾아 키워 왕이 되었다지요. 까치들이 날아와 아우성을 치는 바람에 아이의 성을 까치 작(鵲) 자의 음부(音符) 석(昔)을 따다가 성을 삼았다고 합니다. 그런데 다파나국이 서역의 어느 작은 나라라는 설이 있습니다. 장려화는 일행을 둘러보았다.

희한하네, 장려화가 내 속에 들어갔다 나왔나, 그걸 어떻게 알았지? 장장숙이 장려화와 하이파이브를 했다. 장동건의 눈길이 곱지 않았다. 어삼만은 자기 스스로 그런 이야기를 장장숙에게 했던 기억을 떠올리고 있었다. 이야기는 끊기기도 하고 이어지기도 하는 법이라는 생각이 들었다. 그러나 석탈해 이야기의 화소가 정확히 혜초의 행적과 일치하는 것은 아니었다. 많은 넘나듦이 있었다.

귀국해서 뭐 하고 지내? 장장숙이 장려화에게 물었다. 그동안 나는 혜초에 매달려 살았는데, 성과는 그렇고…… 장려화는 자세를 낮추었다. 미국에서 돌아온 이유 가운데 하나가 그건데, 혜초의 행적이 궁금한 거랄까. 본모습을 드러낼 듯 드러낼 듯 아득히 멀어져서는, 중국에 와서 장안의 몇몇 절에서 공부하다가, 중국 오대산 건원보리사에서 입적하기까지, 그 행로가 궁금했던 거라. 혜초가 자기는 계림 사람, 신라인이라고 명백히 밝히는 걸로 봐서는 신라인이라는 자각이 분명했던 것 같은데, 왜 신라로 돌아오지 않았을까 하는 점도 그렇고. 총질하는 나라 살기 싫다는 건 핑계였네…… 장장숙이 장려화를 향해 눈을 끔적했다. 사실은 나 보고 싶어 돌아온 거 아냐? 장장숙은 장려화에게 그렇게 질러봤다. 그럴지도 몰라. 장려화가 어삼만을 흘겨보았다. 여전히 안개를 피워 올리는군. 장장숙이 손으로 장려화의 등을 쓸었다.

그렇군요, 고마운 일이네요. 동기야 뭐 별로 의미가 없어요. 과정과 결과가 문제지. 장려화의 이야기를 듣던 어삼만이 그렇게 인사를 닦았다. 그러면서 고맙다는 말을 덧붙였다. 뭐가 고맙다는 것인지, 장동건은 어리뻥뻥하니 젊은이들의 이야기를 들었다. 잘했어, 장장숙이 장려화의 허벅지를 치면서 하는 한마디였다. 장장숙의 눈에 장려화가 꼭 오라버니 같은 인상으로 비쳤다.

장장숙은 아버지 장동건을 유심히 쳐다봤다. 장동건과 장려화는 얼굴 판이 어딘가 닮은 구석이 있는 것 같았다. 단지 성이 같다는 것만으로는 유추할 수 없는 생래적 공감인지도 몰랐다. 장장숙은 장려화가 단지 같은 고등학교를 다녔고, '룸비니'라는 불교 서클에 들어서 활동했다는 것 이상의 어떤 친연성이 느껴지는 것이었다. 말로 설명하기 어려운 이끌림이었다. 장려화가 한국에 돌아와 있다는 게 묵직한 존재감으로 다가왔다.

식사를 하는 사이 별다른 이야기는 없었다. 다만 장려화가 혜초가 왜 중국으로 가기 전 행적이 남아 있지 않은지 의문을 보였다. 어삼만은 당시 역사를 기록하는 방법이 어른 중심으로 되어 있으니까, 아이들의 이야기는 기록될 여지가 없었을 거라고 추정했다. 과장하고 분식하지 않는 한 열다섯 소년의 행적으로 역사에 기록할 만한 게 있을 까닭이 없었다. 그건 예수의 경우도 그래요. 기록할 일이 없는 것을 억지로 이야기를 꾸며대는 것이, 그게 신화 만들기잖아요. 만들어낸 신화는 진실을 왜곡하죠. 석가는 젊은 시절 왕실에서 살았으니까 왕

실 이야기와 함께 스토리가 있지만, 예수는 목수네 아들이었
잖아. 그러니 스토리 구성이 잘 안 되었을 거라. 장장숙이 하
품을 했다. 그러고는 벽에 기대어 눈을 감았다. 장려화는 장
장숙이 비로자나불 돌부처를 닮아 보인다는 생각을 했다. 장
장숙이 색색 코 고는 소리를 냈다. 장려화에게는 아주 익숙한
콧소리였다.

　우리는 잠시 나갑니다. 어삼만의 말을 신호 삼아 남자 셋
이 방을 나갔다. 어촌재 식당 건물 위로 어둠이 슬슬 기어 내
리기 시작했다. 멀리 일주문이 보였다. 일주문 용마루 위에서
까치가 까작까작 울었다.

8

향수(鄕愁)

장장숙의 어머니 신지미가 딸에게 전화를 했다. 예, 엄마. 괜찮아요? 전화를 받은 장장숙이 물었다. 통증은 없다. 투박한 목소리였다. 모친의 말은 건조한 목소리로 이어졌다. 내 팔이 내 팔 같지 않아 말을 안 들을 뿐이니 급히 오려고 애쓰지 말아라. 걱정돼요, 그래도 말이지요. 사실 장장숙은 속으로 걱정이 컸다. 여기서 죽으면 여기가 내 무덤이다. 신지미는 자신의 심정을 그렇게 전했다. 아무렇지도 않다면서 죽는 얘기는 뭐야. 장장숙은 전화를 끊었다.

전화를 끊고 잠시 시간이 지났다. 식사를 했는지 묻지 않은 게 마음에 걸렸다. 이승은 수저 한 벌로 시작하고 그렇게 끝나는 거란다. 제사상에 수저 한 벌이 늘 오르지 않던. 장장숙의 어머니는 그런 이야기를 자주 하곤 했다. 잘 먹어야 한다는 실용적 이야기지만, 수저 한 벌은 인간사를 요약하는 단정한 상징이기도 했다. 모친 신지미의 말은 늘 얼마간 해독이 필요한 것이었다. 직설적으로 말하는 법이 없었다.

장장숙은 방에 혼자 앉아 있는 게, 갑자기 두려워졌다. 핸드폰을 꺼내 들었다. 어삼만에게 통화를 시도했다. 발신음이 울렸다. 나 어삼만. 노상 그렇게 받아? 아버님과 아산병원으로 가는 중. 혼자서? 아니, 배를 빌렸지. 배를 빌려? 장모님 만나고 싶어서. 아버지는? 내가 모시고 가야지. 장인한테 효도하네. 사실 잘 논다고 하고 싶었다. 뭐가 뭔지 알 수가 없었다. 어삼만이 뭔가 숨기고 있는 게 아닌가 하는 생각도 들었다. 이 밤에 배를 빌려 호수를 건너다가 어떤 사고라도 당하면 어떻게 할 것인가, 애들도 아니고 하는 짓들이 얼미적어 걱정이 되었다.

어머니가 하던 말이 귓가에 맴돌았다. 여기서 죽으면 여기가 내 무덤이라는 그 덤덤하고 가슴을 찍어 누르는 말이 뇌리에서 말끔히 가시지를 않았다. 사는 게 '지금 여기'가 중요하다면 죽는 일 또한 비슷한 게 아닌가. 수구초심을 이야기하지만, 나그네는 길을 가다가 몸이 쓰러지는 데가 죽음의 현장, 즉 무덤이 아닐 것인가. 어머니는 그런 이치를 훤히 꿰고 있는 듯싶었다. 하기는 어디선가 일하다가 그 일자리에서 목숨이 마무리된다면 그만한 복이 없을 듯하기도 했다. 그것은 말하자면 삶에 순교하는 것이나 다름이 없었다.

그러고 저러고 하룻밤을 어디에 몸을 의탁해야 하는가, 대안이 없었다. 몸뚱이 눕힐 공간을 마련하지 못한 인간을 '걸인'이라 한다는 생각이 문득 머리를 쳤다. 약속이라도 한 것처럼 장려화에게서 연락이 왔다. 요사채에 자기가 작업하는 방이 있으니, 하루 저녁 편하게 쓰라는 것이었다. 자기는 서울로 올라가는 중인데, 강수일 선생을 만나기로 약속이 되어 있다고 했다.

뭐야, 방 이야기 진작 하지 않고 사람 속상하게 하는 거야…… 장장숙은 그렇게 중얼거렸다. 장려화의 어설픈 제안이 고깝지는 않았다.

장장숙은 심복사로 돌아와 요사채에 들었다. 혼자 절간에 앉아 있는 시간은 무료하기보다는 괴괴한 느낌이 들었다. 템플스테이를 한다는 놈팡이가 달려들어 덮치면 어떻게 한다? 그동안 자신이 먼저 남자들에게 달려들어 덮쳤지 남자들한테 당한다든지 하는 생각은 해본 적이 없었다. 혜초도 여자들한테 당해서 계림을 떠난 건 혹시 아닐까 하는 기묘한 생각이 들었다. 친구가 작업하던 방에서 혜초 생각하는 것은 어딘지 엇박자로 돌아가는 상상이었다. 그러나 달리 생각이 들기도 했다. 항구, 어디론가 떠나고, 떠났던 사람이 돌아오는 출항과 귀향의 공간이 항구 아닌. 혜초가 서역을 향해 떠난 항구? 그 항구에 자신이 와 있다는 게 깊은 인연이 있지 않으면 안 되는 일이기도 했다. 장장숙은 문득 자기가 낯선 이역 땅 어느 항구에 와 있다는 환상에 빠져들기 시작했다. 자기는 항구에 도착했는데 장려화는 서울로 떠나고…… 장려화가 떠났다는 생각으로 공연히 속이 울컥했다.

장장숙은 핸드폰으로 찍어두었던 혜초기념비의 비문을 떠워보았다. "단장의 향수"라든지 "구도의 푸른 꿈을 안고" 그런 표현이 눈에 들어왔다. 향수가 창자를 에는 것 같다는 게 무엇인지 감이 잘 안 잡혔다. 구도의 푸른 꿈 또한 마찬가지였다. 형상이 그려지지 않았다. 청운의 꿈이라면 다분히 세속적이었다. 구도(求道)가 과거급제하여 금방에 이름을 올리는 그런 것이던가. 하기는 목월의 시에도 청운사(靑雲寺)가 나온다는 게 기억에 떠올랐다. 장장숙으로서는 향수니 구도니 그런 말들이 낯설었다. 그런데 어느 사이 그 낯선 말들이 익숙해지기 시작하는 것이었다. 장려화가 떠도는 것 또한 설명할 수 없는 어떤 향수, 노스텔지어 때문은 아닐까 그런 생각이 들었다. 하추가 축축하게 젖어오는 느낌이었다.

생리대를 찾으러 차를 바쳐놓은 주차장으로 나갔다. 어삼만과 사는 동안 이전과 달리 생리 주기가 정확했다. 몸의 리듬이 잘 조율되는가 싶었다. 아이가 죽고 나서 두어 해는 생리불순으로 허리가 아프고 아랫배가 묵직하니 매달렸다. 그런데 짚어보니 아직 생리 날짜가 아니었다. 신체 리듬이 깨진 것 같아 신경이 쓰였다.

차 뒷좌석 부친이 앉았던 자리에 책이 하나 보였다. 들고 들어왔다. 《혜초의 왕오천축국전》이라는 책이었다. 강수일이 역주한 양장본 책이었다. 198페이지가 접혀 있었다. 거기에 낮에 혜초기념비 앞에서 어삼만이 읽었던 시가 적혀 있었다. "단장의 향수"라고 한 그 구절이었다. "내 나라는 하늘가 북쪽에 있고(我國天岸北……) 누가 소식 전하러 계림(신라)으로 날아가리(誰爲向林飛)" 하는 구절의 원문을 읽을 수 있었다. 아버지가 아무 말 없이 서서 어삼만이 읽는 것을 들은 까닭이 무엇이었을까 하는 의문이 솟아올랐다. 말은 않지만 아버지 장동건 또한 어떤 향수에 시달리는 것은 아닐까, 이제까지 해보지 못한 생각이었다. 혜초의 시편과 함께, 아버지의 뒷모습이 어둠 속에 떠올라 보였다.

달 밝은 밤에 고향길 바라보니
뜬구름은 너울너울 돌아가네.
그편에 감히 편지 한 장 부쳐보지만
바람이 거세어 화답(和答)이 안 들리는구나.
내 나라는 하늘가 북쪽에 있고
남의 나라는 땅끝 서쪽에 있네.
일남(日南)에는 기러기마저 없으니
누가 소식 전하러 계림(鷄林)으로 날아가리.

장장숙은 시 원문을 핸드폰으로 찍어서 저장해두었다.[1] 해설도 대충 훑어보았다. 중국 광주에 머물던 혜초가 남쪽 나라 어딘가에 서서 자기가 앞으로 갈 길을 생각하고 고향을 그리면서 감회를 읊은 시라는 것을 알 수 있었다. 그럼 혜초가 베트남으로 해서 태국을 거쳐 인도로 들어갔다는 행로가 대강 드러나는 셈이었다. 그러나 '일남'이 꼭 베트남이나 태국일 필요는 없었다. 혜초의 행로를 추적한 지도에는 중국 광동에서 배를 타고, 말레이시아 반도를 돌아 벵골만에 연한 동인도 방향으로 간 걸로 되어 있었다. 그러면 혜초가 계림으로 돌아가고 싶어 하는 향수를 읊은 것은 인도의 열대 지역으로 들어가면서가 아닌가 그렇게 짚이는 것이었다. 자기는 지금 장려화의 생각을 대신하는 건 아닌가, 의문이 솟아올랐다. 장려화와 어삼만, 어삼만과 장려화 양쪽으로 갈라져 쏠리는 마음을 다잡지 못하고 있는 자신이 스스로 부담스러웠다. 나아가 역겹기까지 했다. 혜초처럼, 떠날 때는 단호해야 하는데, 자신은 어정거리는 습관이 있었다. 그건 사람을 대하는 자신의 태도이기도 해서, 어떤 맥락에서 그런 습관이 생긴 것인지 의문이 들었다. 남들이 보는 것과는 영 방향이 달랐다. 남들이 당차다면 자신은 주눅이 들었고, 남들이 까칠하다면 자신은 깃

---

1 月夜瞻鄕路, 浮雲颯颯歸, 緘書忝去便, 風急不聽廻. 我國天岸北, 他方地角西, 日南無有雁, 誰爲向林飛.《혜초의 왕오천축국전》pp. 198-199.

털처럼 부드러워졌다.

아버지 장동건이 접어놓은 데가 또 몇 군데 있었다. 373페이지 하단에 밑줄을 쳐놓은 데가 보였다. '호국'이라는 나라의 물산과 불교에 대해 기록하고 그 뒤에 설명으로 붙인 그 나라 풍속이었다.

"풍속이 지극히 고약해서 혼인을 막 뒤섞어서 하는바, 어머니나 자매를 아내로 삼기까지 한다. 파사국에서도 어머니를 아내로 삼는다. 그리고 토화라국을 비롯해서 계빈국이나 범인국, 사율국 등에서는 형제가 열 명이건 다섯 명이건, 세 명이건 두 명이건 간에 공동으로 한 명의 아내를 취하며, 각자가 부인을 얻는 것은 허용하지 않는다. 그것은 집안 살림이 파탄되는 것을 두려워해서이다."

장장숙은 못 볼 것을 본 모양으로 두 손으로 눈을 가렸다. 자기 배 속에 생명의 씨를 처음 뿌려주었던 포춰바고라의 얼굴이 눈앞에 파도처럼 다가왔다가 밀려나갔다. 형이 죽었다는 소식을 듣고 급히 본국으로 돌아간 것은 어쩌면 그 나라 결혼제도와 맥이 닿아 있는지도 모른다는 생각이 머리를 쳤다. 죽은 형의 아내, 형수와 다시 결혼을 해서 살아야 하는 것은…… 돌아간 뒤 다섯 해나 되어도 아무 소식 없는 걸로 봐서는 잘살고 있는 모양이라고 짐작을 할 뿐이었다. 한편으로 억울하기도 했다. 사랑한다는 말을 거침없이 하면서, 앙가슴으로 파고들던 그 가슴의 열기는 거짓이었다는 말인가 싶어서였다. 눈물이 나오려 했다. 장장숙은 알알한 눈자위를 휴지를 꺼내 닦았다.

우즈베키스탄의 '부하라'라는 데를 꼭 한 번 가보고 싶었다. 가서 포취바고라를 만나 잘사는 모습을 보고 싶었다. 포취바고라는 잊은 지 오랜데, 그가 왔다는 우즈베키스탄의 고도 '부하라'는 왜 기억에서 사라지지 않고 이따금 가라앉았던 앙금처럼 솟아오르는지 알 수 없었다. 성전의 둥근 돔에 푸른 도자 타일로 장식을 해서, 그 안에서 기도하는 사람들의 영혼이 돔을 통해 하늘로 아슬아슬 올라간다고 하던 그 푸른 돔도 보고 싶었다.

고구려가 망하면서 당나라로 끌려간 사람들 가운데 당나라에서 성공했다는 사람들, 그들의 이야기가 궁금해지는 것은 자기 스스로도 알 수 없는 어떤 그리움이었다. 그 가운데 고선지라는 인물이 있었다. 서역을 정벌하는 데 혁혁한 공을 세워 당나라의 영토를 넓히는 데 크게 기여했다는 그 고선지 장군이 떠오르는 것은, 학교를 떠난 후 무작정 읽어댔던 어떤 책갈피에 적힌 내용일 터였다. 아니면 국사 선생한테 배운 지식일지도 몰랐다. 국사 선생은 공부 못하는 놈들의 깊은 속을 어찌 헤아릴까 하면서, 말썽꾸러기들을 추슬렀다. 장장숙은 그 속 깊은 애들 가운데 하나였다.

고등학교 졸업은 해야 하는 건데…… 그런 생각과 함께 눈가에 무언가 끼이는 듯한 느낌이 들었다. 장려화의 얼굴이 떠올라 눈앞에 어른거렸다. 장장숙이, 사랑한다는 건 몸으로 만난다는 거 아냐? 그러면서 달려들었을 때, 장려화는 얼굴을 잔뜩 찌푸리고 혀를 끌끌거렸다. 애가 천박하다는 표정이었다.

9

서라벌 풍경

장려화에게서 문자가 왔다. 책상 위에 있는 원고 한번 훑어봐주시면 고맙겠소. 제목도 붙여주시길. 아직 그런 게 거기 있는지 관심조차 없던 일이었다. A4 용지에 프린트된 글은 역시 제목이 달려 있지 않았다. 부피가 꽤 되는 원고였다. 장장숙은 자기가 소설 속에 들어와 있는 게 아닌가 생각했다. 장려화가 직접 원고를 내밀고 읽어달라고 하지 않는 것은, 그저 심심할 때 읽어보라는 소극적 대응 아닌가 싶기도 했다. 아니면 자신과 연관된 내용일지도 모를 일.

국어 교사는 액자 소설에 대해 설명하면서, 사실을 가장하는 방법 가운데 하나가 액자를 만들고 그 안에 이야기를 구겨 넣는 거라고 했다. 외갓집에 갔는데 외삼촌 방에 들어갔다가 노트를 하나 발견하고, 거기 기록된 외삼촌의 과거를 알게 되었다는 식으로 말야. 외삼촌은 박헌영과 같은 노선을 걷고 있었는데…… 어쩌고 그러면 그 글을 읽는 독자는 조카 이야기가 아니라 외삼촌 이야기로 꼬빡 속아 넘어간다는 거라. 그 가운데 진실이 있지. 그런 설명으로 학생들을 자기 수업에 몰두하게 했다. 장려화가 그런 수법을 구사하는 것은 아닌가 하다가, 장장숙은 고개를 흔들었다. 과도한 추정은 현실을 왜곡한다는 생각과 함께. 장장숙은 장려화의 원고를 읽기 시작했다.

민심이 흉흉하게 들끓었다.

마을에 독한 재앙이 닥쳤다.

열병 앓던 아이들이 언덕으로 달려갔다가 벼랑에 떨어져 죽었다. 여자들이 옷을 벗어 던지고 산등성이로 올라가 달을 향해 음울한 울음을 흘렸다. 개들이 밤을 밝혀 짖어댔다. 잠을 설친 늙은이들이 눈동자가 풀린 채 정자나무 아래 모여 하늘을 향해 목을 빼고 통곡했다.

"치묵이란 놈이 수수녀를 덮쳤다 않던……."

"치수라는 자는 아람녀를 올라탔다 카더라……."

치묵이나 치수는 늪을 건너온 남자들이었다. 올 때는 서해안 당나루에 닻을 내렸다고 했다. 그러고는 준령을 넘고 깊은 강을 건너 계림까지 왔다는 이들이었다. 몸이 건장하고 구릿빛을 지나 옹솥 같은 피부였다. 턱에, 수염이 수숫대 뿌리 같았다.

조정에서는 이들이 대식국에서 왔다고 했다. 대식국은 서천축국 아래 사막이 끝없이 이어지는 나라라고 이야기 했다. 사람들은 사막이라는 것을 몰랐다. 강과 산과 숲을 보고 살아온 사람들이었다. 사막을 볼 기회가 없었다. 숲은 신성하고 산물을 풍부하게 내놓았기 때문에 들과 사막을 찾을 일이 없었다.

치묵과 치수는 조정에서 장사라는 것, 무역을 이야기했다. 물산을 여기서 저기로 옮겨주고 이득을 얻어내는 일이 장사라 했다. 그릇처럼 구워 만든 낙타라는 짐승 형상을 가지고 동네 처녀들을 쫓아다니기도 했다. 배를 타고 바다를 건너는 이야기도 했다. 그들은 하늘의 별자리 보는 방법도 알고 있었다. 술을 졸여서 불을 붙이는 법도 사람들에게 보여주었다. 조정에서는 이들을 불러들여 칼 만드는 법을 익혔다. 하늘을 섬길 줄도 알고 불을 향해 절을 하기도 했다. 이들은 불을 하늘처럼 섬겼다.

햇살 맑은 오월 아침이었다. 석지심(昔池深)이 열다섯 살 되는 생일이었다. 너도 이제 생일주 한잔 할 나이가 되었다. 아버지가 석지심에게 술잔을 들게 하고 맑은 술을 따랐다. 석지심의 어머니 기장녀가 빚은 술이었다. 어머니 기장녀는 궁중 요리사였다. 석지심은 아버지에게 손을 모아 머리를 조아리고 난 후, 두 손으로 술잔을 받아 들어 마셨다.

술이 향기로웠다. 누이 석지연이 수수부꾸미를 들고 들어와 상에 놓았다. 뒤로 묶어 맨 머릿단이 실팍한 엉덩이 부근에서 물결쳤다. 누이의 치맛자락에서 난향을 닮은 살 비린내가 풍겼다.

석지심의 아버지 석연단(昔鍊鍛)은 대장장이였다. 석탈해 임금 집안의 후손이라 했는데 왕손도 권력을 잃고 집안이 기울면 일반 백성과 다를 것이 하나도 없었다. 그러나 석연단은 다른 데가 있었다. 그는 탑돌을 다듬기 위한 정을 만들고, 절을 짓기 위해 나무를 베는 도끼며, 나무 다듬는 자귀, 끌, 대팻날, 거멀못, 그런 연장을 만들었다. 모루 위에 달군 쇠를 놓고 망치질하는 몸매는 실하고 단단해 보였다.

지심이 너한테 화랑으로 들어오라는 청이 왔다. 석연단이 아들에게 의견을 듣고자 말을 냈다. 석탈해 왕의 후손이라는 자부심은 먹고살아야 하는 현실에 아무 도움이 안 되었다. 그나마 화랑에 들어가 훈련하고 왕실과 연을 대는 것이 집안을 일으키는 아주 빠른 길이었다. 화랑이 생긴 뒤 백오십 년 저쪽으로 흘러간 시간은 화랑을 변질되게 했다.

화랑이 변질된 것은 왕실의 근친혼과도 관련이 있는 걸로 보였다. 석씨 집안에서 왕 노릇을 한 것은 9대 벌휴 이사금 때부터 16대 흘해 이사금까지 백오십여 년에 불과한 기간이었다. 그 기간은 왕통을 이어가는 법도가 엄정했다. 최소한 족내혼으로 피의 질서를 흩어놓지는 않았다. 석씨가 왕족으로 세력을 유지하기 어려운 것은 왕족으로 들어오는 외척들 때문인가 싶기도 했다. 이후 석씨 집안은 몰락한 왕족이 되어 공인과 장인으로 연명해오는 중이었다. 재기의 꿈을 안 꾸었을까만 흘러간 영광은 늘 시간의 물비늘 밑으로 가라앉고 말았다.

법흥왕 대에 시작되어 진흥왕을 거쳐 진평왕에 이르기까지, 왕가가 족내혼으로 이어져 내려갔다. 삼촌이 조카딸을 아내로 맞이하고, 거기서 난 자식은 다시 다른 조카와 결혼을 하는 식으로 왕통이 맥을 이어갔다. 어떻게 보면 각성바지를 받아들여, 왕통이 흔들리는 것보다는 족내혼이 안전한 왕통 유지 방법이었을 터였다. 석지심은 왕통을 유지하는 방법이 사람 같지 않은 짓이라고 생각했다. 부부의 도리가 깨어지면, 자연 부자, 군신의 법도가 흩어지게 마련이 아니던가. 거기다가 화랑이란 무엇인가 싶었다. 왕실 여자들의 꽃놀이에 동원되는 남창과 다를 바가 없었다. 그런 정황에서, 화랑이 된다고 해도 신신한 구석이 없었다.

말로야 불교를 숭상하는 나라였다. 왈 불국토였다. 석지심이 보았을 때, 불교가 들어와 범음(梵音)이 나라에 퍼진 것은 삼백 년가량 되는 시간 폭이 있었다. 석씨가 왕 노릇을 끝낸 직후부터였다. 자장, 원효, 의상 등 탁발한 고승들이 나왔다. 자랑스러운 일이었다. 그런데 왕실에서는 은밀하게 선도(仙道)에 골몰하는 추세가 번져 있었다. 말로는 선도라 하지만 노자의 《도덕경》이라든지, 《장자》 등은 물론 《황정경》까지 들어와 식자층의 독서 욕구를 충족했다. 특히 《황정경》의 매력은 영생장락(永生長樂)을 설하는 데 있었다. 식자들 사이에 회자되던 《황정경》은 도사들이 여자들을 모아놓고 강설하는 책이 되었다. 《황제내경》까지 알려졌다. 인간의 기운이 우주의 기운과 하나라는 철리는 증발했다. 대신 방중술을 통한 장생, 영생을 꿈꾸는 황탄한 분위기를 피워 올렸다. 그러한 맥락 가운데 화랑이 이용되는 꼴이었다.

풍류를 익히고 몸을 단련해서 나라 위해 몸 바쳐 싸워 전공을 세울 수 있다면 오죽 좋으랴만. 그것은 명목뿐이었다. 궁중과 왕실과 연을 맺는 것은 그다지 탐탁하지 않았다. 왕실 여성들의 꽃놀이에 곁다리 노릇이나 하는 질척한 음일의 늪에 몸을 담가야 하기 때문이었다. 나이 젊은 청년들이 중년여성의 노리갯감으로 전락했다. 청년들이 일탈과 안락에 취해 돌아가는 것을 보다 못해 원광이란 분이 화랑오계라는 것을 만들어 화랑의 기강을 바로잡겠다고 나섰다. 그 이전에 유, 불, 선 삼교를 포함하는 풍류라는 것이 있다고 하지만, 그게 도를 넘어 왜곡이 심했다.

석지심은 지운(指雲) 선생에게 배운 그 오계라는 것을 속으로 뇌어보았다. 사군이충, 사친이효, 교우이신, 임전무퇴 그리고 살생을 할 때는 불가피한 것인지를 판단해서 하

라는 살생유택…… 나라를 위해서, 부모를 위해서, 친구를
위해서 살라는 것이었다. 살생까지 유택이라면, 그것은 그
렇다고 해도 사냥하고 고기를 먹는 일을 어떻게 정당화할
것인가. 먹는다는 것, 사랑한다는 것, 내 몸을 기른다는 것
은 주제가 아니었다. 오계 속에는 개인이 비집고 들어갈 틈
이 없었다. 사회를 정화하려는 완악한 계율 같았다. 석지
심은 이건 아니라고, 헉억하니 숨을 뱉어내며 하늘을 올려
다보았다. 옥빛 하늘에 연무가 은은하게 피어올랐다.

아버지 앞에서 고개를 조아리고 있던 석지심은, 당차게
이야기했다. 저는 화랑 될 생각 없습니다. 부친 석연단이
물었다. 그럼 뭐냐? 석지심이 대답했다. 불도를 익히려 합
니다. 석연단의 수염이 떨렸다. 중질로 나서겠다고? 석지
심이 일어나 발을 구르며 소리쳤다. 중질이 아니라 불도를
닦는 겁니다. 석연단이 장명등을 집어 들어 아들의 등짝을
후려칠 찰나였다. 그때 누이 석지연이 달려들어 석지심을
끌어안았다. 장명등은 석지연의 뒤통수에 곧장 내리쳐졌
다. 석지연이 방바닥에 나뒹굴었다. 석지심은 누이를 일으
켜 붙들어 안고 밖으로 튀어나왔다.

둘이는 높이 자라 올라간 팽나무 아래 앉아 숨을 골랐다.
날 보고 싶으면 천축국으로 찾아와라. 석지심의 말은 애틋
한 정이 넘쳐났다. 천축이 어디라고. 석지연이 한숨을 날
렸다. 아니, 대식국이다, 허니 그 나라에서 왔다는 치웅이

나 치묵에게 물어서 찾아와라.

그런 짧은 이야기를 나누고 석지연은 어둠 속으로 빨려 들어가듯 담 모퉁이를 돌아갔다. 담 모퉁이에는 치수가 뒷모습을 보이며 서 있다가 석지연의 손을 거머잡고 잰걸음을 놓았다. 석지심은 그날부터 천축국과 대식국을 입에 달고 살았다. 밖에 말을 내지는 않았다. 속으로 앓았을 뿐이었다.

미친 것, 내 그것이 술 빚는 주조사(酒造土)와 정분나는 걸 떼어놓았더니, 치웅이란 놈한테 붙어먹어? 못된 것 같으니라구. 부친 석연단은 수염을 불불 떨었다. 천축이니 대식이니 치웅이니 하는 말 때문에 석지심은 부친의 눈치를 흘금거리며 지냈다. 자기와 공범이 된 인물들 같은 생각 때문이었다.

어머니 기장녀의 술 솜씨는 서라벌에 자자한 칭송으로 번져갔다. 이제까지 마셔본 적이 없는 술이었다. 불내가 풍겨 혀끝을 자르르하게 자극하면서도 봄바람 맞는 살갗처럼 부드럽게 목을 넘어갔다. 쉽게 취하고 깨끗하게 깨었다. 사람들은 이전 왕실의 술이 저랬거니 하면서 옛날의 입맛을 그리워했다. 그런데 그 술이 치수라는 천축인에게서 얻은 누룩[비국(秘麴)]을 쓴 거라는 소문이 났다. 치수와 야반 줄행랑을 놓은 누이 석지연의 얼굴이 떠올라 석지심의 눈앞에 아물거렸다.

석지심은 서라벌을 떠나기로 결심했다. 누님을 찾아 떠나는 길이었다. 내가 살아 있는 동안 네가 돌아올 수 있을 거 같으냐? 석지심은 대답을 하지 않았다. 누이를 찾아 잘 사는 걸 두 눈으로 확인하면 서라벌로 돌아올 생각이었다. 다른 생각은 열병처럼 석지심을 괴롭혔다. 치수의 동생이 형수와 살고 싶어서 형을 죽일지도 모른다는 생각이었다. 그런 비극은 어떤 일이 있어도 막아야 했다. 그러자면 치수를 찾아가 그의 동생을 미리 죽이는 게 상책이었다. 결행을 위해서는 천축국으로 찾아가야 했다. 이 일은 내가 하고 만다, 그렇게 다짐을 하면서 보름이 지났다. 보름달이 반월성 느티나무 위에 둥두렷이 떠올랐다. 그 저녁에 떠나야 초하루 배를 탈 수 있었다. 다음 달 초하루 아무도 못 보는 사이, 백제의 아산항에서 배를 타기로 되어 있는 날이었다. 아산항은 평택항과 마주 보고 있는 백제의 작은 포구였다. 포구는 작았지만 당나라의 범선이 드나드는 국제항구였다. 국제항구인 만큼 사람들이 술렁이고 술과 여자가 거래되었다.

어떻게 알고 뒤를 추적했는지 석지심 부모 내외가 동네 채마밭 둑에 나와 계림을 떠나는 아들 석지심을 쳐다보며 망연히 서 있었다. 어머니 손에 하얀 모시 수건이 깃발처럼 흔들렸다. 이어서 흐느끼는 소리가 들렸다. 커커 기침을 돋우는 것은 부친 석연단이었다.

당나라로 가는 배에 몰래 잠입해 들어간 석지심은 도사공을 찾아갔다. 젊은이가 큰 뜻을 품고 출분(出奔)하는 기상이 가상스럽소. 헌데 어디를 간다는 겐가? 천축에 가려 합니다. 천축에 가서 짐승 같은 인간들을 부처님의 은혜로 씻어 보살이 되게 하려 합니다. 인간이 짐승 같다는 게 무슨 뜻이오? 석지심은 천축 어느 나라의 풍속을 이야기했다. 오누이 사이에 혼인을 한다는 이야기. 어떤 망할 놈은 자기 어머니를 아내로 들이기도 한다는 이야기였다.

　그건 천축이 아니라 천축에서 아득히 먼 대식이라는 나라 풍속이라네. 천축이나 대식의 풍속보다는, 누님이 짐승 같은 족속들한테 짐승처럼 농락당할 것을 걱정하는 이야기를 했다. 도사공은, 말리지는 않겠으나…… 그런 분을 품고서는 도를 이룰 수 없는 법이라오, 하고는 일어섰다. 일어서서 벼릿줄을 잡고 돛을 조정하는 사공이 있는 데로 가서 돛 움직이는 방법을 일러주었다. 저는 누님을 사랑합니다. 사랑? 누님을……? 도사공은 석지심을 비싯한 눈으로 흘겨보았다.

　석지심은 누님을 사랑한다는 이야기를 하고 나니, 정말 누님을 사랑하는 것 같은 느낌이 들었다. 누님은 핏줄이라기보다는 먼먼 다른 나라에서 온 공주만 같았다. 생김생김이 석지심과는 달랐고, 얼굴빛이 유난히 윤기가 났다. 눈은 흑요석과 청옥이 섞인 것처럼 그윽하고 깊었다. 때로는 물기 어린 눈빛으로 잠겨 들기도 했다.

화랑 내부에서는 새로운 생각들이 돌아가는 중이었다. 명산대천을 찾아다니고 심신을 수련해서 나라를 위해 목숨 바쳐 싸운다고 하면 그게 누구를 위한 일인가 묻는 젊은 이들이 있었다. 그들은 대개 할아버지를 잘 둔 청년들이었다. 할아버지들은 최소한 우주와 하늘과 땅과 그리고 인간이 추구해야 하는 궁극적인 '도'를 이야기했다. 화랑 내부에 반성의 기운이 도도하게 일어나는 중이었다.

이야기가 흥미롭게 전개될 만한 대목이었다. 마침 페이지가 넘어가는 중이었다. 장장숙은 부친 장동건이 접어놓았던 《혜초의 왕오천축국전》 페이지를 펼쳐보았다. 373페이지 내용을 다시 읽어보았다. "풍속이 지극히 고약해서 혼인을 막 뒤섞어서 하는바, 어머니나 자매를 아내로 삼기까지 한다. …… 형제가 열 명이건 다섯 명이건, 세 명이건 두 명이건 간에 공동으로 한 명의 아내를 취하며, 각자가 부인을 얻는 것은 허용하지 않는다."

장장숙은 잠시 눈을 감았다. 어머니나 자매를 아내로 삼는다는 게 도무지 말이 되지 않는 풍속이었다. 다음 페이지에는 한자로 된 원문이 나와 있었다. 장장숙은 한문 문장을 읽을 수 없는 것은 물론, 흥미도 없었다. 그런데 본문 한 페이지 글에 주석이 16페이지나 달린 것은 놀라웠다. 장장숙은 이제까지 그런 책을 본 적이 없었다. 388페이지 주석 13에는 이런 구절이 있었다. "혜초는 어머니 자매를 아내로 삼는 '최근친혼(最近親婚)'을 대단히 고약한 풍속이라고 질타한다." 장려화가 쓴 글에 나오는 석지심이 혜초를 모델로 해서 허구적으로 재구성한 인물이라는 것을 확연히 알 수 있었다. 석지심과 장려화를 같은 인물로 놓고 본다면, 장장숙 자신은 석지심이 찾아 헤매는 누이와 동격이 되는 게 아닌가. 아무리 허구라지만 생뚱맞은 발상이라는 생각이 들었다. 생뚱맞지만 무언가 들킨 느낌이 짙었다.

사실 어머니를 아내로 삼는 최근친혼 모티프는 소포클레스의 《오이디푸스 왕》에도 나타난다는 것을 장장숙은 알고 있었다. 고등학교 국어 시간에 들은 이야기였다. 억지로 읽은 책 내용은 정확한 기억이 없었다. 형제간의 아내 공유나 인계혼에 대해서는 그다지 낯선 게 아니었다. 형이 죽으면 동생이 형수를 아내로 맞는다는 풍속을 어삼만에게서 들은 적이 있었다. 우즈베키스탄에서 온 포취바고라의 얼굴이 떠올랐다. 형이 죽었다는 이야기를, 얼굴 표정 하나 변하지 않고 내놓던 이면에는 자기 형수를 아내로 맞게 되었다는 일종의 희망이 있었기 때문이었을 것이었다. 소망이라기보다는 운명 같은 걸로 받아들인 게 틀림없었다.

10

바닷길

문득, 어삼만이 어디서 헤매고 있는지 궁금증이 일었다. 전화를 했다. 신호음은 울리는데 전화를 안 받았다. 전화 달라는 문자를 남겼다. 언제부턴가 어삼만이 전화를 금방 안 받으면, 어디서 무슨 엉뚱한 짓을 벌이는 건 아닌지 의문이 안개처럼 피어올랐다. 그리고 어삼만을 작중인물로 해서 이야기를 얽어가는 버릇이 생겼다. 대개는 결말이 불행한 이야기였다. 장장숙은 읽던 원고를 다시 펼쳤다.

도사공은 어이가 없다는 듯이 석지심을 측은한 눈으로 쳐다봤다. 그대가 아무리 육바라밀을 다 넘어서도 결국 짐승 한가지 아니겠나. 짐승으로 태어난 인간은 그걸 벗어나려고 안간힘을 써서 조금 그럴듯한 존재가 되었다가는 다시 짐승으로 돌아가서, 흙에 묻히는 거라네. 석지심은 갯

바람에 수염을 날리며 서 있는 도사공 앞에 엎드려 절을 했다. 눈물이 나는 것을 겨우 참았다.

한 달 물길을 건너 당나라 연태라는 데에 이르렀다. 연태에서 장안까지 걸어서 갔다. 장안에서 석지심은 누이가 대식인들에게 능욕을 당하고 있을 거라는 생각에 휘둘려 몰골이 초췌해졌다. 한편으로 사람이 산다는 게 무엇인가 하는 화두를 가지고 용맹정진했다. 인즉수(人卽獸), 사람이 곧 짐승이라던 도사공의 말은 생생하게 떠오르는데, 그걸 뒤집을 수 없었다. 견유불성(犬有佛性)은 입으로 외는 말이라서 달리 의문이 안 들었다. 그런데 인즉수와 수즉인(獸卽人)이라는 화두는 풀리지를 않았다. 개처럼 사는 인간은 있을지 몰라도 개가 사람처럼 살지는 않기 때문이었다. 사람 가운데는 개짐승만도 못한 족속들이 있었다. 그런 족속 가운데 자기가 끼어 있다는 것은 현실로 인정하고 싶지 않았다. 개가 개를 구하는 일은 이치가 맞지 않았다. 개는 사람이 구해야 하는 존재였다.

무슨 번뇌가 그리 깊으냐? 주지 스님이 절 마당의 어린 보리수 묘목에 물을 주다가 물었다. 석지심은 자기가 당나라까지 온 연유를 이야기했다. 스님의 사랑을 입어 3년이나 공덕을 쌓았는데 눈앞이 자꾸만 흐려져 정진이 되질 않습니다. 안타까운 일이다. 그런 일은 네가 몸으로 부닥쳐 보아야 풀릴지 모른다. 그러니 길을 떠나도록 하라. 그 사람들이 왜 그렇게 사는지 네 눈으로 보고 그게 짐승 짓인지 사람 노릇인지 확인해야 할 게야. 주지 스님은 조리를 땅바닥에 놔두고 허적허적 걸어서 대웅전 뒤로 돌아갔다. 아마 심우도를 쳐다보며 염불을 할 것 같았다.

다음 페이지부터는 참고자료라고 해서 몇 가지 자료가 복사지 갈피에 끼워져 있었다. '신라 시대의 근친혼 인터넷 자료'라고 표시된 여남은 장짜리 복사물이었다. 결론 부분에 해당하는 자리의 아래와 같은 단락에 붉은 색연필로 표시를 해놓은 게 눈에 들어왔다. 앞에서 읽은 원고 가운데 그 내용이 요약되어 있었다. 신라 왕실의 근친혼에 대한 증거자료로 쓸 모양이었다. 장려화는 기록과 상상을 아무런 연관 없이 마구 뒤섞어놓는 셈이었다. 아니, 기록을 가지고 새로 이야기를 만들고 있었다.

입종은 지증왕과 그의 정비인 연제(延帝) 사이에서 태어난 아들 중의 하나로서 원종(原宗)이라고 일컫는 법흥왕의 동생이다. 그는 조카딸이자 법흥왕의 딸인 지소와 결혼해 그 사이에서 아들 진흥을 낳았다. 뿐만 아니라 입종은 만호(萬呼)라는 딸을 두니, 이 딸이 진흥왕의 아들인 동륜태자와 혼인해 진평왕을 낳았다. 나아가 입종은 숙흘종(肅訖宗)이라는 아들을 두었다. 숙흘종은 정식 부인인 지소가 아니라 후첩에게서 난 아들임이 거의 확실하다. 숙흘종은 아버지는 같고 어머니가 다른 자매 만호와의 사이에서 김유신의 어머니가 되는 만명(萬明)이라는 딸을 낳기도 했다. 나아가 '울진봉평신라비'라든가 '천전리 각석'과 같은 금석문 기록을 종합할 때, 입종은 왕위에 오르지는 못했으나 왕에 못지않은 위세를 생전에 누렸으며, 사후에는 그 아들 진흥왕을 필두로 그 직계 후손들이 신라 왕위를 독점하게 됨으로써 그 위상은 더욱 높아졌다.

신라 왕실의 근친혼에 대한 자료였다. 장려화가 신라 이야기를 빌려 자기 이야기를 쓰고 있는 것은 아닌가 의문이 들었다. 제목도 안 달려 있고, 혜초 이야기를 이름을 달리해서 소설처럼 꾸미고 있지만, 전문 소설가가 아닌데 자기 이야기가 글 속에 안 들어간다는 확증은 없어 보였다. 더구나 이런 황망한 이야기라도 쓰지 않고는 못 견뎌 미국에서 돌아왔다면, 그 글은 나름 장려화의 생애와 단단한 끈으로 묶여 있을 것 같았다.

장장숙은 일어나 방 한켠에 놓인 옷장을 열어보았다. 남자의 체취가 밀려 나오는 것 같았다. 여름살이 몇 가지와 내복들이 차곡차곡 개어져 들어 있었다. 장장숙은 옷장 서랍을 열어보았다. 밤꽃 냄새가 풍기는 듯했다. 남성용 화장품 몇 가지와 손수건, 팬티 몇 장이 들어 있을 뿐이었다. 손수건을 제

처보았다. 그 밑에 동백기름 병이 보였다. 장장숙은 자기도 모르게 아랫도리가 옴질했다. 장장숙은 화장실로 가서 비누로 손을 씻었다.

석지심은 누이가 자기와 얼굴이 닮지 않았다는 것에 의심을 두고 있었다. 석지심의 어머니 기장녀는 궁중에서 술을 다루는 일을 하는 터라서, 자연 남자들과 가까이 지내게 마련이었다. 특히 치묵의 친구인 치웅이란 사내는 불에 타는 물(알코올)을 가지고 기장녀에게 접근했다. 기장녀는 술을 더 맛있게 할 요량으로 치웅이라는 사내에게 의도적으로 가까이 다가갔다가, 마침내 정을 두고 지내는 터였다.

황룡사를 짓는 데 수많은 장인들이 동원되었다. 석지심의 아버지 석연단 또한 대장장이로 불사에 동원되었다. 목탑을 짓는 데에 소용되는 연장을 주로 만들었다. 목탑을 짓는 기술은 신라가 백제를 따를 수 없었다. 석연단은 목탑 짓는 기술을 알아보기 위해 백제를 다녀오기도 했다. 그러는 사이 부부관계를 가질 계기가 없었는데, 석연단이 돌아와보니 기장녀의 배가 불룩 부풀어 올라 있었다. 석연단이 돌아오고 나서 얼마 안 되어서였다. 기장녀는 딸을 낳았다. 눈이 부리부리하고 쌍꺼풀이 져 있었다. 피부가 가무잡잡하니 윤기가 흘렀다. 석연단은 어느 놈의 자식인가 하는 소리를 내뱉으려는 자신의 혀를 깨물면서 말을 참았다.

입가로 벌건 피가 번졌다.

연장과 마누라는 내돌리면 절딴난다면서, 연장을 간수하는 방법을 일러주던 도목수의 말이 떠올랐다. 하기는 아내를 내돌린 셈이나 마찬가지였다. 그것도 남정네들이 흘금거리는 눈총을 받아야 하는 '술방'이었다. 폐족이 된 왕족의 말로가 이런 것인가 하면서, 석연단은 울분을 참아가며 아내와 교접할 기회를 자주 가졌다. 그것은 일종의 복수와도 같은 것이었다. 과연 아내를 잘 간수하고 솜씨 있게 다룬 덕인지 아들을 낳았다. 그게 석지심이었다. 석연단은 석지심이 커가면서 제 누이한테 유난히 나긋나긋 대하는 것을 곱지 않은 눈으로 쳐다봤다. 한때는 절에 보낼까 하는 생각도 했다. 그 차선으로 화랑에 들어가는 길이었는데, 석지심은 찬바람 나게 부친의 요청을 딱 잘라 거절했다.

석지심은 주지 스님의 말을 따르기로 했다. 인간과 짐승 사이를 타고넘는 경지는 아득하기만 했다. 그리고 무엇보다 누이를 데리고 신라를 빠져나간 치수라는 인간을 이해할 수 없었다. 한편으로는 신라보다는 짐승에 더 가까운 그런 나라로 가서 알몸으로 생을 도모할 작정은 아닐까 하는 생각도 들었다. 피가 터지고 살이 꿰지는 그런 삶이란 무엇인가? 그 짐승에 가깝다는 게, 치수와 누이가 낳은 아이를 석지심 자신의 아내를 삼을 수도 있는 그런 풍속이었다. 석지심은 고개를 좌우로 흔들었다. 고개를 흔들어 떨려나갈

번뇌가 아니었다. 탁발을 하러 나가서 만나는 사람마다 야
차로 보였다.

석지심은 연태로 나와 배를 물색했다. 명주[지금의 영파
(寧波)]로 가는 배편이 있었다. 배가 남쪽을 향해 항해하는
동안, 인도에서 왔다는 마하 인드라 푸바라는 청년을 만났
다. 간단히 마하라 불렀다. 마하가 법명이라 했다. 마하란
본래 인도말로 위대하다는 뜻인데 중국식으로 뜻을 풀이
했다는 것이었다. 말발굽 아래 밟히면서라도 번뇌를 이겨
내자는 뜻에서 스승이 붙여준 이름이 마하(馬下)라 했다.

마하는 물었다. 그대는 젊어 보이는데, 이렇게 떠도는 길
로 나선 계기가 뭐요? 석지심은 대답이 궁했다. 누이가 짐
승 같은 놈에게 잡혀갔는데, 그 누이를 구하러 간다는 이야
기를 했다. 뭘 두고 짐승 같다 하오? 석지심은 누이의 출생
에 대해 이야기를 했다. 석지심의 어머니 기장녀가, 신라
에 온 대식국 남자와 관계해서 누이를 낳게 되었다는 것과,
그것을 부친이 아무 말 없이 수용했다는 것, 그리고 누이에
이어서 자기를 낳았다는 것, 그 누이를 대식국 남자가 데리
고 돌아갔다는 것을 자세히 이야기했다. 석지심은 대식국
이 천축국 가운데 한 나라라고 막연히 알고 있었다.

석지심은 자기가 들은 천축 어느 나라의 결혼에 대해 이
야기했다. 그건 목숨을 가진 어떤 존재도 살아가는 이치
요. 그대는 살생을 하고 그 죄를 괴로워한 적이 있소? 그런

일은 없었다. 죄가 크고 뉘우침이 깊어야 불심을 볼 수 있습니다. 마하는 석지심을 측은한 눈으로 바라보았다. 마하가 이야기를 시작했다.

지금부터 천여 년 전에 인도, 중국에서 천축이라 하는 나라에 아소카 왕이 있었습니다. 그를 아육왕(阿育王)이라 한다는 것을 석지심은 들은 적이 있었다. 형씨는 어떻게 생각하는지 모르겠으나, 왕이라는 게 뭐라고 생각하시오? 왕이라면…… 수많은 사람의 목숨을 자기 맘대로 결단하도록 운명 지워진 사람을 왕이라 하는 게 아니던가요? 나하고 뜻이 상통하는 듯하오. 마하가 석지심에게 이야기했다.

아소카가 성군으로 추앙된 까닭은 그가 불법을 옹호하는 정책을 폈기 때문이지요. 아소카는 왕이 된 지 7년 만에 불교에 귀의했습니다. 그리고 이듬해에는 동남 벵골만 해안에 위치한 칼링가(Kalinga) 국을 군사를 몰아 쳐들어가 정복했습니다. 정복한다는 게 뭡니까. 사람을 대량으로 죽음으로 몰고 갔다는 거잖습니까. 이 전쟁에서 자그마치 십만 명이 피를 흘리고 죽었습니다. 또 십오만 명이 생포되어 오랏줄에 엮여 잡혀갔습니다. 수십만 명이 질병과, 전쟁에서 다친 몸이 상해서 죽었습니다. 이러한 참경을 바라보는 아소카의 심정은 참회의 눈물로 가득했고, 그 눈물은 핏빛이었다고 합니다. 아소카의 참회는 그 자체가 눈 뜨고 보기 어려운 참경을 이루어 신하들이 죽기를 각오하고 왕을 따르고자 했습니다. 아소카 왕은 급기야 칼과 창을 걷어 던지고, 코끼리를 벌판에 풀어주었습니다. 전차는 밭 가는 쟁기로 개조했습니다. 부처님의 법, 그걸 다르마라 하는데 불법[darma]에 따라 덕으로 나라를 다스려, 덕으로 사람을 감복하게 하는 정치를 추구하였습니다.

마하의 설명은 받아 적으면 그대로가 책이 될 만큼 명료하고 벼리가 서 있었다. 석지심은 마하의 이야기를 기록한 문건이 있는지 물었다. 마하가 건네준 문건을 읽으면서 귀를 기울였다.

아소카 왕은 상용어인 팔리(Pali)어로 불경을 수집하고 10년간 불교 유적지를 순례하면서 도처에 불탑을 세우고 불법을 역설하였다. 그는 부모 존경 등 가족의 도덕을 중시하고 연민, 자비, 진실, 청렴, 자선을 실천하고 적극 장려하였다. 노복(奴僕)에게는 친절을, 우인(友人)에게는 후한 대접을 하였으며, 진실한 언행 등을 통하여 사회의 윤리도덕을 지키는 데 앞장섰다. 또한 불살생을 실천하고 치료시설을 갖추었으며, 모든 종교에 대해 관용을 베풀도록 하였다.

여행자들을 위해 길 양측에 나무를 심고 일정한 거리에 우물을 팠으며 숙박시설을 두루 갖추었다. 5년마다 한 번씩 순찰사를 전국에 파견해 실행 상황을 점검하도록 하였다. 아소카는 정책이나 칙령, 법령 등을 새긴 석주(石柱)를 전국 30여 소에 세웠다. 높이 40-50척(13-16미터)에 무게가 최소한 50-60톤이나 나가는 이 석주는 뛰어난 조각예술로 장식되었다. 특히 머리를 장식한 사자나 코끼리, 소 등의 석상은 우람하고 생동감이 넘쳤다.

아소카가 남긴 가장 큰 업적은 무엇보다도 불교를 지방(북인도) 종교의 지위에서 세계적 종교로 격상시킨 것이다. 그는 스리랑카, 미얀마, 시리아, 이집트, 마케도니아, 그리스, 북아프리카 등 유라시아 여러 지역과 나라에 불교 포교단을 파견하였다. 특히 스리랑카에는 두 차례나 왕자 마헨드라(Mahendra)와 딸 산가미트라(Sanghamitra)를 파견해 포교에 성공하였다. 이로 인해 스리랑카는 남방불교(소승불교)의 근거지가 되어 여기서 미얀마, 타이, 수마트라, 자바 등 동남아시아 지역으로 불교가 전파되었다. 아소카란 인물이 왜 성인 대우를 받는지 알겠어요? 석지심은 이제까지 자기가 모르던 세계를 발견한 듯, 눈앞이 훤하게 밝아오는 느낌을 받았다.

마하가 이야기를 마무리하자 석지심은 공손히 합장을 했다. 마하가 이야기하는 아소카 왕의 번뇌에 비하면, 사실 석지심 자신은 그렇게 대단한 번뇌를 가지고 정진하는 게 못 되었다. 통렬하게 반성하는 것도 아니었다. 목숨을 걸고 달려들어야 하는 절박한 고충이 있는 것도 아니었다.
어머니가 대식국 사람과 관계를 해서 누이를 낳았다는 것
과, 그 누이가 짐승 같은 나라로 가서 짐승 같은 제도의 희
생이 될 것이라는 추정이 자신을 움직이는 유일한 추동력
이었다.

석지심은 영파에서 배를 타고 광주에 이르렀다. 광주에
는 인도에서 온 불승들이 많았다. 석지심은 금강지를 뜻하
는 히라(稀羅)와 불공(佛空)을 의미하는 나희(奈稀)라는 불
승들을 만났다. 석지심은 그들이 베푸는 강론에 부지런히
참여했다. 처음에는 그들의 말을 한마디도 알아들을 수 없
었다. 같이 온 마하라는 친구가 두 스님의 강론을 한문으로
옮겨주어 대강 알아들을 수 있었다. 신라에서 들었던 강론
과는 여러 국면이 달랐다. 신라의 고승들이 하는 이야기는
현세를 초월한 아득한 허공을 헤매는 이야기였다. 자세히
들으면 참으로 깊은 사색이 녹아 있었다. 세속의 논리를 넘
어서는 현요한 세계로 인도하는 법어가 빛을 발하는 것이
었다. 그 빛은 금강석에서 뿜어 나오는 현묘한 무지개를 닮
아 있었다.

천축에서 온 히라와 나희의 설법은 중국이나 신라의 승
려들이 말하는 범음과는 달랐다. 내용이 구체적이고 비유
가 적실했다. 인간 자신의 내면에 불성이 가득하다고 말했
다. 악업의 때를 벗겨내지 못하기 때문에 그 불성이 묻히고

만다는 것이었다. 불법을 염송하고, 손을 모아 기도하며, 마음속으로는 크고 하나 된 여래를 생각하는 중에 즉신성불(卽身成佛) 할 수 있다고 가르쳤다. 크게 보아 밀교의 범주에 드는 설법이었다. 생각해보니 일찍이 신라에도 밀교가 들어와 있었다. 밀본이니 혜통이니 명랑이라 하는 스님들은 밀교를 널리 폈다. 그런데 문제는 이들 스님들이 이적(異蹟)을 보이고, 비법을 행해서 적군을 퇴치하는 게 밀교의 본질인 것처럼 호도하는 사태였다. 밀교의 교리를 공부해야 되는 이유는 그런 왜곡을 바로잡아야 한다는 생각에서였다.

석지심은 밀교 수행을 열심히 하는 중에 천축 말을 부지런히 공부했다. 그런 중에도 석지심을 끝없이 괴롭히는 것은 대식으로 간 누이 걱정이었다. 천축 아니면 대식국에 가서 누이가 치수의 형제들이나 조카들에게 몸을 바쳐야 하는 형역에 시달리고 있을 것 같아, 공부는 뒷전으로 밀려나곤 했다. 석지심은 때를 기다려야 한다는 생각으로 정진을 거듭했다.

석지심은 열병을 앓았다. 열병을 앓는 중에 고향 생각이 진간장처럼 간절하게 떠올랐다. 석지심은 전에 써놓았던 시를 조용히 읊어보았다. 여기는 남쪽이라서 소식 전할 기러기조차 없는데, 누구 편에 계림으로 소식을 전할까. 소식 전해달라고 시킬 사람이 없는 것은 물론, 계림에서 자기 소식을 궁금해할 사람도 떠오르지 않았다. 고향이 고향인 것은 내 소식 궁금해서 맘을 태우는 누군가가 있어야 할 터였다. 마음 줄 수 있는 사람이 없는 고향은 고향이 아니었다. 고향으로 돌아가기는 너무나 멀리 와버렸다. 강렬한 햇살과 무더위가 살을 짓무르게 했다. 계림의 시원한 바람과 맑은 하늘만 눈물겹게 그리웠다.

11
—

사향(思鄕)의 노래

고향? 그리움? 장장숙은 그런 단어들을 떠올려보았다. 이제까지 자기 살아온 역정과는 아무런 연관이 없는 사항이었다. 정지용의 〈향수〉라는 시를 가곡으로 만들어 이동원이라는 가수가 노래하는 작품이 있다는 것이 기억에 떠올랐다. 후렴구로 반복되는 "그곳이 차마 꿈엔들 잊힐리야" 하는, 그 절절한 그리움으로 남아 있는 고향이 장장숙에게는 없었다. 서울에서 태어나 서울 생활로 나이 먹은 사람들이라면 서울이 고향일 터였다. 시골 초가집 지붕에 박덩이가 달덩이처럼 열려 있고, 마당 멍석 위에 빨간 고추를 말리는 그런 그림의 고향은 장장숙에게는 옛날일 뿐이었다. 장려화도 고향 이야기를 한 적이 없었다. 어삼만 또한 자기 고향인 인도 이야기를 자주 하지 않았다. 지금 자기가 살아가는 땅에 애정이 듬뿍 담긴 이들에게 기실 고향은 별 의미가 없는 것일지도 몰랐다.

그러나 혜초는 좀 다른 것 같았다. 다시 원고를 들여다보았다. 낮에 어삼만이 읽었던 혜초기념비, 거기 적혀 있던 구절들이 원고에 그대로 옮겨져 있었다. 한시 옆에 한글로 독음이 달려 있었다.

月夜瞻鄕路 浮雲颯颯歸(월야첨향로 부운삽삽귀)
緘書忝去便 風急不聽廻(함서첨거편 풍급불청회)
我國天岸北 他方地角西(아국천안북 타방지각서)
日南無有雁 誰爲向林飛(일남무유안 수위향림비)

석지심이 쓴 걸로 되어 있는 한시는 혜초의 작품을 그대로 인용한 것이었다. 번역본을 읽었을 때와 달리, 전체의 뜻은 고사하고 대강의 의미조차 눈에 걸려 들어오지 않았다. 자신이 한문에 문맹이라는 생각이 들었다. 그것은 너무 일찍 학업을 끝낸 자신이 당해야 하는 결핍감을 지나, 근원적 부끄러움으로 속에 자리잡은 삶의 조건 같은 것이었다. 무식쟁이 소리 듣지 않기 위해 부지런히 공부했다. 그러나 혼자서 하는 공부는 역시 한계가 있었다. 혼자 하는 공부래야 남들보다 책을 많이 읽는 것 말고는 다른 방법이 없었다. 장장숙은 책을 읽으면서, 대개의 책들이 삶의 속 고갱이를 파고들지 못한다는 생각을 거듭했다. 뼈아픈 진실은 체험 속에 있었다.

삶은, 몸으로 감당해야 하는 숭고한 과업이었다. 해서, 문자 속에 생의 본연이 들어 있겠나 의문을 가졌다. 겪어보지 않은 믿음은 허영이라고 지껄였던 건 희떠운 소리에 불과했다. 달리 생각하면 그것은 자기 속임일지도 몰랐다. 사람마다 사는 방법이 조금씩 다를 뿐이지 어느 지점에선가는 사는 원리라고 하는 게 하나의 초점으로 모여들게 마련이 아닌가 싶었다. 그 사는 힘이 모여드는 점은 볼록렌즈가 햇빛을 모아 불을 일으키는 그런 지점과 같은 것일지도 모를 일이었다. 그러나 그 초점은 몸으로 부닥뜨린다고 해서 왈칵 다가오는 그런 실체가 아니었다. 다가가면 다가간 만큼 멀리 달아나는 게 삶의 실체 같았다.

아무튼 자기에 비하면 어삼만은 저만큼 높은 다락에 올라가 있었다. 어삼만은 몸을 알았고 언어에 밝았다. 장장숙으로서는 감당하기 어려운 구석이 없지도 않았다. 어린애처럼 품으로 파고드는가 하면 혼자서 명상에 잠겨 돌부처인 양 미동도 않고 앉아 있기도 했다. 그리고 일상 예절로는 용납이 안 되는 방식으로 행동하기도 했다. 장모를 덥썩덥썩 끌어안는 데는 장장숙도 속이 편치 않았다. 저러다가…… 뒤에 다른 생각을 이어가고 싶지 않았다.

마음이 흩어지기 시작했다. 조금 전까지 읽어나가는 동안, 글에 집중해서 그런지 딴생각을 하지 않았다. 그런데 본문에 한시가 나오자 거기 걸려서 더 읽어지지 않았다. 장장숙은 원고를 남겨두고 나간 장려화에게 보이지 않는 열등감 비슷한 감정을 느꼈다. 한편으로는 장려화가 옆에 있지 않은 게 허적거리고 썰렁했다. 아직도 여자 몸을 끌어안을 줄 모르는 것일까. 사랑한다는 게 뭐야, 입도 맞춰주고 배꼽도 대주고 하는 게, 몸과 몸이 마주치는 거, 그게 사랑하는 거 아냐? 장장숙이 그렇게 나왔을 때, 장려화는 화장실에 들어가 양치질을 하고 손을 씻었다. 그러고는 장장숙을 뿌리치고 호텔방을 도망치듯이 나가버렸다.

원고에 적어놓은 시 밑에 "《혜초의 왕오천축국전》pp. 198-199"라는 인용 전거가 적혀 있었다. 장장숙은 차에서 들고 온 책의 같은 페이지를 펼쳐보았다. 그 시가 거기 기록되어 있었다. 나그네가 낯선 길에서 느끼는 향수를 적어놓은 그저 평범한 시였다. 그런 시를 두고 가슴 저리는 향수라든지 하는 평은 언어의 남용, 혹은 과장이라는 생각이 들었다.

장려화의 글은 자료와 자기가 상상한 것이 뒤섞여 있는 듯했다. 왜 이런 글을 써야 하는가 알 수 없었다. 사람이 어떻게 알 수 있는 일만 하면서 살겠는가 하는 생각이 안 드는 것도 아니었다. 그러나 장려화의 경우, 한국으로 돌아온 까닭을 설명할 수 있을까 그런 의문이 들었다. 혹시 어삼만과 맞서는 어떤 속마음이 있어서 돌아온 것은 아닌가 하는 의문이 싹을 내밀기도 했다. 결국은 장장숙 자기에게 귀결되는 물음이었다. 장장숙은 그렇지 않다고 고개를 저었다. 하기는 남자라는 것을 우습게 여겨왔던 것은 사실이었다. 그렇다고 남자를 무시하거나 맞서서 싸우려 든 적은 없었다. 다만 자기 나름의 성채를 구축하고 있다는 것을 깨닫는 데 시간이 걸렸을 뿐이었다. 친구들 말로, 남자야 씻으면 새것인데 멍청한 것들, 고추에 곰팡이 피게 하고 다니는 무지렁이들…… 장장숙은 그렇게 생각하지는 않았다. 무지렁이 어쩌고 해도 인류의 역사를 지탱해온 것은 남자들이었다. 깨달음은 왔으나 실천은 아득히 멀었다. 남자들이 인류의 역사를 이끌어왔다고 하자, 그러나 여자 없이 남자가 할 수 있는 게 뭐란 말인가 그런 생각이 드는 것이었다. 자기 어머니는 아버지를 대신하듯 가정을 꾸려나가는 기둥이었다.

장장숙은 혼자 낄낄거리며 웃었다. 인간을 만드는 데 참여하지 못한 고승 대덕, 그거 다 헛짚어 산 인생들이야. 뼈마디에 돌멩이나 기르는 양반들. 국사 선생이 남녀관계 모르는 스님들을 평가하는 말이었다. 도라는 게 뭔데, 그게 길이라는 거잖아, 남녀가 만나서 길을 내는 게 그게 도라는 거야, 그 길이 하도 깊고 오묘해서 도를 도라고 하면 변함없는 도가 아니라는 거잖아…… 노자의 얘기라나, 유식한 국사 선생은 그런 이야기를 줄줄 늘어놓았다. 국사 선생 앞에서 딴짓하는 애들이 없었다. 이 장면에서 왜 국사 선생이 떠오르는지 캐고 싶지는 않았다. 대상을 너무 어린애들로 상정한 것은 무리가 될지 몰라도 진실을 이야기하고 있었다. 진실 앞에서 사람들은 엄숙해지게 마련이었다. 국사 선생 말대로 인간의 생산만큼 중요한 과제가 달리 존재할 까닭이 없었다. 국사 선생은 말했다. 이전에는 애 낳는 것을 생산이라고 했다, 생명을 낳는 게 생산이다, 생산을 물질에만 국한하는 것은 무식한 유물론자들의 용어일 뿐이다. 장장숙은 그 이야기를 듣고 혼자 낄낄낄 웃었다.

화장실에 다녀온 장장숙은 장려화의 원고를 풀풀 넘겨보았다. 장려화의 글이 《왕오천축국전》의 내용을 적절히 손질해서 요약하는 식으로 전개되는 것 같았다. 대식국과 천축국을 같은 나라로 취급하는 것은 작중인물 석지심이 그렇게 보았다는 것인지 장려화가 그렇게 알고 썼던 것인지 분간이 안 되었다. 혜초의 행로를 그대로 차용하고, 석지심이라는 인물을 그 자리에 꽂아 넣는 방법으로 이야기를 진행하는 것은 완전한 허구를 구사하는 것이라기보다는 일종의 패러디 같기도 했다. 장려화 자신이 제목을 붙여달라고 하기는 했지만, 글 앞에 제목도 없고, 장르도 표시되어 있지 않기 때문에 어떻게 읽어야 하는지 막연했다. 막연한 게 아니라 글에 몰두할 수 있는 계기가 되기도 했다. 한 가지 심란한 것은 어머니의 발병과, 거길 찾아가는 길에 교차하는 일들이 어떤 맥락으로 엮이는 것인지 감이 안 잡히는 정황, 그것이었다.

장려화가 같이 있었더라면 좋았겠다는 생각이 들었다. 이런 원고를 꼭 혼자 읽어야 할 일은 아니다 싶었다. 그러나 둘만 남아 있으면 남의 이목도 그렇고, 장려화 자신이 불편했을

지도 모르겠다 싶기도 했다. 아무래도 옆에서 치근거리는 느낌을 주는 것보다는 혼자 내버려두는 게 속 편한 결정이었다. 장려화에 대한 속마음은 멀어졌다가 다가오기를 계속하고 있었다. 시가 나온 다음 페이지부터는 당시 신라의 종교적 상황을 서술하고 있었다.

석지심이 신라를 떠날 무렵, 신라에는 몇 가지 동양 종교가 어수선하게 전개되었다. 유교가 들어와 지식층이 국가 기강을 마련하는 데 기여했다. 유교는 세속적인 삶의 기강을 만들어주었다. 불교는 신라 정신의 높이를 한층 높여주었다. 덕이 높은 고승들의 사유는 불교학의 수준을 높이는 데 기여했다. 학승들이 교단의 주도권을 쥐었다. 도교는 토착종교와 습합되면서 민간신앙의 한 국면을 담당했다. 머지않아 불로장생을 꿈꾸는 황탄한 길로 들어서서 삶의 뿌리를 흔들어놓았다. 특히 방중술로 불리는 성생활의 지침은 계림 장안의 여자들이 사타구니를 옴찔옴찔하게 만들었다. 늙은이들은 물론, 이미 장가를 들어 그 짓이 덤덤해진 남정네들은 돌아볼 가치가 없었다. 싱싱한 젊은 애들이라야 했다.

화랑을 자기들 꽃놀이판으로 이끌어 들인 까닭은 단지 육신의 탐욕 때문만은 아니었다. 여성도 신선이 될 수 있다는 목표에 도달하기 위해서는 젊은 남자들의 정기가 필요했다. 이른바 선도(仙道)에서 추구하는 영생에 대한 허영기가 육욕으로 둔갑했다. 도를 닦아 신선이 되면 서왕모 곁에 가서 영생불사한다는 꿈을 꾸고 있었다. 꿈이 허황할수록 현실을 규율하는 삶의 법도와는 거리가 크게 벌어지기 마련이었다. 지체 높은 집안의 여성들이 젊은 화랑과 놀아나면서 서왕모의 복숭아 과수원, 그 낭원(閬苑)에서 죽지 않고 장생할 꿈을 꾸었다. 영원성을 꿈꾸는 일은 혁명에서는 별과 같이 빛을 발하지만, 생활에서는 일탈로 나타나게 마련이었다. 서라벌 장안이 음일한 기운으로 가득했다.

자기 고향을 떠난다는 것은 죽음을 무릅써야 하는 모험이었다. 당나라를 향해 길을 나섰다가 돌아오지 못한 수많은 학승들이 있었다. 그들 가운데는 당나라에 머물지 않고 천축까지 진출할 시도를 한 이들이 있었다. 그러나 대부분 사막에서 고골(枯骨)로 삭아갈 뿐이었다. 석지심은 자신의 행로가 그렇게 귀결될 것을 예감하고 있었다.

내용이 강의 투로 나가는 바람에 졸음이 밀려왔다. 특별한 암시나 맥락이 있는 것은 아니었다. 졸음 가운데 부친 장동건과 남편 어삼만이 벌거벗은 어머니를 사이에 두고, 양쪽에서 팔을 잡아당기고 있는 영상이 눈앞에 전개되었다. 장장숙은 소스라쳐 일어나 눈을 비볐다. 잠시 지나가는 환상 같은 것이었다. 그것은 자기 스스로 만든 환상이기도 했다. 그 환상도 현실에 한 가닥 끈이 닿아 있었다.

어삼만은 땀을 많이 흘렸다. 자연 세탁을 자주 해야 했다. 옷을 벗어서 세탁물 바구니에 담으면서 미안하다는 이야기를 잊지 않았다. 고마운 일이었다. 어삼만이 벗어놓은 블루진 바지를 세탁기에 넣기 전에 주머니를 확인했다. 가끔 땀을 씻고는 버리지 못한 휴지가 주머니에 들어 있는 채로 세탁기에 돌렸다가 다른 빨래들이 허연 휴지 섬유로 어지럽혀지곤 했다. 뒷주머니에 뭔가 도톰한 게 만져졌다. 해피라이프라는 콘돔이었다. 장장숙은 화장실용품 장에서 가위를 꺼내 콘돔을 십자로 잘라 쓰레기통에 집어넣었다. 주머니에 이상한 게 들어 있던데 그게 뭐야? 장장숙이 눈을 꼬부장하니 뜨고 물었다. 응, 그거 라텍스야. 태연한 대답이었다. 용도가 뭔데? 한국도 에이즈 프리 존은 아니잖아? 장장숙이 달려들어 어삼만의 사타구니를 잡아 흔들었다. 어삼만은 방바닥에 나자빠져 뒹굴었다. 그런 일이 있은 후, 장장숙은 어삼만을 이전과 다른 눈으로 쳐다보곤 했다.

12

——

어미와 누이와

핸드폰이 울렸다. 어삼만의 이름이 떴다. 장장숙은 급히 통화 아이콘을 밀었다. 야아, 느이 엄마 걱정 안 해도 된다. 아버지 목소리였다. 팔이 어떻게 되었는데요? 부친은 어삼만에게 전화를 바꾸었다. 별거 아닌 걸 가지고…… 탈구였어. 장장숙은 탈구? 귀를 세웠다. 선배 가운데 신체검사를 받으러 가기 전날, 친구를 불러 팔을 잡아 빼서 축 늘어뜨리고 히죽이 웃고 있다가 신체검사에서는 병종을 맞고 돌아와 히히덕거리던 기억이 떠올랐다. 그걸 탈구(脫臼)라고 한다는 것을 알았다. 팔에 무리한 힘을 가해서 뼈가 물러나는 현상을 탈구라고 했다. 탈구를 어떻게 처치를 한 것인지는 더 묻지 않았다. 편히 자요. 전화가 끊겼다. 어떻게 모친한테 간 건지는 물을 여가가 없었다. 졸음이 싹 달아났다.

혼란스러운 가운데 다시 장려화의 원고를 들춰보았다. 도저히 글이 읽어지질 않았다. 장을 넘어가면서 달아놓은 목차만 훑어보았다. 누이, 몸과 몸, 산고수장, 난마…… 인간이라는 것, 그런 제목들로는 내용을 짐작하는 데 도움이 안 되었다. 하긴 글의 제목이라는 게 아무렇게나 붙이는 게 아니던가, '부활'은 내용을 짐작하게 하지만, '안나 카레니나'는 내용을 짐작할 수 없게 한다. 또 '햄릿' '돈키호테', 그런 제목은 다 읽고서야 뜻이 드러나게 마련이 아닌가. 어쩌면 단락별로 뜻을 알 수 없는 제목이 죽 나열되고, 그리고 그 과정을 다 거친 뒤에야 인생 이렇구나 하는 걸 알게 되는 것처럼, 사람살이 또한 독서 과정과 다를 바가 없다는 생각도 들었다.

장, 절 제목에 이어 글이 전개되었다. 피곤한 결로 해서는 대강 훑어보고 덮어두고 싶었다. 그런데 희한하게도 장려화의 글이 어쩌면 자기 이야기를 하고 있는지도 모른다는 생각이 들었다. 자기 이야기를 기록한 글이라면 그저 무심하게 넘길 수 없었다. 석지심이 대식국을 찾아가기는 하나, 그리고 누이를 만나나 못 만나나 궁금해지기 시작했다. 그런데 글이라는 게 읽지 않으면 속을 내보이지 않는 물건이었다. 눈으로 읽는 노고를 통해서만 자신을 드러내는 이기적 속성이 글에 담겨 있다는 생각이 들었다. 그런 생각은 생애 처음 하는 것이었다. 장장숙은 다시 원고를 펴 들었다.

중국은 물론이고 천축이라는 나라 땅이 넓고, 넓은 만큼

험하고 생명을 위해하는 고패가 많다는 것을 석지심은 잘 알고 있었다. 그렇기 때문에 광주에서 배를 구해 타고 동천축까지 오는 것만도 목숨을 걸어야 하는 모험이었다. 태양은 머리 꼭대기에서 정수리를 지져대고, 공기가 습습하여 몸이 땀으로 젖고 사타구니가 짓무를 지경이었다. 쿠시나가라, 왕사성, 마하보디 같은 데를 거쳐 부처님의 숨결을 자신의 몸으로 들이마실 수 있었다. 마침내 석지심은 부처님의 초전법륜처(初轉法輪處)라고 하는 사르나트에 이르렀다. 불법의 수레바퀴를 처음 굴리기 시작했다는 것은, 부처가 설법을 시작했다는 뜻이었다.

깨달음이 깊으면 오히려 그 깨달음을 말로 전하기가 지극히 어렵다는 이야기를 광주의 스승한테 들었다. 그리고 두 스승, 히라와 나희는 본명이 히라 부드히만(Hirabuddhiman)과 나희 보다칼리(Najhi Boddakhali)라고 했다. 깨달음과 말이 맞물리기가 얼마나 어려운가는 두 스승에게 들어서 마음속에 새기고 있는 교훈이었다. 스승들이 긴 이야기를 하고 나서도 게송(偈頌)이라는 시를 쓰는 까닭을 알 수 있었다. 말로 할 수 없는 것을 말로 하다 보니 그런지 스승들이 내놓는 시는 이해하기가 어려웠다. 석지심은 녹야원에서 부처님을 친견한 느낌을 받았고 그 감발됨을 시로 읊었다.

보리수가 멀다고 걱정 않는데
어찌 녹야원이 그리 멀다 하리오.
가파른 길 험하다고 근심할 뿐
업연(業緣)의 바람 몰아쳐도 개의찮네.
여덟 탑을 친견(親見)하기란 실로 어려운데,
오랜 세월을 겪어 어지러이 타버렸으니
어찌 뵈려는 소원 이루어지겠는가.
하지만 바로 이 아침 내 눈으로 보았노라.

마가타국에서 여덟 탑을 보았던 석지심은, 여행 초반부에 예상치 않은 성과를 이룬 셈이었다. 더구나 부처님이 진리를 설법한 땅이 아니던가. 자못 감흥이 일고 역사를 돌아보는 시간을 가졌다. 석지심은 전에 들은 이야기가 떠올랐다. 아소카 왕이 전쟁 중에 수많은 인명을 참살당하게 한 죄를 뉘우치고 불도에 귀의하여 불법을 전파하는 데 신명을 다했다는 이야기였다. 큰 죄를 깊이 뉘우치는 곳에 법륜이 이른다는 내용이었다.

녹야원 언덕에 무은 탑을 바라보았다. 태양이 탑 꼭대기에 걸려 있었다. 석지심은 탑을 향해 몇 걸음 발을 옮겼다. 태양이 탑 뒤로 물러앉으면서 탑 주위로 빛살이 궁륭 상을 이루어 펼쳐졌다. 그것은 현란한 빛이 탑을 장엄하는 형상이었다. 눈을 비비고 다시 탑 꼭대기를 올려다보았다. 자신의 몸이 탑과 하나가 되어 빛의 장엄 가운데 우뚝하니 자리를 잡았다. 몸이 뒤흔들리는 가운데 누이 석지연의 얼굴이 떠올랐다.

무슨 인간의 업이 그리도 깊소이까? 천축인으로 보이는 스님이 합장을 하고 물었다. 인간의 업? 석지심은 옷자락을 추스르고 스님을 따라 합장하고 고개를 숙였다. 방금 누이의 얼굴이 떠올랐던 것을 들킨 것만 같아 겸연쩍었다. 계림에서 오셨소? 그걸 어떻게 아십니까? 근래 계림에서 당나라로 공부하러 오는 스님들이 많은데, 내가 광주에 갔다가 거기서 계림 스님들을 많이 만났다오. 광주에서 만난 자신의 두 스승에 대해서는 묻지 않았다. 어쩐 일인지 스승 이름을 드러내는 것이 죄를 짓는 것만 같아 마음이 놓이질 않았다.

여기를 왜 녹야원, 사슴의 동산이라고 합니까? 이런 이야기가 있는데 들어보실라오? 스님은 바랑을 풀어 석지심이 지고 다니는 짐틀(지게) 옆에 기대어놓았다.

옛날, 이 근처는 숲이 무성했다고 합니다. 사슴의 무리들이 살았는데, 각기 오백을 헤아리는 두 무리가 있었다고 합니다. 편하게 말합시다. 스님은 꼭 글을 읽는 것처럼 말했다. 스님이 어투를 바꾸었다.

당시 왕은 사냥에 몰두해 다른 일은 안중에도 없었다. 사슴들이 한꺼번에 잡혀서 죽을 판이 되었다. 사슴들은 고민

130

이 깊어졌다. 사슴 무리 한쪽의 대표가 나서서 국왕에게 진언했다. 한꺼번에 모두 잡아 죽이지 말고 하루 한 마리씩 사냥하면, 임금님은 신선한 고기를 먹어서 좋고 우리 사슴들은 그사이 목숨을 연장하면서 새끼를 기를 수 있어서 좋지 않겠습니까? 국왕은 그래 좋은 생각이다, 하고 그렇게 실행했다. 어느 날 새끼를 밴 암사슴이 죽을 차례가 되었다. 자기가 속한 무리 대표를 찾아갔다. 나는 죽을 차례가 되었으니 그리해도 좋지만 내 배 속의 새끼는 아직 죽을 차례가 아니니 내 죽음을 면해달라고 간청했다. 대표는 그 청을 거절했다. 어미 사슴은 다른 편의 대표를 찾아가 사정을 이야기했다. 그쪽의 대표는 감탄했다.

"아아, 어미의 자비심 그 거룩함이여, 어미의 눈물이 새끼를 구하리로다. 좋다, 내가 너 대신 희생을 자임하겠다." 그러고는 국왕을 찾아가 자초지종을 이야기하고 자기를 죽여달라고 간청했다. 국왕은 크게 감탄했다. "너를 사람으로 친다면 성인이다. 나는 인간의 허울을 쓴 짐승이나 다름없다." 이후 어명으로 사슴 사냥은 금지되었다. 이게 무슨 이야기인지 아시겠습니까? 스님이 석지심에게 물었다. 석지심은 잠시 멍하니 서 있었다. 부처님은 처처에 다른 모양으로 현신합니다. 그러면 새끼를 배고 있던 사슴이 부처님이란 뜻입니까? 그럴 수도 있고, 새끼를 가진 어미 사슴을 살려준 왕이 그럴지도 모릅니다. 석지심은 스님을 향해 손을 모아 합장했다. 그러고는 돌 위에 앉아서 스님의 얼굴을 올려다보았다. 스님의 눈망울이 사슴의 눈망울처럼 물기에 젖은 채 빛나고 있었다.

어미의 본분은 새끼를 살리는 데 있다. 새끼를 살리는 방법은 경우에 따라 여러 가지일 것이다. 그 대목에서 석지심은 부모들을 떠올렸다. 아버지가 어머니를 탓하지 않은 것이나, 대식국으로 딸을 빼돌리는 치수를 아무 제지를 하지 않고 바라보아주었던 너그러움이나, 그게 어쩌면 새끼를 살리는 어미와 아비의 방법이었을지도 모른다는 생각이 들었다. 그렇다면 짐승들의 나라에 누이가 붙들려갔다는 것은 못된 집착을 벗어나지 못하고, 스스로 자신을 괴롭히는 짓은 아닌가 싶기도 했다. 그러나 달리 생각하면, 누이를 형제들이 이어서 피를 나누는 대상으로 삼도록 놔두는 것은 용납할 수 없는 일이었다.

번뇌는 깨달음이 없는 어둠의 구덩이에서 고개를 들기 시작합니다. 그 한마디를 남기고 스님은 바랑을 걸머메고 훌훌 걸어서 숲속으로 들어가고 말았다. 석지심은 자기가 썼던 시를 되뇌어보았다. 공허한 느낌에서 헤어날 수 없었다. 그러나 스님에게서 들은 이야기는 생생하게 머리에 남아 있었다. 사람의 일생은 결국 한 가닥의 이야기로 정리되는 게 아닌가 싶었다. 자신은 지금 어떤 이야기를 짓고 있는 중인가, 그런 물음이 다가왔다. 몸과 입과 뜻으로 짓는 업, 그러나 이야기라는 것이 또한 하나의 업을 짓는 일은 아닐까. 기왕 나선 길 대식국에 가서 누이를 보고 돌아가야, 죽더라도 눈을 감을 수 있겠다 싶었다.

장장숙은 잠시 천장을 올려다보았다. 서까래에 옹이가 잔뜩 박혀 있는 게 보였다. 마음에 한번 박힌 옹이를 빼내는 일은 애초에 가망이 없는 것인지도 모를 터. 다만 옹이가 덧나지 않게 안추르면서 아픔을 삭여가는 과정이 삶의 과정 아닌가 그런 생각이 들었다. 생각해보면 자기가 살아온 시간이라는 게 겨우 24년이었다. 어떤 시인이 "나를 키운 것은 팔 할이 바람"이라고 읊은, 그 스물세 해를 겨우 넘겼을 뿐이었다. 아주 줄여 잡아도 앞으로 50년은 더 견뎌야 하는 세월이 앞에 예비되어 있는 셈이었다.

삶을 누리자면 시간이 확보되어야 하는 것은 되물을 일이 아니었다. 죽음을 명상하재도 살아 있어야 했다. 그래서 삶은 명령이었다. 구태여 하늘을 끌어들이지 않더라도 그것은 어떤 초월적인 존재의 부름이어야만 하는 것이었다. 그렇다면 석지심이 찾아 나선 구도의 길이라는 것이 누이를 다시 만나 짐승의 무리에서 벗어나게 하는 것이라면, 삶의 가치 그 절대성에 비하면 목표 자체를 잘못 설정한 게 아닌가, 그런 생각이 들었다. 장장숙 자신은 그런 집착에서 벗어나야 한다고 어금니를 힘주어 물었다. 피를 가리는 것은 피를 죄의 빛깔로 짙게 할 뿐일 터였다.

달리 생각하면 삶이라는 게 그리움의 근원을 찾아 떠도는 여행 같기도 했다. 그 그리움 속에는 안타까움과 비애, 원망, 자기 혐오, 그런 감정이 복합적으로 얽혀 있는 것인지도 모를 일이었다. 장장숙은 자신이 지니고 사는 근원적인 그리움이 무엇인가 머리를 짚고 생각했다. 그런 그리움이 없어서 헤매도는 길 위의 시간에 흔들리는 존재가 아닌가 싶기도 했다. 그것은 인간에 대한 진정한 애정의 결핍일지도 몰랐다. 툭툭 치고 달려들기는 했지만 깊이 이해하려고 하지 못했다. 누구를 대신해서 자기 목숨 내놓겠다는 다짐도 없었다. 자기 사는 거야 어떻게 되겠지, 안이한 생각으로 어정어정 시간을 보냈다. 앞가슴으로 서늘한 바람이 몰려들었다.

13
—

누이를 만나러

    사람이 누군가를 간절하게 그리워하는 것, 그러한 그리움이 승화하면 하늘로 올라가 별이 된다던 어느 시인의 이야기가 떠올랐다. 석지심이 신라를 떠나 천축으로 헤매 다니는 것은 누이를 생각하는 간절함 말고는 그 행동 동기를 설명할 방법이 없는 듯했다. 그런데 그런 내용을 이렇게 써가는 것은 장려화의 어떤 그리움과 가닥이 닿아 있을 게 아닌가 싶었다. 장장숙은 정신을 가다듬고 글을 읽어야 한다는 생각을 굴렸다. 최소한 장려화가 정성 들여 쓴 글이고, 그 글 가운데 자기와 연관된 정서적 인연의 끈이 닿아 있다면 어성버성 흩어나갈 일이 아니었다. 대상에 대해 성실하다는 것, 경건하다는 것…… 글을 진중하게 읽어주는 일은 상대방을 존중하는 한 방법이기도 했다. 그 지점에서 문득 어머니 얼굴이 떠올랐다. 장장숙은 핸드폰에서 뉴스를 확인했다. 평택항 지역은 여전

심복사 135

히 교통이 통제되는 상황이었다.

교통이 막힌 상황에서 부친과 어삼만이 어떻게 어머니를 만나러 갔다는 것인지 궁금증이 일었다. 시간이 지나면서 어머니에 대한 궁금증과 우려가 커져갔다. 핸드폰을 통해 비집고 들어오는 보고는 잠음과 같아서 자세한 정황을 알 수 없었다. 핸드폰을 바라보면 그 자체가 머리를 옥죄어왔다. 그러나 핸드폰을 꺼놓을 수 없었다. 언제 어떤 연락이 올지 알 수 없는 상황이었다. 굵은 거미줄 같은 세속의 끈을 놓을 수 없는 형편. 장장숙은 세수를 하고 다시 책상에 앉았다.

남천축으로 돌아 서천축의 인더스 강 강안(江岸)을 따라가다가 신드구르자타에 이르렀을 때였다. 대식국 군인들이 나라를 쳐들어와 전쟁의 참화에 시달리는 중이었다. 백성들이 도륙되어 길거리에 버려지고 집이 불탔다. 아녀자들이 능욕을 당하고 젊은 아이들이 포로가 되어 끌려갔다. 석지심은 전쟁의 비참함에 치를 떨었다. 그러나 그것도 잠시뿐 누이가 간 나라 사람들을 만난다는 데서 형언할 수 없는 기쁨마저 솔솔 머리를 들고 올라왔다. 이 나라를 쳐들어온 군인들 가운데 누이의 소식을 아는 사람이 꼭 있을 것만 같았다. 그런 소식을 전할 수 있는 군인이 있다면, 이 나라를 침입하고 부녀자를 농락하는 따위야 아무래도 상관이 없을 듯했다. 석지심은 두 손으로 눈을 가렸다. 눈앞으로 검은 그림자가 휘익 지나갔다.

마치 그림자처럼 석지심을 따라다니는 인물이 있었다. 광주에서 만난 마하라는 구도승이었다. 천축 말이 서툰 석지심에게 마하는 안내인이며 도반으로서 충실했다. 석지심은 여기서 누이에 대한 정보를 얻기만 한다면 두 팔 가운데 하나쯤 잘라 내놓아도 좋다는 생각을 했다. 그런 중에 마하가 대식국 병사를 하나 데리고 와서 석지심에게 인사를 시켰다. 이름이 치용가리라 했다. 석지심은 치묵, 치수, 치웅 같은 대식국에서 계림으로 왔다던 사내들을 떠올렸다. 혹시 치웅과 치용가리가 같은 족속이거나 같은 집안 사람일 수도 있다고 추정이 되었다. 추정이라기보다는 그러기를 바랐다. 석지심은 치용가리 앞에서 손을 모아 합장했다. 치용가리는 오른손 주먹을 왼쪽 가슴에 올려, 위에서 아래로 세 번을 내리치는 모양을 했다. 석지심은 대식국에 치웅이라는 사나이를 아는가 물었다. 대식국에는 치수, 치웅, 치단, 치마 등 그런 이름이 수도 없이 많아, 누구를 집어서 얘기하기 힘들다면서 왜 그런 이름에 집착하는가 물었다.

잠시 망설였다. 자신의 내밀한 충동을 어떻게 이야기해야 이 낯선 사람이 자기를 알아줄까 하는 의문 때문이었다. 당신들은 왜 전쟁을 해서 이웃 나라 백성을 죽음으로 몰아넣고, 저승에 가서도 용서받지 못할 악업을 쌓는가 물었다. 시건방진 자식! 외침과 함께 허리춤에서 칼을 빼 들었다. 석지심은 손에 들었던 물병을 땅에 떨어뜨리고 합장을 했다. 치용가리는 칼을 다시 허리춤에 꽂아 넣으면서 석지심의 팔을 잡아 자기 볼을 만지게 했다. 수염이 부글부글한 턱이 손에 만져지면서, 이 인간이 꼬리를 내리고 굽어 든다는 느낌을 받았다.

너희 계림이라는 나라는 사람이 죽으면 어떻게 하는가, 치용가리가 물었다. 뜻밖의 물음이었다. 석지심은 계림에서는 사람이 죽으면 대개 땅에다 매장을 한다고 설명했다. 오늘 이곳 스님이 죽어서 화장하는 다비 행사가 있는데 구경할 생각이 있는가 물었다. 석지심은 무엇보다 사람이 죽으면 어떻게 처리하는가 하는 데 관심이 컸다. 대식국에서는 죽은 사람을 어떻게 하는가 하는 관심의 연장선상에 있는 의문이었다. 그런 물음에는 누이의 죽음까지 생각하는 업장 같은 집착이 깔려 있었다.

말하자면 이렇습니다, 마하가 조용조용 이야기를 시작했다. 현장법사를 따라 천축에 들어갔다가 불전을 수탐하고 이를 중국어로 번역하는 일에 종사하던 후현(後玄)이라는 스님이 있었습니다. 그런데 이분이 불경을 번역하는 데 필요한 천축어를 익히느라고 공부에 정진하는 중에 몸을 상하게 되었습니다. 몸이 말을 안 듣는다는 것을 알아채자 조급해져서 밤낮을 가리지 않고 불경을 옮기는 데 몰두

했습니다. 악화된 건강을 회복하지 못하고 결국은 천화(遷化)하고 말았습니다. 오늘 그 스님을 저승으로 보내는 의식이 있습니다. 그 스님은 석지심이 광주에 있을 때부터 알고 있었다. 소식이야 흉보(凶報)지만 그것도 인연인 게 틀림없었다.

아수라장 가운데 다비식이 진행되고 있었다. 다비식에 운집한 신도들의 머리 위로 화살이 날아다니고, 절 마당에서는 대식국 병사들이 아녀자들을 끌어내고 있었다. 대식국 병사들에게 끌려나가기를 거부하다가 칼바람을 맞고 쓰러져 혼절하는 아녀자들의 비명이 하늘을 찔렀다. 왕후를 비롯한 왕실의 여자들은 적국의 병사들이 들이닥치자 몸으로 이들을 막아내다가 한꺼번에 칼을 물고 앞으로 고꾸라져 절명하였다.

이런 아수라장 가운데에도, 다비를 위한 장작더미에 불이 붙었고, 주지 스님의 염불을 따라 신도들이 손을 모으고 스님의 극락왕생을 빌었다. 전쟁의 아수라장으로 찾아가는 자신의 죄는 물론, 누이를 구하겠다는 것 또한 어리석기 짝이 없는 우행일지도 모를 일이었다. 도무지 남을 구한다는 게 무엇인가, 나를 구하지 못하는 터에 남을 구한다는 것은, 그것이 혈족이라 하더라도 아득히 먼 피안의 등불 같은 일이었다. 그 등불에 가 닿자면 차안의 먼지를 터는 일부터 시작해야 했다.

석지심은 전부터 외곤 하던 〈천수경〉의 악업참회장을 음송했다.

아석소조제악업(我昔所造諸惡業)
개유무시탐진치(皆由無始貪瞋癡)
종신구의지소생(從身口意之所生)
일체아금개참회(一切我今皆懺悔)

아직 계림에는 널리 퍼지지 않은 진언이었다. 광주에서 얻은 불경이었다. 생각해보면 스무 해 동안 참으로 많은 악업을 지었다. 삼악도라는 탐진치에서 헤어나지 못했다. 욕심 사납고, 남에게 화를 내고, 우행으로 마음을 괴롭히며 살았다. 특히 몸으로, 말로, 뜻으로 지은 악업은 또 얼마나 많던가. 이 짐으로 넘치는 악업이 하루 염송한다고 씻길 까닭이 없었다. 후현 스님을 다시 못 뵈온 것도 악업 가운데 하나였다. 천축 말을 조금씩 알아가면서, 불경을 자기 나라 말로 옮기고 싶었는데 후현 스님을 찾았더라면 큰 도움을 받았을 것이 아닌가.

스님은 입적하기 전에 현장 스님이 전해준 불법의 수레바퀴를 당나라에 굴려가 펼치는 것을 평생의 과업으로 삼고 정진을 거듭했다. 그러나 병마가 닥쳐 그 소원을 이루지 못하게 되었다. 그가 번역하여 남긴 불경 몇 권이 당나라에 전해진다면 그걸로 큰 공덕을 삼아야 할 정황이었다. 석지심은 합장하고 스님의 영가가 천도하기를 빌었다. 몇 줄 허허로운 시구로 남는 게 스님의 행적이었다. 이승에 무엇인가 남기를 바랄 일이 아니었다. 고향이니 타향이니 하는 분간도 쓸데없는 욕심에 불과한 것이라는 생각이 머리를 쳤다. 석지심은 시를 읊었다. 자신의 앞길에 고향을 지워야 할지도 모를 일이었다.

고향의 등불은 주인을 잃고
타향의 보물 나무는 꺾였으니
신령은 그 어디메로 갔는가,
옥 같던 용모는 이미 재가 되었구나.
생각하니 가엾고 애절토다
그대 소원 못 이룸이 섧구나
그 누가 고향 가는 길 알리오.
흰 구름만 덧없이 떠돌아가네.

석지심은 자신도 모르게 흘러내리는 눈물을 옷소매로 닦았다. 옷소매에서 땀에 절은 냄새가 났다. 그 땀 냄새는 누이의 영상을 불러왔다. 땀 냄새는 누이가 석지심의 앞을 지날 때 풍기던 비리고 향기로운 냄새를 닮아 있었다. 고향에 돌아가고 못 돌아가는 것은 마음 쓸 일이 아니었다. 누이를 만나 어떻게 사는지를 확인해야 했다. 가능하다면 이리 같은 무리들 가운데서 구해내야 했다. 달리 생각하면, 누이는 인연의 핏줄이 거기 닿아 있기 때문에 본향으로 돌아간 것인지도 모를 일이었다. 석지심은 치수라는, 수염이 수숫대 뿌리 같은 사내를 생각하고 있었다. 만일 그와 맞서서 그가 칼이라도 뽑아 든다면 어떻게 적대할 것인가. 석지심은 오른손을 펴고 한참 내려다보았다. 손이 불불 떨렸다. 칼을 잡아본 적이 없는 손이었다.

어머니가 치수라는 사내와 관계한 것이나, 그걸 방임한 아버지는 무엇인가. 그리고 제 나라로 돌아가면서 누이를 데리고 갈 때 어머니나 아버지가 나서서 말리지 않은 까닭은 무엇인가. 대식이라는 나라 사내가 계림에 와서 만든 자식을 데리고 자기 나라로 돌아간 게 정말 잘못인가. 무엇이 옳고 그른 일인지 도무지 분별이 서질 않았다. 다만 누이가 치수 형제들이 공유하는 혼집혼(混集婚)의 희생이 되어서는 안 된다는 생각은 돌처럼 굳었다. 여행을 계속해야 하는 이유였다.

장장숙은 오른손으로 머리를 짚었다. 전투의 아수라장 가운데서 행해지는 다비식, 거기서도 석지심은 누이를 생각했다. 누이에 대한 사랑 때문은 아닌 듯했다. 누이를 죄악의 구덩이에서 끄집어내자는 책무가 열정으로 전환된 나머지, 그 열정에 휘둘려 여행을 하는 석지심에게 회의가 오리라는 것은 당연히 짐작할 수 있는 일이었다. 사람들이 당연히 짐작할 수 있는 일을 글로 쓰는 것, 장려화가 글을 잘 쓰고 있다는 생각이 들었다. 장려화에 비하면 어삼만은 지식은 풍부하고 어떤 주제든지 내놓기만 하면 설명이 유창했다. 그러나 그의 말은 감동이 없었다. 그 근원적인 차이는 무엇인가…… 어디선가 노 젓는 것 같은 소리가 물결처럼 밀려들었다. 강이 흘러가는 골짜기는 안개가 자욱해서 물이 보이지 않았다. 장장숙은 안개 속으로 희미하게 배를 젓는 두 사람의 등판을 우두커니 바라보고 있었다. 여전히 노 젓는 소리가 들려왔다.

14
—
몸과 몸

  핸드폰이 울렸다. 장장숙은 머리를 흔들고 눈을 비볐다. 석지심이 여행을 계속해야 하는 이유를 읽다가 잠시 졸았던 모양이었다. 모친이 팔이 빠져 병원에 있다는데, 엉뚱하게도 남친의 글이나 읽고 있는 게 무어란 말인가 싶었다. 동영상 보냈으니 확인해보시오. 어삼만의 어투는 자못 당당했다. 동영상이라니, 그게 뭔데? 장장숙은 사람이 참 엉뚱하기도 하다는 생각이 들었다. 어머니 팔 처치가 끝났어요. 팔 처치는 또 뭐고? 장장숙은 라인으로 전달된 동영상을 열었다.

  희한한 장면이 벌어지고 있었다. 뼈가 어디가 어긋났는지 보려면 옷을 벗으셔야 합니다. 남사스럽게 뭐 하는 소리여. 부친이 달려들어 모친의 내복을 벗겼다. 부친에 대해서는 잠시 잊고 있었다. 모친이 젖가슴을 드러내고 곤욕스러운 표정으로 침대에 앉아 있었다. 어삼만이 다가와 모친의 팔을 들어 자기 옆구리에 끼는 것처럼 걸치게 했다. 그러고는 어깨 주변이며 앞뒤로 날렵한 손길로 주물렀다. 모친은 간지럽기라도 한 것처럼 몸을 뒤틀었다. 이래선 안 되는데, 장인어른이 몸을 붙들어주세요. 부친이 모친의 몸통을 뒤에서 잡고, 어삼만이 모친 앞으로 와서 왼손으로 팔을 들어 올리고는 오른손으로 어깨를 주물러 내려왔다. 마치 젖무덤을 주무르는 애무 행위를 하는 것처럼 보였다. 자아, 아버님은 어머니 몸통을 옆에서 잡으세요. 제가 팔을 잡아 뺄 겁니다. 어삼만이 장모의 팔을 잡아 빼자 뚝 하는 소리가 났다. 그러고는 다시 팔을 되밀어 맞추었다. 모친은 이를 악물고 얼굴을 찌푸리고는 진저리를 쳤다. 극심한 통증이 몸을 훑어 지나가는 모양이었다. 어삼만은 팔을 위아래로 움직여보다가, 다시 힘을 주어 밀어 넣었다.

자아, 이제 팔 들어보세요. 모친은 팔을 들어 올리고 흔들어 보였다. 아, 자네가 사람 구하는 의사네. 어삼만은 젖가슴을 드러낸 장모를 덥석 끌어안았다. 거기까지가 동영상으로 전달된 그림이었다. 장장숙은 어삼만의 청바지 뒷주머니에 들어 있던 콘돔을 생각했다. 치사한 생각이 들었다. 장장숙은 핸드폰을 책상 위에 던져놓았다.

다시 핸드폰이 울렸다. 엄마 팔 어떻게 된 건데? 장장숙이 다짜고짜 물었다. 탈구는 그렇게 처치하는 거요. 당신 의사도 아닌데? 한국 오기 전에 다 공부해둔 거라오. 장장숙은 이제까지 어삼만에게서 못 보던 구석을 발견한 느낌이었다. 그런데 경찰에서 전화 안 갔던가? 장장숙은 자기 귀를 의심했다. 경찰에서 전화가 와도 놀라지 말라면서, 연유를 이야기했다.

아산병원에를 걸어서라도 가자는 게 어삼만의 주장이었다. 장동건은 꼭 그래야 하는가 의문을 내보였다. 병으로 사람을 갈급하게 기다리는 데는 가서 만나주고 위로의 말이라도 하는 게 도리라고 어삼만이 말했다. 만나서 아무 도움이 안 된다면 공연히 마음만 심란하게 된다고 장동건이 받았다. 아닙니다, 사람이 같은 공간에 있고 함께 시간을 보내는 그 일만큼 중요한 게 어디 있겠습니까. 사랑하고 미워하고 따위는 다 그다음의 일들입니다. 장동건을 쳐다보는 어삼만의 눈에는 깊은 슬픔의 안개 같은 게 어렸다. 장동건은 어삼만의 손을 잡았다. 손이 부드럽고 따뜻했다.

지금으로선 아산으로 건너갈 아무 방법이 없지 않나, 헛된 짓 하지 말고 들어가 쉬고 날이 밝으면 방법을 찾아보기로 하세. 내일 할 일이 있고 오늘 처리해야 하는 과업이 있잖습니까. 방법은 길을 찾는 사람에게 늘 열려 있지요. 어삼만은 장동건에게 따라오라 하고는 평택항 관광지로 발걸음을 놓았다. 걸음이 무척 빨랐다. 장동건은 거의 뛰다시피 헐떡거리면서 어삼만을 따라갔다.

낮에 혜초기념비를 보았던 광장에 이르렀다. 호수 둑에 낮에 본 작은 어선이 놓여 있었다. 장동건은 그제서야 어삼만이 무엇을 어떻게 하자는 것인지 알아챘다. 그 배를 이용해서 물을 건너가자는 것이었다. 배만 덩그러니 놓여 있고, 노가 없었다. 장동건이 화장실을 찾아갔다. 낮에 화장실에서 삽 두 자루가 놓여 있는 것을 보았던 터였다. 삽의 용도는 알기 어려웠다. 다만 삽 두 자루면 노를 대신할 수 있겠다 싶었다.

장동건은 어삼만에게 삽을 한 자루 들려주고 배 밑바닥에다 삽날을 밀어 넣고 배를 흔들어보았다. 배의 크기로 봐서는 장정 둘이면 거뜬하게 들어다가 물에 띄울 수 있을 법했다. 그런데 둘의 삽은 배의 몸통을 조금 흔들어놓았다가는 제자리에 들러붙었다. 주변에 어디 지렛대로 쓸 만한 물건이 없는지 찾아보기로 했다. 광장 한켠에 '호수가요제' 플래카드가 걸려 있는 게 보였다. 그 밑에 무대를 설치할 때 썼던 자재들이 쌓여 있었다. 쇠 파이프 두 개를 가지고 왔다. 보도블록을 빼서 침목으로 괴고 배 바닥에 파이프를 넣은 다음, 지그재그로 움직이자 배가 한 뼘씩은 되게 천천히 자리를 옮겼다. 그들이 배를 호숫가에 대었을 때는 밤중이었다.

둘이는 삽을 하나씩 나눠 들고 뱃전에 앉아 배를 움직이기 시작했다. 삽으로 노를 젓는 소리가 찰박찰박 어둠을 가르고 수면 위로 퍼져갔다. 배가 호수 가운데쯤에 닿았을 때, 안개에 갇혀 도무지 방향을 분간할 수가 없었다. 어삼만이 언제 준비했는지 주머니에서 나침반을 꺼냈다. 아산병원이면 여기서 남쪽이지요? 장동건은, 맞을 거 같네, 막연한 대답을 했다. 핸드폰 플래시를 켜고 나침반을 확인하면서 노 젓기에 땀을 흘렸다.

겨우 안개를 헤치고 건너편 호반 가까이에 닿기 직전이었다. 옆에서 낚싯대를 드리우고 있던 젊은이들이 궁시렁거렸다. 염병, 겨우 입질 시작하는데 뭐 하는 귀신 뼈다구 같은 작자들이여. 키가 껑정한 젊은이가 이쪽을 쳐다봤다. 젠틀한 분들이 왜 입으로 죄를 짓습니까? 어삼만이 불쾌하다는 듯이 한마디를 날렸다. 저 자식들, 외국인 노동자 숙소 탈출한 것들 아냐? 저 자식들? 순 불한당 같은 놈들이네. 장동건이 쏘아붙였다.

그때였다. 휘익 하고 납추가 달린 낚싯줄이 날아와 어삼만의 목에 감겼다. 옆으로 휘청하는 어삼만을 장동건이 붙잡는 바람에 배가 기우뚱했고, 둘이는 뒤집히는 배와 함께 물에 빠졌다. 다행히 물은 그리 깊지 않았다. 허리 위까지 물이 올라왔다. 그리고 바닥에는 물컹한 뻘이 깔려 있어서 발이 뻘 속으로 빠졌다. 상한 짐승의 몸뚱이를 밟는 것 같아 소름이 끼쳤다. 물가로 나올수록 뻘이 깊었다. 뻘에 엎어지고 일어나기를 거듭하면서 둑에 올라섰을 때는 두 사람의 얼굴이 흙투성이가 되어 눈만 희번덕거리고 얼굴 윤곽은 어둠에 묻혔다. 둘이는 어둠 속에서 서로의 빼꼼하니 짐승 같은 눈을 쳐다보고 실없이 웃었다. 찬물에 빠진 뒤라 몸이 벌벌 떨렸다.

병원에 가서 둘이는 세탁실을 찾았다. 옷이 다 젖은 채로 병실을 찾아갈 수 없었다. 세탁물을 돌리다가 장동건이 뭔가 잃어버린 사람처럼 호주머니를 더듬었다. 왜 그러세요? 어삼만이 물었다. 지갑이 어디로 달아났네. 장동건이 의아하다는 눈치로 말했다. 지갑에 중요한 물건 없으면 잊어버리세요. 어삼만이 별거 아니라는 듯이 말했다. 생각해보니 별스러운 것들이 들어 있지는 않았다. 돈이니 신분증이니 하는 것들은 핸드폰 지갑에 넣고 다녔다. 어삼만은 공연히 싱글거리면서, 모처럼 장모님한테 효자 노릇 한번 하겠다고 좋아라 했다. 장동건은 노상 거침없이 장모 끌어안는 사위 어삼만이 달갑지 않았다. 풍속이 다른 나라에서 살았다지만, 여기 풍속이 아니었기 때문이었다. 병실에 들어가 어떤 태도로 나올지 예측이 안되었다.

우리 장모님 쌩쌩하시네요. 딸은 안 오고 남자들 둘이 나타난 것에 앙앙하고 있던 터라, 신지미는 사위가 하는 인사의 말투가 고까웠다. 쌩쌩하다니, 축 처져 죽을상을 하고 있어야 인사가 된다는 뜻인가, 어이없는 놈이었다. 내가 쌩쌩해서 자네 밥 안 내려갈 일 있나? 신지미가 사위 어삼만을 쳐다보며 들이댔다. 제가 누굽니까, 장장숙의 남편 아닙니까, 예부터 의심이 가면 사람 쓰지 말고 이왕 썼으면 의심하지 말라, 의자불용이요, 용자불의라는 말이 있지 않습니까? 어삼만은 한자성어를 들이대며 히죽히죽 웃었다. 장동건은 유식한 사위가 어딘지 껄끄러웠다. 뭔가 부끄러운 부분을 들키고 있다는 생각이 들곤 했다.

팔 좀 이리 내보세요. 어삼만이 장모 신지미의 팔을 거머 잡고 당겨보았다. 그나마 덜렁거리는 팔 빠지면 어쩌려구? 신지미가 눈을 하얗게 흘겼다. 괜찮아요. 뭐가 괜찮아? 제 손이 의사거든요. 신지미는 맥없이 웃었고, 장동건은 어리뻥 뻥한 얼굴로 전개되는 장면을 지켜보는 가운데 어삼만은 핸 드폰을 동영상으로 설정하고 스탠드 위에 장착했다. 그러고 는 장모 신지미에게 옷을 벗으라 했다. 신지미가 주춤거리고 있자 어삼만이 대들어 신지미의 옷을 벗기면서, 얼굴에 묘한 웃음을 흘렸다. 아버님은 어머니 브라자 좀 벗겨주세요. 장 동건은 쩝 하니 쓴 입맛을 다셨다.

신지미가 윗도리를 다 벗자 팔을 당겨보고 밀어보고 하면 서 탈구를 맞추었다. 자네가 명의인 줄 이제 알겠네. 앞에 선 두 남자를 쳐다보며, 웃어야 할지 울어야 할지 모르는 표정을 하고 있던 신지미가 어삼만의 바짓가랑이를 만져보면서, 옷 이 왜 이렇게 젖었다냐? 걱정스러운 얼굴로 물었다. 평택서 아산만을 건너오느라고 땀이 나서 그렇습니다. 헤엄쳐 왔다 는 뜻인가?

어삼만이 동영상을 장장숙에게 보내고 나서였다. 장동건 의 핸드폰이 울렸다. 모르는 사람이었다. 장동건 씨 맞습니 까? 네, 그렇습니다만. 장동건의 낯색이 달라졌다. 어디냐고 물었고, 아산병원이라고 대답하고, 그러고는 장동건이 손을

저어 수첩 찾는 시늉을 했다. 어삼만이 뒷주머니에서 수첩을
꺼내 장동건 앞에 펼쳐주었다.

평택경찰서 수사과 편형무 형사. 전화번호. 내일 09:00까
지 출두.

받아 적던 어삼만이, 노루가 제 방귀에 놀란다는데 그러지
않아도 상관없습니다, 그렇게 태평한 소릴 했다. 그게 무슨
소린가? 신지미가 어삼만을 올려다보았다. 우리는 노루가 아
니니까요. 누가 자네더러 노루라 하던가? 신지미가 밀어대는
투였다. 아무튼 둘이 배를 내어 호수를 건너온 게 수사 대상
이 되었다.

장장숙은 아버지 장동건과 사위 어삼만, 그 옹서지간(翁壻
之間), 옹서가 밤에 배를 훔쳐서 늪을 건너가 장모 탈구를 고
쳐 살리는 이야기는 처용 시대의 설화 같다는 생각이 들었다.
아버님은 저한테 우뚝한 산이나 마찬가지십니다. 그러잖아
요, 장인어른을 악옹이니 악부니 하는 것은 사위가 기댈 언덕
이라는 뜻이지요. 요새는 그냥들 아버님이라고 하지만 빙부
(聘父), 그건 사위가 모셔온 아버님이라는 뜻이고요. 어삼만
은 자신의 빙부 장동건에게 그렇게 들이대서 장동건의 코를
살짝 눌러놓았다. 그러면서 한다는 소리가 가관이었다.

러시아 대통령 푸틴도 딸이 고집을 부리는 바람에 한국인
사위를 두었다지요. 저 같은 인도인 사위 두려면 아버님이 푸
틴은 아니더라도 네루 사촌은 되어야 하는 거 아닌가요? 들

고 있던 신지미가 발끈했다. 자네 그걸 말이라고 하나? 말이
그렇다는 말이지요, 화내면 심장에 좋질 않습니다. 말이래도
그렇지, 헛총도 맞으면 죽는 수가 있다는 이야기는 하지 않았
다. 사실 어삼만은 장장숙을 살린 사람이나 마찬가지였다. 장
장숙이 어삼만을 믿거라 하는 까닭은 유머러스하고 한국인
으로서는 따라잡지 못할 만큼 인간 이해가 깊어서였다.

탈구를 그렇게 손쉽게 처치할 수 있는 어삼만의 능력이 놀
랍다는 생각이 들었다. 그런데 경찰에서 전화가 왔더냐고 묻
는 맥락은 여러 가지 잡스러운 생각을 하게 했다. 장장숙은
어삼만에게 문자를 보냈다. 나 데리러 언제 와요? 성인 독립
특행! 어른은 알아서 홀로 행동한다는 뜻이라는 걸 모르지
않지만, 선방의 화두 같아서 속으로는 흡족하지 않았다. 매사
를 알아서 하고, 알아서 한 일은 맥락을 따라 이해해야 한다
는 게 어삼만의 지론이라면 지론이었다. 부부가 어떤 문제를
놓고 이론을 대고 논리를 세워 따지는 것은 같이 살기를 포기
한 이들의 행동이라는 게 어삼만의 주장이었다.

내가 꼭 이야기하려던 건 아닌데, 어쩌면 우리는 시바 신의
염력을 수행하는 중일 거야. 불교를 공부한다는 사람이 시바
신이 어쩌니 하는 것은 우스운 일이었다. 그러나 그런 마음자
리는 변개할 수 없는 자신의 길이라는 걸 못 박아두려는 의도
가 분명한 것 같기도 했다.

15

높은 산 깊은 골

그날 하루가, 장장숙에게는 한 주일은 지나가는 것처럼 길었다. 몸은 나른하고 꺼져 들어갔다. 눈은 올올하니 아프고 잠이 안 왔다. 자리에 몸을 눕히면 아래로 처져 가라앉는 듯하다가는, 눈앞에 수많은 사람들의 얼굴이 떠올랐다가 사라졌다. 그 가운데는 장려화가 읽어보라 하고 남기고 간 글의 작중인물 석지심이 어떻게 되었는가 하는 궁금증도 포함되어 있었다.

장장숙은 일어서서 잠시 방 안을 서성였다. 한 발 한 발 발자국을 떼면서 자신이 지내온 일들을 되새겨보았다. 어머니 신지미는 딸 장장숙을 쌀쌀맞기 짝이 없게 대했다. 네 일은 네가 알아서 하라는 식이었다. 근간에는 달라졌지만 부친 장동건은 딸을 남의 자식 대하듯 냉연하게 대했다. 장장숙이 말귀를 알아듣기 시작하면서, 목욕탕에 같이 들어가는 법이 없었다. 다른 애들은 초등학교 들어가서까지 아버지와 함께 목욕탕엘 간다고 했다. 장장숙은 그런 애들이 부럽기 짝이 없었다.

　장장숙이 생리를 시작할 무렵이었다. 어머니 신지미가 생리대를 화장대 서랍에 넣어둔다는 것을 알았다. 새벽에 일어나 사타구니가 축축해서 화장실에 들어가보니 생리가 비쳤다. 장장숙은 화장대 서랍을 열고 생리대를 가져다가 팬티 자락에 붙여 넣었다. 못된 것, 그리고 어머니 신지미의 손이 딸의 뺨따귀를 세차게 올려 쳤다. 모녀간에도 갈라서 쓰는 게 그런 거야, 눈물이 났다. 아파서가 아니라 싸늘한 거리를 두는 것 같은 어머니 태도 때문이었다. 한 학기 동안 생리불순으로 약을 먹고 지내야 했다. 어삼만의 고향에서는 여자들이 생리를 어떻게 처리하는가, 그런 의문이 들었다. 어삼만의 콘돔…… 담배 연기로 공중에다가 도넛을 만들고 가운데를 손가락으로 찔러보며 깔깔대던 장려화…….

　더는 흔들리는 내면의 이야기를 들추고 싶지 않았다. 접어두었던 원고를 다시 펼쳤다.

　여행이 계속될수록 길은 험하고 몸은 지쳐갔다. 산은 높고 골이 깊었다. 길을 가다가 아래를 내려다보면 오줌을 질금거릴 지경으로 아득한 골짜기 아래 강물이 햇살을 받아 반짝거리며 물비늘을 일고 있었다. 누이에 대한 생각이 달라지기 시작했다. 누이의 태어남과 살아감에 대해 자기로서는 관여할 수 있는 구석이 없었다. 누이에게 관여하자면 그것은 곧 어머니와 아버지를 나무라는 쪽으로 가게 마련이었다. 치수라는 인물에 대해서도 마찬가지 생각이 들었다. 나무랄 빌미가 없었다. 신라에 와서 신라 여자를 사귀고 거기서 아이 만든 게 어떻다는 것인가. 자기 삶을 살아갈 뿐이지 석지심이 관여할 일이 아니었다. 물론 남편이 있는 여자였다. 그런 점에서는 아버지 석연단의 범연한 태도가 옳을 것 같기도 했다. 옳다기보다는 한 단계 높은 인간 이해를 가진 행동으로 생각이 되기도 했다. 치수라는 자와 관계하는 현장을 덮쳤다면, 들고 들어갔던 몽둥이 내던지고 너울너울 춤이라도 추었을지 모를 일이었다.

생각해보면, 스무 해 넘게 살아온 시간이 참회해야 할 일 아닌 게 없었다. 어머니에 대한 집착이나 풍속에 벗어나는 행동에 대한 증오, 학식이 많은 자에 대한 질시 같은 것은 결국 무지에서 비롯되는 탐진치의 빨랫줄들이었다. 그 줄들은 올가미가 되어 목을 옭아 숨통을 죄어들고 있었다.

석지심은 〈천수경〉 가운데 참회할 죄목이 적힌 부분을 읊어나갔다. 한 대목을 세 번씩 읊었다. 살생중죄금일참회, 살생중죄금일참회, 살생중죄금일참회. 목숨을 부지하고 산다는 것 자체가 살생에서 살생으로 이어지는 악업을 쌓는 과정이었다. 어머니 배 속에 자리잡고 탯줄로 어머니의 핏줄과 연결하여 숨을 발딱거리는 것, 그게 어미 죽이는 살생 아니라고 할 수 없었다. 먹고 마시자면, 뭔가 죽여야 했다. 인간 형상과 먼 곡식이나 과일들이야 그렇다고 치더라도, 불가에 발을 들이기 전에는 고깃국도 맛있게 먹었다. 집을 짓느라고 나무를 베고, 댓돌을 놓느라고 돌도 들어다 놓았다.

그건 곧 도둑질이나 한가지였다. 투도중죄금일참회, 투도중죄금일참회, 투도중죄금일참회. 세상에 인간이 자기 소유권을 주장할 수 있는 게 뭐가 있던가. 길을 가다가 샘물을 마시는 것도 샘에서 도둑질하는 것이고, 먹을 것을 탁발하는 일 또한 그 범위를 벗어나는 것이 아니었다. 식구들이 먹을 것을 나누어달라고 바리때를 내미는 것이 어찌 도둑질이 아닐 것인가. 석지심은 '사음중죄금일참회' 하는 구절을 송독하다가 숨이 컥 막혔다. 누이의 얼굴이 떠올랐고 누이의 치맛자락에서 풍기던 비린 꽃냄새가 끼쳐왔다. 그 누이를 혼교를 하는 대식국의 짐승 같은 인간들 사이에서 구하겠다고 나선 것 자체가, 사특한 음탕함과 다를 게 무엇인가 싶었다. 사음중죄금일참회…… 대식에 가겠다고 나서서는 물론, 화랑에 입문하라는 부친 석연단의 권유를 물리치는 듯이 이야기한 것도, 따지고 보면 내심에는 사음의 덩어리가 들고 일어나기 때문이었다. 감당할 수 없는 욕정을 그 세계에 들어가 풀어놓는다면 구제의 길이 없을 터였다.

석지심은 생각에 생각을 거듭했다. 살생, 투도, 사음, 그
것은 목숨 가진 인간이 살아가는 데 벗어날 수 없는 근원
적 조건이기도 했다. 그리고 탐, 진, 치라는 삼악도, 목숨
가진 인간이 면키 어려운 본원적인 죄였다. 욕심부리고,
화내고, 어리석고…… 그렇게 살지 않은 적이 어디 있었
던가. 말로야 부처님 말씀 천만 어를 다 익혀 용화세계에
가고자 서원한다고 하지만, 그 서원이 허접한 말인 것을
어쩌랴.

염송 또한 말이었다. 그런데 말로 인한 죄가 너무 컸다.
헛된 말, 수식이 화려한 말, 이간질하는 말, 남 욕하는 말,
그게 모두 오늘로 끊어버리고 참회해야 하는 중죄였다.
누이를 사랑한다 하는 말 또한 망령되기는 마찬가지였다.
아무리 죄업의 말을 다른 말로 바꾸어보아야 망령된 말로
돌아올 뿐이었다. 짐승 같은 인간들이 사는 나라라는 것
또한 망어 가운데 지독한 망어였다. 시를 읊겠다고 하는
것은 번지르르한 말[語]에 색을 입히는 짓에 불과한 치기
인지도 몰랐다. 고향의 등불이 주인을 잃었다든지, 흰 구
름만 덧없이 떠돌아가네, 그런 억측이 실로 역겨웠다. 내
가 없는데, 흰 구름 같은 그림자인지 실상인지 알 수 없는
오종종한 물건들이 무슨 뜻이 있는 것인가. 석지심이 배
운 대로, 무아에 하유물(無我 何有物)이리오. 대식국에 가
서 그 짐승 같은 인간들 속에 누이가 찢어지는 꼴을 본다

고 해서, 그의 아버지와 누이를 이간한다면 그것 또한 양설, 두 혀로 저지르는 중죄가 아닌가. 아비와 딸의 사이를 이간질하는 행태에서 벗어날 도리가 없을 터. 누이를 만나면 틀림없이 그의 아비를 욕하고 그들 사는 모양을 짐승 같다고 분노를 터뜨릴 것이었다. 몸으로 짓는 죄, 입으로 짓는 죄, 뜻으로 짓는 죄, 그 가운데 가짓수로 친다면 입으로 짓는 죄가 가장 많았다. 살생도 도둑질도 사음도 말로 환원되는 죄나 다름이 없었다. 뜻이란 무엇인가. 마음의 소리, 음(音)과 심(心)이 합친 것, 그게 뜻 의(意) 자가 아닌가. 모든 것은 마음에 있고, 마음은 말을 떠나 존재하는 것이 아니란 생각이 들었다. 망어, 기어, 양설, 악구…… 못된 것만 골라 늘어놓기로 한다면 온 세상이 지옥과 다름이 없을 게 아닌가. 선언(善言), 미어(美語), 진언(眞言), 방순(芳脣), 그런 말들은 존재하지 않는 것처럼 하는 것은 양분법이 아니던가. 그래 네 말이 의당 맞다. 그리고 너는 이제 이를 데에 이르렀다. 너 자신을 믿어도 괜찮다. 네가 참회하는 그 일들이 어디 너에게만 있겠는가. 성인이라고, 비구라고 참회할 일이 없겠느냐. 너는 너의 길을 가라. 의심을 버려라. 의심이 너의 마음을 멍들어 썩게 한다. 스스로를 의심하는 너를 버려라. 그것은 내면에서 들려오는 소리 같기도 하고 하늘에서 바람과 함께 날아오는 말씀 같기도 했다. 석지심은 말로 이루어지는 참

회 내용을 잡기장에 적어놓았다.[2]

　발길이 토화라국에 머물러 있었다. 석지심은 거기서 발길을 멈추고 광주로 돌아가고 싶었다. 광주에 가서 스승 히라와 나희를 다시 만나 공부에 정진하는 게 이 방랑의 길을 걷어치우는 방법이었다. 길을 떠나기 전에 공부한 '반야지혜'는 너무 아득했다. 색은 색이고 결코 공이 아니었다. 공은 공이고 그게 색으로 전화하는 이치는 머릿속 관념일 뿐이었다. 관념은 말이었다. 말은 입에서 나온다. 입은 몸이었다. 몸이 짓는 죄를 벗어날 도리가 없었다. 공부를 더 한다고 참회해야 하는 일들을 훤칠하게 떨어내고 개안을 할 수 있을 것인가, 아무런 확신이 없었다.

　토화라국은 석지심이 꼭 가보기로 한, 누이가 살고 있는 대식국의 침략으로 그야말로 아수라 지옥 한가지였다. 피투성이가 된 시체가 즐비한 그 옆에서 밀떡을 구워 먹고 과일을 짜서 즙을 내어 먹었다. 대식국 병사들은 큰 짐승을 안 먹는다고 자랑이었다. 소 돼지 잡아먹는 족속은 짐승 취급을 했다. 닭 모가지를 잘라 모래에다가 피를 흘려놓고, 그 모래를 한 움큼 집어서 양물에다가 문질러 양물이 분기를 물고 팽팽하게 일어서면 모래를 털고 굇말을 올렸다. 육

2　妄語重罪今日懺悔(망어중죄금일참회) 綺語重罪今日懺悔(기어중죄금일참회)
　兩舌重罪今日懺悔(양설중죄금일참회) 惡口重罪今日懺悔(악구중죄금일참회)

신을 걸치고 사는 인간이란 존재가 서글프고 안타까웠다. 그것은 인간으로서 벗어던질 수 없는 본원적인 악업이었다. 석지심은 자기 몸을 이쯤에서 버리기로 작정했다.

언덕 저 아래에서는 분탕질이 한창이었다. 대식국 병사들이 옥수수 뿌리 같은 수염을 날리면서, 토화라 병사들의 목을 베어 창끝에 꿰어 쳐들고 흔들어대며 승리감에 넘치는 함성을 질렀다. 거적으로 엮은 집에 불을 질렀다. 불 속에서 개들이 컹컹 짖으며 뛰쳐나왔다. 불이 붙어 타 들어가는 옷자락을 끌어안고 뒹구는 여인을 초승달 모양의 칼로 쳐서 물길에 던지기도 했다. 그 아우성 속을 빠져 달아나는 소년을 향해 단도를 던져, 길바닥에 쓰러뜨렸다. 아귀도 축생도를 지나 무간지옥으로 치달리는 인간들의 형상이 눈앞에 전개되었다. 석지심은 속에서 치밀어 올라오는 구역질을 참지 못하고 바위에 엎드려 토사물을 쏟아냈다. 옆에 세워두었던 짐틀이 넘어지는 바람에, 그 짐틀과 함께 언덕으로 굴러 내려갔다. 팔다리가 바위에 부딪칠 때마다 정신이 아찔아찔 분가루처럼 몸을 빠져나갔다. 아득한 공명음만 골짜기에서 메아리쳤다.

석지심이 눈을 떴을 때, 장막 안에 아침 햇살이 환하게 비쳐 들고 있었다. 머리가 깨어지는 것처럼 아팠다. 머리가 아픈 게 아니라 머리가 깨어져 면포로 감은, 머릿속이 욱신욱신 쑤셔왔다. 형제는 왜 몸을 버리려 하오? 이제까지 들었던 말과는 다른 말이었다. 석지심이 눈을 딱 뜨고 의아해하자, 천축 말로 바꾸어 이야기했다. 천축 사람이나 대식국 병사들과는 얼굴판이 달랐다. 눈빛이 회색으로 가라앉아 있었다. 머리도 회색에 가까운 색조였다. 나는 박트리아 사람이오. 석지심은 고개를 끄덕이고 물었다. 여기서 대식국이 얼마나 됩니까? 그리 멀지 않습니다. 대식국에 치 뭐뭐라 하는 성씨가 많습니까? 많지요. 그리고 괜찮은 집안으로 이름이 나 있습니다. 아 그렇구나, 괜찮은 집안이라는 그 한마디가 석지심의 마음을 안출러놓았다. 누이를 만날 수 있는 날이 멀지 않다는 생각이 들었다. 석지심은 금방 자신이 언덕으로 굴러떨어진 행동은 어리석기 이를 데 없는 악업이란 생각을 했다. 지혜가 모자라면 악업을 짓고 또 짓고 하게 마련이었다. 자신을 통째로 부정하는 것, 자기 몸을 자기가 버리는 것이 진리로 다가가는 방법일 수 없었다. 인식 주체가 없는 진리는 존재할 수 없다는 게 밝은 이치였다.

석지심이 며칠 앓아누워 지내는 동안, 박트리아 사람이라고 했던 젊은이와 많은 이야기를 나눌 수 있었다. 그 젊은이는 이름이 희한하게도 박금석이라 했다. 박씨, 석씨, 김씨가 어우러져 사는 서라벌 장안의 반월성을 생각하게 하는 이름이었다. 박, 석, 김, 세 성이 어울려 사는 고장의 성, 아니면 그 세 성이 어우러진 어느 족속의 후예인지도 몰랐다. 이제까지 만났던 사람들과는 다른 친밀감이, 석지심을 당겨 끌었다. 둘이 나눈 이야기 가운데 석지심의 기억에 남는 하나가 '몸과 상처'에 대한 이야기였다. 형씨가 몸을 버리려 했는데, 한번 들어보세요. 박금석이 이야기를 시작했다.

오래전에, 대략 천 년쯤 전인데, 엘라다(그리스)라는 나라에서 여기 땅을 쳐들어와 왕국을 세웠지요. 그 왕들 가운데 메난드로스 왕이라는 분이 있었는데, 줄여서 밀린다 왕이라고 하지요. 그분이 불교에 대해 관심이 많았어요. 그 당시 공력이 높은 '나가세나'라는 현자가 있었답니다. 호기심 많은 왕이 묻고 현자가 대답하는 식으로 불교에 대한 문답을 했어요. 내가 다 설명하기는 그렇고, 그 가운데 하나만 예로 보여드리지요. 박트리아 출신 젊은이는 두루마리에 적힌 내용을 석지심에게 펼쳐 보여주었다. 그 문서는 산스크리트어로 기록되어 있어서 석지심도 대강 읽을 수 있었다.

밀린다 왕의 호기심은 끝이 없을 지경이었다. 밀린다 왕은 불교에서 일체무상, 일체무아, 일체개고라 하는데, 무아론을 주장한다면, 왜 자신의 몸을 버리지 않는 것일까 하는 의문이 일었다. 몸에 집착해서 불법을 거스르는 것보다는 차라리 몸을 버려버리면 그만 아닌가? 그런 의문을 가지고 현자에게 물었다.

"나가세나 비구여, 출가자에게 몸은 사랑스러운 것입니까?"

"대왕이여, 출가자에게 몸은 사랑스러운 것이 아닙니다."

"그렇다면, 어째서 몸을 '나의 것'으로 여기고 아끼는 것일까요?"

"대왕이여, 언젠가 전쟁터에 나섰다가 화살을 맞은 일이 있으십니까?"

"그렇습니다."

"대왕이여, 당신은 그 상처에 약을 바르고 붕대를 감았습니까?"

"그렇습니다."

"상처에 약을 바르고 붕대를 감았다고 해서 그 상처가 당신에게 사랑스러운 것이라고 할 수 있습니까?"

"나가세나 비구여, 상처는 사랑스러운 것이 아닙니다. 그 상처가 악화될 것이 두려워 약을 바르고 붕대를 감았을 뿐입니다."

"대왕이여, 그것과 마찬가지로 출가자에게 몸은 사랑스러운 것이 아닙니다. 출가자는 몸에 집착하지는 않지만 다만 수행을 위해 몸을 보호하는 것일 따름입니다. 참으로 세존께서는 '몸은 상처와 같은 것이다'라고 말씀하셨습니다. 그래서 출가자는 몸에 집착하는 것이 아니라 몸을 마치 상처처럼 보호하는 것입니다. 대왕이여, 세존께서는 이를 게송으로 이렇게 말씀하셨습니다. '몸은 축축한 피부로 덮여 있는 아홉 개의 구멍을 가진 상처이니라. 부정하고 악취가 나는 것이 도처에서 흘러나온다.'"

"나가세나 비구여, 정말로 옳은 말씀입니다."

결국 나가세나 현자는 상처의 비유를 들어 무아론이 실천 생활에서 일으킬 수 있는 문제를 명쾌하게 해결한 것입니다. 박금석은 결론처럼 말했다. 그러나 석지심에게 그 비유는 그리 명쾌하지 않았다. 몸이 없으면 상처가 어디 있을 것인가 하는 의문이 안개처럼 떠돌았다. 그 설명 또한 언어일 수밖에 없었다. 언어가 환영이라면 그러한 비유 또한 환영일밖에 도리가 없는 게 아닌가 싶었다. 그러나 언어라는 게 몸이 형상을 잃고 흩어져 나오는 몸의 기운이 아니던가. 언어는 상처를 지닌 몸인 셈이었다.

몸과 상처의 비유는 장장숙도 어디선가 들은 적이 있었다. 뜻을 새길 수 있는 이야기는 거듭 들어도 싫증이 나지 않았다. 그런데 근래 어떤 소설도 두 번씩 반복해서 읽은 적이 없었다. 알 수 없는 일이었다. 뻔한 이야기, 머릿속에 눌어붙은 이야기는 다시 들어도 새로운데, 새로운 이야기의 첨단인 소설은 다시 읽고 싶은 생각이 안 드는 까닭이 헤아려지지 않았다. 그게 말이라서 그럴까? 언어의 환영이라서 그런 것일까? 언어와 실체는 각기 다른 길을 가는 것인가? 서정주 같은 시인이 되지는 못해도, 자기 나이면 어떤 깨달음이 있어야 하는 게 아닌가? 스물네 살. 아랫배가 무주룩하니 켕겼다.

16
—

너무 많은 생각

하루 동안 너무 많은 생각이 쏟아져 들어오는 것 같았다. 생각은 많고 일들은 그다지 크지 않았다. 일이라야 어머니가 팔이 빠져, 탈구를 치료한 것 말고는 다른 게 없는 셈이었다. 그런데 장려화가 던져놓고 나간, 장르도 불분명하고 제목도 안 달린 글이, 수많은 생각들을 퍼 올리는 중이었다. 말하자면 자기는 장려화가 남겨놓고 나간 글에 빠져 허우적거리는 중이 아닌가 싶었다.

장장숙은 밀린다 왕에게 나가세나 현자가 이야기한 비유에 자신도 빠져 있다는 생각이 들었다. 쓸데없는 상처를 봉합하느라고 안간힘을 썼다. 자신은 말하자면 상처와 몸이 한 덩어리가 된 그런 존재였다. 어디가 상처이고 어디가 몸인지 경계를 알 수 없었다. 박트리아 청년에게 석지심은 '나이'를 묻고 있었다.

형씨는 나이가 몇이신지요? 박트리아 청년이 회색빛으로 가라앉은 눈을 껌먹하면서 고개를 좌우로 저었다. 석지심은 자기가 묻는 말을 박트리아 청년이 못 알아듣는가 싶어 같은 질문을 다시 했다. 나는 내 나이를 따지지 않습니다. 나의 아버지의 아버지, 그리고 그의 아버지의 아버지, 그 위로 몇 겁을 지나서까지 나의 나이는 연장되어 있습니다. 내가 도모하는 일, 나를 극복하고 그 역량을 남에게 전하고자 하는 나의 과업은 나의 대에서 끝나지 않을 겁니다. 따라서 나라는 존재는 대를 이어 연장되어갈 것입니다. 그뿐만이 아닙니다. 지금 내가 형씨와 이야기를 나누고 있는 이 자리는 동심원을 그리면서 수많은 인연으로 범위를 넓혀갈 겁니다. 토화라, 바미얀, 자불리스탄, 카피시, 간다라, 카슈미르, 잘란다라, 거기서 히말라야를 넘어 토번으로 당나라로, 그렇게 공간 확장을 할 수 있고, 그 공간은 또 시간적으로 위아래로 확장을 거듭할 수 있을 겁니다. 형씨가 여기 안 왔더라면 나는 형씨를 안 만났을 거고, 형씨를 안 만났으면 나는 포도원에 가서 포도나무 손질을 하려고 했어요. 포도나무 손질하러 가려던 것은 아버지가 발을 다쳐 걷기가 불편해서 대신 가려고 했던 겁니다. 아버지는 내 어머니의 어머니, 나의 외할머니를 만나러 갔다가 발을 다쳤어요. 달리 생각하면 우리가 여기서 만나 이렇게 이야기를 나누는 것은 보통 인연이 아닙니다. 아무튼, 그런데 형씨는 계림 사람이라면서, 이 먼 나라까지 왜 찾아왔습니까?

석지심은 누이를 만나야 한다는 이야기를 하려다 입을 다물었다. 누이를 만난다는 것이 결국 악업으로 귀결될 수 있다는 것을 〈천수경〉을 염송하면서 알았기 때문이었다. 대식국에 가서 누이를 만나려고 여기까지 온 셈입니다. 그래서 치씨 성 가진 사람들에 대해 물어본 거군요. 박트리아 청년, 박금석이 알겠다는 듯이 고개를 주억거렸다. 그러나 그런 행동에 대해 이러니저러니 이야기를 하지는 않았다. 대신에 아마천 같은 데다가 먹으로 쓴 글을 한 쪼가리 내놓고 손을 모아 합장을 했다.

이 나라에 오기 전에, 형씨 이런 글 본 적이 있습니까? 대단히 매력이 있는 글입니다. 석지심에게는 일상이 되어 있는 경문이었다. 내가 한번 염송할 터이니 들어보시오. 박금석은 두 손을 모아 합장을 했다. 석지심이 경문을 염송하기 시작하자, 박금석이 함께 운을 맞춰 따라 염송했다. 관자재보살 행심반야바라밀다시 조견 오온개공 도 일체고 액(觀自在菩薩 行深般若波羅蜜多時 照見 五蘊皆空 度 一切苦厄) 사리자 색불이공 공불이색 색즉시공 공즉시색 수상행식 역부여시(舍利子 色不異空 空不異色 色卽是空 空卽是色 受想行 識 亦復如是)…… 염송은 계속될 기미였다. 그러나 석지심의 예상과 달리 박금석은 돌발적으로 나왔다.

색즉시공 공즉시색 하는 대목에서 박금석이 염송을 멈추고 무뚝 일어섰다. 하늘을 우러르다가는, 형씨는 이 경문을 충분히 이해할 수 있습니까? 그렇게 물었다. 사실 이 경문은 석지심에게 아주 익숙한 것이었다. 동시에 석지심이 의문을 가지고 바라보는 경문이기도 했다. 제행무상이니, 제법무아라느니, 그래서 일체개고라 하는 것은 이론상으로는 하자가 없었다. 그러나 그 경문에는 이야기라는 게 없었다. 물론 사리자라는 제자를 불러 앉혀놓고 법을 설하는 식으로 기록되어 있지만, 사리자가 어떻게 반응을 했는지, 어떤 질문을 더 했는지, 나아가 어떻게 이해하고 그걸 다른 중생들에게 어떻게 전했는지 하는 구체적인 맥락이 없었다. 석지심은 그게 못마땅하고 안에서 회의를 불러왔다. 색과 수상행식을 이야기하고 있지만, 그게 자신의 구체적인 감각과 의식에는 척 다가와주질 않던 터였다. 따라서 오감을 통해 구체적으로 다가오는 형상과 온기가 피어나지 않았다. 일반 비구와 비구니들이 그런 현요(眩耀)한 이치를 터득한다고 해도, 그게 그들 삶의 어떤 구석에 어떤 형상으로 자리잡을 것인가는 짐작이 안 갔다. 무엇보다 그런 이치를 깨달아 아는 이들이 무얼 먹고, 무얼 마시고, 잠은 어디서 자는가 그런 구체적 삶의 조건이 결여되어 있는, 난해한 변설일 뿐이라는 생각이 들기도 했던 것이었다. 그러나 그게 경문이라서 함부로 의혹의 갈고리를 걸어 당길 수는 없었다.

박금석이 다시 물었다. 세상이 온통 비어 있다면, 우리
가 손으로 만질 수 있고 눈으로 볼 수 있는 이 몸뚱이는 무
어란 말이오? 하기는 석지심으로서도 금방 음송하던 '색
즉시공, 공즉시색'이란 구절을 충분히 설명하기 어려웠다.
석지심은 잠시 머리를 조아리다가, 이렇게 물었다. 형씨는
태어나기 전에 어디 있었소? 어머니 배 속에 있었지요? 석
지심은 그렇게 대답할 줄 알았다는 듯이 빙긋 웃었다. 그전
에는, 그리고 그전에는, 그리고 또 그전에는, 모르겠지요?
그런데 내가 지금 여기 있잖아요? 그러나 내가 여기 지금
있지만, 오십 년 후, 혹은 백 년 후 나는 어떻게 될까요? 박
금석은 대답을 하지 못했다. 나는 끊임없이 변하지요, 그
런데 여전히 나라고 해야잖아요, 예를 들자면 태어났을 때
에 비하면 지금은 전혀 다른 사람이 되어 있지만, 그게 똑
같은 사람 '나'잖습니까? 그렇게 실체가 변해도 여전히 하
나의 존재로 남아 있는 것은 그 존재를 어떤 공간이, 길이
를 자로 재고 시간을 계산할 수 없는 어떤 공간이 존재를
떠받쳐주기 때문이라 할 수 있지 않겠어요? 박금석은 두
손으로 머리를 감싸고 앉아서 석지심을 건너다보았다. 온
우주를 감싸는 어머니 같은 그런 공간을 그려보세요. 만물
은 그 안에서 변전을 거듭하고 말이지요. 사물의 실상은 없
고, 실상이 없다는 것은 또한 그 아스라한 공간에 포함되어

들어가지요. 그러니까 그 공간이 그대로 사물이 되는 것입니다.

내가 지금 무슨 소리를 하는 것인가 싶었다. 낯선 이국 청년에게 부처님의 말씀을 설명하면서, 자기 문제는 해결하지 못하는 모순에 빠져 있었다. 이야기를 더 진행하는 것은 부질없는 짓이란 생각이 들었다. 결론은 그럴 것이었다. 일체유심조(一切唯心造), 그러니 마음을 비우고 악업의 끈을 끊어서 본래 청정한 불심으로 돌아가면, 아니 그런 불심을 자신의 마음으로 만들면 선업선과의 진리를 따라 해탈에 이르게 된다, 그러니 마음을 다스려라, 세상만사가 허상이니, 자신의 마음만이 변화할 수 있는 원력이다, 이치가 그러하니 마음을 다스리는 마음공부를 해라. …… 석지심은 눈앞이 아득해졌다.

형씨, 얼굴이 영 안 좋소. 우리 집에 가서 쉬었다 가시오. 박금석이 석지심의 짐들을 메고 손을 잡아 이끌었다. 석지심은 그 뜻이 고마워 아무 말 없이 그의 뒤를 따랐다. 마을로 들어서자 차마 눈 뜨고 볼 수 없는 참경이 벌어져 있었다. 마당에 시체들이 즐비하고, 살아 있는 사람은 피범벅이 된 팔다리를 뒤틀면서 비명을 질렀다. 집은 불에 그슬려 아직도 연기가 오르기도 했다. 가재도구들이 마당에 팽개쳐져 널부러져 있었다. 어인 일입니까? 대식국 놈들의 악행입니다. 석지심은 안에서 물큰물큰 올라오는 구토를 참을 도리가 없었다. 마당 구석에 엎드려 올라오는 오물을 토했다. 혼자 킬킬대고 웃었다. 오물? 배 속에 있을 때는 아무것도 아니었는데, 토하는 자리에서는 그게 오물이었다. 그것은 마음이 아니라 몸이었다. 몸은 온갖 고통과 환희를 만들어내고 수용하는 기관이었다. 허나, 몸은 마음이 지은 바가 될 도리가 없었다. 석지심은 두 손으로 자기 가슴을 끌어안고 몸부림을 했다.

박금석의 집은 동네 구석에 있어서 앞에서 본 참경에서는 다소 비켜나 있었다. 대식국 사람들이 그렇게 잔악합니까? 석지심이 물었다. 사람 잘 죽이기로 이름이 나 있는 족속입니다. 석지심은 자기가 누이를 찾아 대식국으로 간다는 이야기를 할 수 없었다. 누이는 찾아갈 대상이 아니라 잊어야 할 대상인지도 몰랐다. 애별리고(愛別離苦)는, 사랑하면서 만날 수 없는 고통이라지만, 이는 마음이 지은 바라 넘어갈 수 있어도, 가증스러운 인간을 맞대해야 하는, 눈앞에 전개되는 원증회고(怨憎會苦)는 자신이 넘어설 수 있는 언덕이 아니지 싶었다.

석지심은 박금석의 집에서 열흘을 묵었다. 묵었다기보다는 전란으로 쑥대밭이 된 동네를 정리해주고 팔다리 잘리고 머리 터진 사람들을 씻어주고 처매주는 데 하루가 모자랄 지경이었다. 그 열흘은 분노로 들끓는 시간의 연속이었다. 도무지 인간이라는 것을 이해할 수 없는 막다른 골목이

었다. 아비, 어미가 보는 앞에서 딸을 벌거벗겨놓고, 타고
앉아 헐헐거리다가는 바지 굇말 챙기고 그 딸의 목을 칼로
쳐서 말갈기에다가 매달고 거드럭거리고 갔다는 이야기를
들었다. 석지심은 자기도 모르게 이를 갈았다. 대식국 본토
에 가서 누이를 구해오지 않는다면 그것은 무상의 죄의 업
장이었다. 마음을 닦아서 씻어낼 수 있는 죄가 아니었다.
자신의 마음이 지은 바가 아닌 악업으로 세상은 부글거리
며 들끓었다. 눈으로 보는 인간 악행은 누이에 대한 그리움
을 길어 올렸다.

박금석은 석지심이 대식국으로 가는 것을 말렸다. 형씨
가 여기까지 오는 데도 수많은 위험이 있었을 겁니다. 박금
석은 그렇게 말머리를 떼었다. 생각해보니 죽을 고비를 많
이도 넘겼다. 산이 험해서, 물이 깊어서, 날이 추워서 또는
더워서 죽을 고비를 넘기기도 했다. 그리고 인간으로 인해
죽을 고비를 넘긴 것이 한두 번이 아니었다. 도를 구해 떠
도는 사람이라고 말해도 들은 척도 안 했다. 짐을 다 뒤지
는 것은 물론 금붙이 숨긴 게 있는지 보자면서 항문까지 꼬
챙이로 쑤시는 작자들이었다. 목숨 살려달라고 손 비비기
를 무릇 몇 차례였던지, 헤아려지지 않을 지경이었다.
형씨가 대식국으로 가서 누이를 구해온다는 것은 목숨
을 걸어야 하는 위험한 일입니다. 석지심은, 그건 이미 각

오한 바라는 생각으로 침중하게 앉아 있었다. 형씨가 대식국에 가서 누이를 구하지 못하고 목숨을 잃는다면, 그건 누구의 참회로도 벗어날 수 없는 악업을 스스로 짓는 겁니다. 우리는, 엘라다에서는 인간의 내면에 있는 불심이 아니라, 현실적으로 인간을 움직이는 욕망을 제도하는 규칙을 만들고, 하늘에 홀로 떠서 존재하는 것 같은 이데아를 탐구했습니다. 암튼, 전쟁은 개인의 청정무구한 불심으로 다스려지지 않는 업장입니다. 인간이 바꿀 수 있는 것은 자기 마음뿐이라 하지만, 마음을 바꾼들 죽은 사람이 살아오는 게 아니잖습니까? 석지심은 손을 모아 합장했다.

석지심이 짐틀을 지고 마을을 나설 때였다. 박금석이 쫓아 나와 엽전 꿰미를 건네주었다. 이게 당신을 살릴 수도 있고 죽게 할 수도 있을 겁니다. 그래서? 석지심은 눈을 동그랗게 뜨고 박금석을 쳐다봤다. 그의 뒤로 전에 못 본 장면이 전개되고 있었다. 돌로 쌓은 화덕에 불이 타올랐다. 그 앞에서 긴 내리닫이 치마를 걸친 처녀는 두 팔을 하늘로 뻗어 주문을 외는 중이었다. 한마디도 알아들을 수 없는 말마디는 공중으로 흩어졌다. 처녀의 눈망울이 햇살을 반사해서 빛을 되쏘았다. 허공으로 빨려 들어갈 것 같은 모습이었다. 석지심은 자기도 모르게, 하아, 탄식 섞인 감탄어를 뱉어냈다. 불을 끊는다는 니르바나, 그 열반의 경지를 지상으로 끌어내려 자기 신앙으로 하는 이들이 있다는 이야기는 들은 바가 있지만, 그 장면을 목도하는 것은 처음 있는 일이었다. 불을 숭배한다고 해서 '배화교'라 하는 신앙의 무리들이었다.

몸조심하시오! 인사를 건네는 박금석의 눈은 형언할 수 없는 우수와 물기로 젖어 있었다.

17

—

닭 우는 소리

어디선가 닭 우는 소리가 들렸다. 장장숙은 읽던 원고를 밀쳐놓고 책상 모서리에다 손을 짚고 일어섰다. 허리에서 우두둑하는 소리가 났다. 날이 훤하게 밝아오고 있었다. 하룻밤을 지내는 것이 먼 길을 여행한 느낌이었다. 자신의 지나온 길이며 앞으로 가야 할 길을 생각했다. 포취바고라와는 자식을 만들었다가 잃었다. 그리고 그는 자기 나라 우즈베키스탄으로 돌아갔다. 이어서 어삼만라나를 만나 사는 동안 아이 없이 오늘에 이르렀다. 장려화와는 고등학교 선배라는 것 말고는 사실 이렇다 할 인연이 없었다. 그저 진한 농담이나 하며 지내는 사이였다. 그런데 장려화 쪽에서 장장숙에게 말로 표현하지 못할 만큼 연정을 보이는 것 같은 낌새가 마음에 까칫거렸다.

미국 유학부터가 의심이 가는 구석이 많았다. 꼭 자기와 관계해서 아이를 만들기라도 한 것처럼, 자기 병원에 소개해주고, 편의를 제공하는 태도가 마치 보호자라도 되는 것 같았다. 사랑은 하되 종씨 집안이라 더 이상 연을 지속해서는 안 된다는 아둔한 생각을 하는 것 같지는 않았다. 그러면 뭐란 말인가? 재료공학을 공부한다고 미국에 갔다가 뜬금없이 돌아와서 소설을 쓴다고 나선 행동은 이해가 안 되었다. 혹시 자기와 아무 연이 없는 것을 과도하게 업을 짓는 일인지도 알 수 없었다. 소설 쓰는 게 목표인데 한국어 강사를 해서 학비 벌겠다는 이야기를 했다는 것을 어삼만한테 들은 기억이 떠올랐다. 결국 한국을 떠나고 싶지 않았던 것이다. 그건 장장숙의 확실한 믿음이었다. 장려화가 장장숙 자기 때문에 한국에 집착한다면 자신이 나서서 그 집착을 풀어주어야 할 일이었다.

장려화의 태도를 달리 바라볼 여지는 없는가, 문득 그런 생각이 들었다. 자기 마음속에 치솟는 사랑의 불길을 끄는 방법으로 자기의 처지를 이해하고 돌보아준 것은 아닐까. 가깝기 때문에 거리를 취해야 하는 그런 입장으로 자신을 정리한 것은 아닌가. 혹시, 혹시? 하면서 장장숙은 손으로 이마를 짚어보았다. 작가가 작중인물의 모델을 두는 경우가 있지 않겠나. 장려화가 장장숙 자기를 석지심이 찾아가는 누이와 등치해놓고 소설을 전개하는 것은 아닌가, 그렇다면 그건 말장난을 하고 있는 것일 터, 말장난은 또 다른 업을 쌓는 일이 아니던

가. 말장난이라기보다는 없던 일을 끌어다가 이야기를 만드는 것, 그건 이성의 전당에서 신화를 만들어내는 일일지도 몰랐다. 장장숙은 이광수의 〈꿈〉이란 작품을 떠올렸다. 그 작품을 쓰면서 이광수는 자기 안에 솟아나는 육욕을 다스릴 방법을 찾아가고 있었는지도 모르지. 소설로 몸을 다스린다? 말이 될 성싶지 않았다.

혼란이 왔다. 장한산부인과 원장, 장동식이라는 사람과 자기 아버지 장동건이 자신의 생모 신지미와 설명할 수 없는 관계는 아닐까, 장동건과 장동식은 이복형제는 아닐까. 자신의 생애 이야기가 이상한 미로를 그리기 시작했다. 그러나 더 이상 막장 드라마 같은 플롯을 짜기는 꺼려졌다. 스스로를 그런 이야기 속으로 몰아넣는 것은 어리석은 짓이었다. 과거로 거슬러 올라가 그게 현재를 규율하는 근원적인 힘인 양, 자신을 붙잡아 매는 것은 잘못 적용한 귀류법일지도 몰랐다.

눈이 찌뿌둥하고 얼굴이 땅겼다. 장장숙은 카디건을 걸치고 밖으로 나왔다. '근심 푸는 곳'이란 간판이 달린 해우소라는 이름의 화장실이 요사채에서도 한참 떨어진 마당 구석에 자리잡고 있었다. 사타구니가 축축했다. 장장숙은 물기 가득한 생리대를 빼서 한참 들고 있었다. 화장지 버리는 휴지통이 따로 없었다. 그렇다고 벌겋게 물이 든 생리대를 변소간 바닥에 그대로 던져 넣기도 꺼려졌다. 다른 시설과 달리 화장실은 재래식 그대로라서 바닥에 노란 변이 굳어 붙어 있기도 했다.

스님들이 드나들다가 마른 변 위에 꽃송이처럼 얹힌 생리대를 내려다보며 무슨 생각을 할 것인가, 공연히 열없어 얼굴이 달아오르는 느낌이었다. 장장숙은 혼자 푸푸푸 웃었다. 사람 사는 이치 훤하게 꿰고 있는 스님들이 그딴 걸 가지고 마음이 흔들리거나 색욕이 발동해서 괴로워할 것 같지는 않았다. 만일, 자기와 장려화가 남매지간이라면? 다시 그런 생각이 뒷골을 밀고 올라왔다. 해우소 옆 칸으로 누군가 크음 기침을 하고 들어오는 통에 장장숙은 들고 있던 생리대를 놓쳤다.

장장숙은 용변을 마치고 나오다가 문득 발을 멈췄다. 옆 칸에서 〈천수경〉 외는 소리가 들렸다. 참회장이었다. 사음중죄금일참회(邪淫重罪今日懺悔), 사음중죄금일참회…… 그런 구송이 계속 반복되고 있었다. 장장숙은 쫓기듯이 해우소를 나왔다.

일이 여러 가닥으로 얽혀 있었다. 어머니 팔이 괜찮아졌다면, 집으로 돌아가야 할 터였다. 탈구가 되면서까지 일을 해야 하는 어머니의 처지가 안타까웠다. 그리고 차를 가지고 부친 장동건과 남편 어삼만을 데리러 가야 하는 게 자신의 일이었다. 또 마음에 걸리는 것은 경찰에서 전화 안 왔더냐던 어삼만의 물음이었다. 간다고만 했지 온다는 약속이 없었던 장려화의 원고를 어떻게 해야 하는가 하는 것도 확실히 처리해 주어야 하는 일이었다. 장장숙이 이들과 연락을 할 수 있는 고리는 핸드폰밖에 없었다. 핸드폰 배터리가 조금밖에 남아 있지 않았다. 급히 나오느라고 충전기는 챙기지 못했다. 장장 숙은 자신이 고립되어 옴나위를 못할 지경이 되었다는 불안 감으로 마음이 옥죄기 시작했다. 장장숙은 잡스러운 생각으 로 부글거리는 머리를 가라앉힐 요량으로 장려화의 원고를 다시 읽기 시작했다.

산길은 더위와 추위가 교차하면서 육신의 한계를 조여 들어왔다. 토화라국을 떠난 지가 거의 한 달이 다 되어가고 있었다. 그사이 박금석이 마련해준 여행비도 거의 끝장이 났다. 밤의 찬 바람을 한데서 견딜 수가 없어서 몇 차례 여 관 잠을 잤다. 그리고 식사도 여관에서 해결했다. 돈을 주 머니마다 조금씩 나눠서 넣었기 망정이지 도둑들에게 모 두 빼앗길 뻔했다. 까마득히 높은 산자락을 가로질러 오르 내리는 길목에는 고산족 도둑들이 곳곳에 숨어 있었다. 초 승달 모양의 칼을 괫말에 두 자루씩 차고 다녔다. 머리에는 대접 엎어놓은 것 같은 모자를 썼다. 털모자를 쓴 작자도 있었다. 골짜기 저 밑으로 밤에 보는 먼 데 불빛 같은 강물 이 흘렀다.

도둑들은 말했다. 우리는 너를 죽이지 않는다, 우리가 사 람 죽이는 게 이골이 났다는 이야기를 하는 놈들은 우리를 몰라서 하는 소리다. 우리는 우리대로 자비심이 있다. 너

를 죽이지 않고 다만 저 계곡으로 밀어 넣을 것이다. 그러
면 까마귀와 독수리가 너의 눈알을 빼 먹고 네 살점을 뜯어
먹을 것이다. 그렇게 죽고 싶지 않거든 짐 속에 들어 있는
금붙이를 순순히 내놔라. 그것도 당신들이 말하는 보시바
라밀이다. 이들이 바라밀을 안다면 가히 더불어 이야기할
수 있겠다는 생각이 들었다. 석지심은 도둑들을 슬그머니
떠봤다.

그대들이 바라밀을 아는 모양인데, 인욕바라밀도 아시
오? 나는 당신들의 모욕을 참을 수는 있소이다. 그런데 당
신들이 그렇게 죄를 짓고 열탕 지옥에 떨어져 고통 속에 죽
지도 못하고 영겁의 벌을 당할 게 두렵소. 도둑들은 머리를
수굿해서 듣고 있었다. 보시다시피, 나는 구도승이오. 내
가 당신들한테 줄 수 있는 것은 몇 자락 이야기 말고는 아
무것도 없소. 도둑들이 낄낄거리고 웃었다. 이야기를 준다
는 말이 우스웠던 모양이었다. 우리들한테 무슨 이야기를
줄 수 있다는 게요? 석지심은 여행 중에 들은 이야기를 슬
그머니 펼쳤다.

천축에 불심이 깊은 왕자 형제가 살았답니다. 형제는 숲
으로 들어가 사자들이 사는 모습을 보고 싶었다지요. 사자
는 백수의 왕이라 하지 않소? 자기들도 천하를 호령할 왕
이 될 터인데, 사자처럼 용맹하고 세상을 호령하는 사자후
를 토해내자면 사자를 봐야겠지요? 그대들은 사자를 보았

습니까? 말만 들었다오. 말로만 들은 걸로는 사자를 알지 못한다오. 그러나 말로만 들었어도 괜찮소. 중요한 것은 당신들이 사자를 보고 못 본 게 아니라 이야기의 뜻을 알아듣나 못 알아듣나 하는 거니 말이오.

왕 노릇이 쉽지 않아요. 사자에게 몸을 던질 용기가 있어야 왕 노릇을 제대로 할 수 있답니다. 아무튼 숲을 헤치고 어느 언덕에 이르렀는데, 저 아래 개활지에 사자가 누워 있었어요. 그래서 형제는 자기들의 용기를 실험하기 위해 절벽에서 뛰어내렸답니다. 밥이 걸렸는데 먹어야 할 거 아니겠소? 그런데 사자는 몸이 너무 허약해져서 사람을 잡아먹기는 고사하고 발을 뻗어 사람을 거머채도 못할 지경이 되었다오. 그래서 형이 팔을 걷어붙이고 사자 앞에 팔을 내밀었어요. 사자는 그 팔도 물어뜯지 못하는 거요. 그래서 형은 물질을 남에게 주는 재보시란 걸 생각하고, 자기 손가락을 깨물어서 사자 입에 피를 흘려 넣어주었어요. 그랬더니 사자는 희멀둥하던 눈이 반짝반짝 살아났지요. 그런데 아직 사람을 잡아먹지를 못하는 겁니다. 그래서 동생에게 부탁해서 팔을 한 짝 잘라 사자 입에 넣어주었다나요. 그랬더니 사자는 겨우 그 팔을 뜯어먹고 기운을 차려 왕자를 잡아먹었습니다. 그러고 나서 사자가 잠을 자는 사이, 사자가 누워 있던 자리에서는 황금빛 찬란한 부처상이 솟아올랐다는 겁니다. 그 뜻을 알겠어요? 도둑의 두목이 나서서 석지심 앞에 무릎을 꿇었다. 보살님을 몰라뵈어 죄송합니다. 저도 왕손입니다. 그래서 이름이 라자베타(왕의 자손)라고 합니다. 석지심은 도둑들과 열흘을 같이 지냈다.

석지심은 주로 도둑 두목 라자베타와 이야기를 나누었다. 도둑들은 석지심이 어디서 왔는가 물었다. 석지심은 두목 라자베타가 깔고 앉았던 양가죽을 엎어놓고 자기가 온 길을 거꾸로 짚어가면서 길을 그리고 머물렀던 지점마다 점을 찍었다. 천축과 당나라까지 거쳐온 육로를 그려 보여주었다. 천축에 오기까지 당나라 광주며, 명주, 연태 등을 표시해주었다. 그리고 신라와 계림에 대해 설명했다. 라자베타가 계림이 무엇인가 물었다. 석지심은 '닭의 숲'이라는 이야기를 하면서, 자기 할아버지가 계림에서 사람이 든 황금 상자를 찾아왔다는 이야기를 했다. 그러니 당신이 아직도 금을 가지고 있지 않겠소? 부두목이 물었다. 그걸 탐심이라 하는 거라오. 탐심은 욕심인데 인간이 욕심을 내면 그로 인해 자신이 망하고 고을이 망하며 나라가 망한다는 이야기를 했다. 도둑의 두목 라자베타는 자기를 두고하는 이야기 같은지, 눈썹을 한번 치켜올리고는 별다른 반응을 보이지 않았다. 이후 나를 보살이라고 불러주소. 도둑들은 보살, 보살, 하면서 껄껄대고 웃었다.

석지심이 도둑들과 함께 지내는 동안 칼 쓰는 법과 낙타를 타고 사막을 여행하는 방법을 익혔다. 그리고 그들은 이미 중국 광주는 물론 사자국(스리랑카)과 교역을 한다는 것을 알았다. 또, 이들이 토번에 가서 금을 무역해온다는 것도 사실이었다. 한 가지 혼란스러운 것은 석지심이 누이를 찾아가는 대식국과 파사국이 구분이 안 된다는 점이었다. 그것은 처음에 석지심이 천축국과 대식국을 거의 같은 나라로 알고 있었던 것과 다르지 않았다.

보살님이 가고자 하는 나라가 대식국이라면 대식국 어디를 간다는 말입니까? 사실 석지심은 대식국을 정확히 알지 못했다. 어떤 도시들이 있는지 행정체제는 어떻게 되어 있는지, 거기 어떤 족속들이 사는지, 어떤 풍속이 있는지, 아는 것보다 모르는 것이 더 많았다. 목적지에 거의 이르렀다고 생각할 때, 그 목적지며 목적이 명확하지 않다는 게 눈을 번쩍 뜨게 하는 현실로 다가왔다. 사실 그동안 누이 석지연을 잊고 지냈다.

석지심이 멈칫거리고 있자 라자베타가 이야기했다. 말하자면 그렇습니다. 영토라는 것은 고정되어 있는 게 아닙니다. 이 나라만 해도 그렇습니다. 이전에는 이 나라 왕이 대식국을 지배했습니다. 대식국의 왕이라는 사람이 이 나라 양이나 방목하는 양치기 노릇을 하면서, 백성들의 먹을거리를 해결했습니다. 그런데 대식국 왕이 여길 쳐들어와 왕의 목을 뎅강 잘라버리고, 자기가 이 땅의 주인이라고 선언했습니다. 그래서 대식국이 된 겁니다. 불도들이 모이면 부처님의 나라가 되고, 무하마드의 자손들이 강성해져 땅을 지배하면 무하마드의 나라가 되는 겁니다.

그러면 이 나라에도 치묵이니 치수니 하는 성씨들이 삽니까? 석지심은 다급하게 물었다. 더 멀리 가지 않아도 누이 석지연을 찾을 수도 있겠다는 생각이 들었다. 라자베타는 어깨를 들썩거리면서 잘 모르겠다는 시늉을 했다. 혹시 '치프나' '치파나' 그런 이름이 아닙니까? 멀리 떨어진 나라니까 소리가 달라질 수도 있겠지요. 석지심이 대답했다. 죄짓고 숨어 사는 사람들이라고 해서, 그렇게 부르는 이들이 있기는 합니다만, 정확히 '치이수'나 '치무크' 그런 성씨는 들어본 적이 없습니다. 석지심은 한 음절만 같아도 같은 성씨일지도 모른다는 짐작을 했다. 저를 도와주세요. 치수라는 사람을 찾아야 합니다. 그리고 나의 누이, 석지연을 만나야 합니다.

석지심은 매달리다시피 했다. 누이를 꼭 찾아야 하는 연유가 뭡니까? 라자베타가 물었다. 석지심은 대답할 말이 없었다. 누이를 꼭 찾아보아야 한다는 것, 그리고 짐승 같은 사람들 사이에서 구해야 한다는 것은 그 자체가 일종의 탐심 아닌가 그런 생각을 수차 했다. 나아가 사음중죄, 그건 사악하고 음탕한 죄일지도 모를 일이었다. 구원이 죄로 전화하는 셈이었다. 그러나 거기까지 나간다면 그것은 스스로를 죄인으로 몰아가는 자학이라는 생각이 머리로 밀고 들어왔다.

한 군데 짚이는 데가 있기는 합니다. 라자베타가 말했다. 말씀해주시지요. 석지심이 손을 모으고 허리를 굽혔다. 내 사촌이 되는 사람인데, 성이 알리(謁里)라고 합니다. 알리 라면? 석지심은 혼잣말처럼 의문을 드러냈다. 우리 집안은 대를 이어 대식을 다스리는 왕족 버금가는 칼리프, 왕족이 었습니다. 멀지도 않습니다. 70년도 안 되는, 그전에, 우리 증조할아버지께서 이단 놈의 칼을 맞고 돌아가셨습니다. 당시 할아버지는 쿠파라는 데서 지도자로 계셨는데, 이단 놈들이 지위, 신심 따위를 가리겠습니까. 우선 칼을 들이 대고 보는 거지요. 잘되었다 싶었던지 우마이야 집안의 무 아위야라는 작자가 칼리프로 들어앉아 시리아의 다마스쿠 스로 도읍을 옮겼지요. 석지심에게는 낯선 지명이었다.

그렇게 되니까, 참 권력이라는 게 허상이라서 우리 가문 은 발 디딜 데를 잃고 광야를 떠돌기도 하고, 목숨을 부지 할 수 없어서 이 산골짜기로 들어와 못된짓 하면서 살고 있 습니다. 석지심은 머리를 조아리며 안됐습니다를 거듭 외 웠다. 라자베타는 주먹으로 가슴을 치면서 눈물을 떨구었 다. 석지심은 계림의 자기 집안을 생각했다. 왕족이 한미 한 백성으로 내려앉았을 때, 아버지는 대장장이 노릇을 하 고, 어머니는 궁중의 숙수가 되어 생을 도모하는 것은 천행 이었다. 천행이라기보다는 그렇게 생을 도모하는 부모들이 달리 생각되었다. 누구나 할 수 있는 일이 아니었다. 말하자면 도가 높은 이들이었다. 그런 사람에게 남의 나라 사내와 하룻밤 지낸 끝에 아이 하나 얻어 길러준 게 무슨 죄가 될 것 같지는 않았다. 누이는 죄의 씨앗이 아니었다.

내 사촌 되는 사람이, 하루 걸리는 산 너머에 양을 치면서 살고 있는데, 마침 거기가 대식국과 통하는 길목이라, 소식이 빨라서 치 아무개를 알고 있을 법합니다, 같이 가시지요. 혼자 갈랍니다. 거기는 도둑의 출몰이 여기보다 더 심해서 목숨이 위험합니다. 라자베타는 하얀 양모로 짠 옷을 갈아입고, 지팡이를 하나 들고 앞장섰다. 어깨에는 걸망이 걸려 있었다. 제법 무게가 나가는 걸로 보였다.

출발할 때는 바람이 싸늘했는데 햇살이 벌면서 후끈후끈한 기운이 끼치기 시작했다. 석지심은 자주 쉬면서 물을 마셨다. 라자베타는 저만큼 앞서서 가다가 뒤를 돌아보곤 했다. 석지심이 손짓을 했다. 라자베타가 발을 멈추고 바위에 걸터앉았다. 그 위로 커다란 나무가 그늘을 드리웠다. 석지심이 다가가 짐틀을 나무 둥지에 기대 세워놓았다. 어르신은 결혼은 했습니까? 어르신으로 높이지 마시오. 나는 그대가 아는 것처럼 도둑에 불과하오. 안될 말씀을 하십니다. 세상에 도둑 같은 마음 안 지니고 사는 청정무구한 인간이 어디 있겠습니까? 라자베타는 아무 말 없이 건넛산을 바라보았다. 산자락 사이로 이내가 끼어 나무들이 제 모습을 감추었다. 내가 결혼을 했는가 하는 게, 그게 왜 궁금하오? 석지심은 잠시 숨을 고르고 앉아 있었다. 산에 들어오면서 아내는 버렸소. 버리다니요, 어떻게 했다는 말씀입니까? 사촌 동생을 데리고 살았는데, 삼촌 댁으로 돌려보냈습니다. 가장이 아내를 돌려보냈으니 버린 셈이지요. 라자베타는 한숨을 푸우 내쉬었다. 여기서는 사촌과도 결혼합니까? 석지심은 자기가 고심하는 문제가 여기서는 일상인 모양이라고, 고개를 주억거렸다. 대답을 듣지 않고도 알만한 일이었다.

앉아서 이야기를 하는 중에 해가 중천에 올라와 이글거렸다. 시간이 되었고, 시장기가 도니, 점심을 먹고 갑시다. 라자베타는 걸망에서 빵 덩어리와 털 뜯은 닭을 내놨다. 그러고는 걸망 한구석에서 쇠꼬챙이를 꺼냈다. 석지심은 불피울 나뭇가지를 모아왔다. 석지심이 자기 짐틀에서 부시를 꺼내 쑥 심지를 대고 쳐댔으나 불이 잘 안 일었다. 라자베타가 석지심을 옆으로 밀어내고 불자리로 다가앉았다. 걸망에서 노란 가루를 꺼내서는 쑥 심지에 홀홀 뿌리고는 부시를 쳐댔다. 노리끼리하고 알싸한 냄새를 풍기면서 금방 파아 하고 불이 일었다. 석지심은 그게 무엇인지 궁금했다. 뒤에 알게 된 사실인데 그게 유황이라는 것이었다.

닭은 구워서 먹어야 제맛입니다. 그렇게 말하면서 라자베타는, 걸망에서 꺼냈던 쇠꼬챙이에다가 썰어놓았던 닭

고기를 꿰어 타오르기 시작한 모닥불 나뭇가지에 걸쳐놓았다. 노란 기름이 흘러나와 나뭇가지에 묻는 대로 톡톡 튀는 소리를 내며 불꽃이 솟아 남실거렸다. 꼬챙이에 꿴 닭고기가 익으면서 풍기는 냄새는 골짜기를 가득 채우는 듯했다. 닭고기가 얼마만큼 익자 라자베타가 자리를 펴고 빵을 나누어놓았다. 그 옆에다가 나뭇가지를 세워 어리를 만들고 잘 익는 닭고기를 가지런히 세워놓았다. 석지심은 입에서 침이 저절로 돌았다. 광주에서 천축으로 온 이래 처음 입에 대는 육식이었다. 보살들은 고기를 안 먹는다던데…… 참회할 일이 아닌지요? 라자베타가 석지심을 떠보는 말이었다. 석지심은 단호한 어조로 대답했다. 이 산에서 살아남기 위해서는 뱀이라도 잡아먹어야 합니다. 라자베타는 아무 말 없이 조그만 병에서 맑은 술을 따라 석지심에게 내밀었다. 10년 전, 생일에 아버지가 따라주었던 술이 떠올랐다. 아버지 석연단의 얼굴이 눈앞에 어른거렸다. 그날 점심은 포식이라고 밖에는 달리 표현이 마땅칠 않았다.

둘이는 나무 그늘에서 잠시 쉬었다. 석지심은 졸음이 오는 눈을 아슴프레 뜨고 건넛산을 바라보았다. 계림의 산날맹이들이 눈앞에 떠올랐다. 라자베타가 갑자기 목울대에 손을 대고 뭐가 목을 넘어오는 것처럼 꾸욱꾸욱 소리를 냈다. 몇 차례 그런 소리를 반복하던 라자베타는 허리를 굽히고 팔을 양쪽으로 펴서 위아래로 저으면서 꼬꼬댁 꼭꼬,

꼬꼬댁 꼬록, 꼭꼬꼬 꼭꼬록 소리를 지르며 튀어 올랐다
땅에 내리기를 거듭했다. 괴로운 표정은 아니었다. 이마에
땀이 번질거리면서 자리에 다시 주저앉아 숨을 골랐다. 왜
그러십니까? 석지심이 눈을 크게 뜨고 물었다. 내가 먹은
닭이 암탉이었던 모양이라. 그놈이 배 속에서 자라나기 시
작하더니 드디어 알을 낳게 되었거든. 내 배가 알집이 되
었지. 보살은 아무 느낌도 없소? 석지심은 빙긋 웃었다.
내가 먹은 닭은 벌써 진작에 부화를 해서 저 산 고개를 넘
어갔지요. 내가 졌구먼요. 석지심이 도둑 두목의 목을 끌
어안았다.

그때였다. 석지심은 발목이 독침에 찔리기라도 한 듯, 정
신이 아찔할 지경으로 따끔하고 아팠다. 그 바람에 비명을
질렀다. 라자베타는 키득거리며 웃었다. 라자베타는 지네
를 집어 들고 입에 넣고는 아작아작 씹었다. 입으로 씹은
지네 떡을 석지심의 발목에 척 붙이고는 풀잎을 뜯어서 감
아주었다. 석지심은 가슴이 울렁거리고 숨이 막히는 것 같
았다. 그런 미물에 놀라는 걸 보니 보살은 심약하십니다.
사실 그랬다. 독 가운데는 사람의 독이 가장 무섭습니다.
뱀에게 물리거나 지네한테 물리면 사람 독을 이용해서 풀
어야 합니다. 정말 그럴까, 의문이 들었다.

하루를 예정한 길이 이틀이 걸렸다. 중간에 도둑을 만날
까 염려하기는 했지만 그럴 일은 없었다. 석지심이 마을에

도착한 것은, 출발한 지 이틀째 되는 저녁 무렵이었다. 석지심은 누이 소식을 들을 수 있을 것이라는 기대에 들떠 있었다. 누이를 만날 수 있다는 기대는 설명할 수 없는 일종의 정열이고, 안에서 들끓어 오르는 정념과도 같은 것이었다. 정열, 열병, 탐심, 그런 걸로 생각이 금방 바뀌었다. 하긴 그러한 정열은 마음의 동요와 다를 바가 없었다. 짐승 같은 사람들 사이에서 누이가 처절하게 농락당하며 살아갈 것이라는 추측은 서서히 무너지고 있었다.

18

—

새벽

밖에서 새벽 예불을 올리는 종소리가 들렸다. 장장숙은 읽던 원고를 엎어놓고 밖으로 나갔다. 젊은 스님이 범종을 향해 묵상하는 자세로 서서 맥놀이를 듣고 있었다. 쿠르릉 하고 무너지는 소리를 타고넘어, 우웅 우우우 우웅 우우우…… 안개 속으로 사라지는 형상처럼 공중에 스며드는 맥놀이는 인간의 영혼을 실어 저승 세계로 올라가면서 하늘하늘 천의 자락을 날리는 비천상의 옷자락을 닮아 있었다. 스님은 당목을 잡고 천천히 구르듯이 앞으로 갔다가 뒤로 물러섰다가를 서너 번 하고는, 당목을 치켜들었다가 종신의 당좌를 향해 돌진했다. 쿠르르릉 소리를 이어 꾸앙 하고 한번 터지고는 파도가 절벽을 치는 소리가 물결져 이어갔다.

잠시 뒤부터 비원이 이어졌다. 그 지점부터 종은 울고 있었다. 처연한 울음이었다. 종소리가 물상을 깨워내는 것이 아니라 온갖 물상이 종소리와 더불어 울음의 바다에 묻혀갔다. 장장숙은 그 스님이, 해우소에서 '사음중죄금일참회'를 읊던 스님인지도 모른다는 생각이 문득 들었다. 거기 그대로 더 서 있을 수가 없었다. 장장숙은 요사채로 돌아왔다. 벽에 忍辱 精進(인욕 정진)이라는 바라밀 구절을 표구해서 걸어둔 족자가 보였다. 무관심하게 지나간 족자였다. 왼편 구석에 張麗華 合掌(장려화 합장)이라 쓰고 낙관도 쳐 있었다. 글씨의 획이 무게가 있고 삐침이 힘찼다. 그림자처럼 나타났다가는 다시 안개처럼 사라지는 장려화의 존재가 자꾸만 의식에 걸려왔다. 혹시 범종루에서 종을 치던 스님이 장려화는 아니었을까, 그런 생각도 들었다. 장려화를, 여기는 절이니까 이 절의 스님이거니 범연히 넘어간 것은 아니었을까, 그런 생각도 들었다. 장장숙은 점퍼를 걸쳐 입고 다시 밖으로 나왔다.

자동차 열쇠를 찾느라고 주머니에 손을 넣었다. 핸드폰이 먼저 만져졌다. 화면에 부재중 전화 기록이 떴다. 어머니 신지미의 전화였다. 장장숙은 핸드폰에다가 어머니, 아버지 하는 식으로 가족관계로 번호를 입력하지 않고, 실명으로 입력을 해두었다. 어머니가 아니라 신지미였다. 아빠나 아버지가 아니라 장동건이었다. 물론 남편은 어삼만이었다.

아직 자고 있었던 게냐? 어머니의 목소리는 맑게 가라앉아 있었다. 장장숙은 깨어 있었지만 책망 투가 섞인 어투라서 대답을 못 하고 멈칫거렸다. 그렇다고 아니라고 하기는 맥락이 껄끄러웠다. 그런데 말이다, 이 남자들이 어디로 갔는지 자취 없이 사라졌다. 너한테 어떤 얘기 없었니?

경찰서에서 전화 안 왔던가 물었던 생각이 뒷머리를 쳤다. 그러나 편히 생각하기로 했다. 그 시간에 아버지 장동건과 사위 어삼만이 간대야 해장국집 정도 아닐까 싶어서, 한숨을 놓고 장장숙은, 팔은 괜찮으세요? 그렇게 물었다. 너는 애가 그렇게 무심하냐, 사람이 오가는 일을 어째서 그렇게 건성건성이냐, 목청은 가라앉아 있었지만 나무람이 틀림없었다. 여기 언제 올 거냐? 통행 차단이 풀려야 간다고 하기는 죄송한 생각이 들었다. 어삼만 씨 돌아오면요. 그런 대답이 어뎠어, 어삼만이 안 돌아오면 너는 안 온다는 말이냐? 어머니 신지미는 화를 돋워 올리고 있었다. 거 뭐냐, 평택항이라더냐 관광지라더냐 거기라도 나가봐야 하지 않겠냐? 알았어요. 전화가 끊겼다. 알았다는 건 모친의 지침을 따른다는 뜻이었다. 일은 평택항 관광지에서 시작되었고, 일을 해결하는 열쇠 또한 거기 있을 듯했다.

왜 진작 그런 생각을 하지 못하고 있었는지 스스로 생각해도 답답할 일이었다. 장려화의 그 제목도 없는 글을 읽느라고 밤을 새운 셈이었다. 밤새워 읽은 게 무슨 결단이 난 것도 아니고, 큰 깨달음이 있는 것도 아니었다. 다만 장려화가 자기를 아주 잊어버리고 있지는 않다는 막연한 생각이 오갈 뿐이었다. 아니, 그것은 감당하기 어려운 집념이었다.

평택항으로 가는 길은 안개가 자욱하게 끼어 있었다. 차가 중앙선 쪽으로 자꾸 쏠렸다. 맞은편에서 차가 달려오기라도 한다면 정면충돌을 피하기 어려웠다. 장장숙은 오른편 길옆으로 비켜서 차를 세웠다. 남편 어삼만과 아버지 장동건에게 전화를 해봐야 했다. 어삼만의 전화는 여전히 불통이었다. 부친의 전화도 마찬가지였다. 장려화는 아예 번호가 등록되어 있지 않았다. 겨우 전화선으로, 아니 보이지 않는 전파로 연결되어 있는 사람들이었다. 그리고 그 연결이 끊기는 것은 일방적이었다. 한쪽에서 입을 다물면 상대방은 아무 조치를 취할 수 없는 형편이었다.

뒤에서 앰뷸런스가 경적을 울리면서 다가와 옆으로 빠져나갔다. 안개 때문에 앞이 보이지 않는 도로여건에 비하면 앰뷸런스는 과속이었다. 장장숙이 세워놓은 차 옆으로 다른 차들이 씽씽 지나다녔다. 차가 지날 때마다 공기 가운데 소용돌이가 일었고, 싸늘한 안개송이가 버러지처럼 눈으로 코로 파고들었다. 눈에는 물기가 잡혀 손등으로 밀어내도 금방 또 물기가 어렸다. 장장숙은 장려화가 쓴 원고에 나오는 석지심을 생각했다. 석지심의 마음이 안개 속을 헤매는 것 같지 않았을까 하는 생각과 함께, 그의 행로 또한 안개를 헤치고 나아가려고 애를 쓰는 그런 고단한 길이었을 터라는 생각이 드는 것이었다. 생각은 생각의 꼬리를 물고 흩어졌다.

와셔액을 뿌리고 와이퍼를 작동시켜 차의 앞 유리를 닦았다. 앞이 훤하게 드러났다. 안개도 안개지만 유리창에 낀 먼지가 앞을 가렸던 것이었다. 속이 쌀쌀 쓰렸다. 어제저녁을 잘 먹은 데 비하면 속이 쓰린 것은 마음속의 허기 때문이 아닌가 싶기도 했다. 평택항 쪽으로 가서 해장국이라도 먹고 싶었다.

장장숙은 평택항 방향으로 차를 몰았다. 그렇게 의도한 것은 아니었는데, 어제 보았던 혜초기념비 앞에 차가 멈춰졌다. 장장숙은 광장과 호수 둑을 둘러보았다. 호수 둑에 놓여 있었던 고깃배가 보이지 않았다. 혹시 어삼만이 장동건과 그 배를 타고 아산호(평택호)를 건너 어머니가 입원해 있던 병원으로 간 것은 아니었을까, 그런 의문이 들었다. 고깃배가 문화재라면 문화재를 탈취해서 달아난 그 사실이 발각되어 경찰에서 장동건과 어삼만을 찾고 있는 게 틀림없었다. 그런 생각이 머릿속에서 빠르게 재생되어 돌아가고 있었다.

갈매기들이 꽥꽥 소리를 지르면서 수면을 차고 오르기도 하고, 수면 위에 내려 물 바닥에 기다란 물무늬를 끌면서 헤엄쳐 다녔다. 청둥오리들이 짝을 지어 물을 헤젓는 것도 보였다. 그 아기자기한 풍경을 뚫고 모터보트가 이쪽을 향해 물살을 일으키며 다가왔다. 장장숙은 잠시 눈을 감았다. 사내들이 모터보트를 둑에 대는 중이었다. 보트 위에 잠수복을 입은 사내들이 타고 있었다. 그리고 보트 바닥에는 시커먼 옷을 걸친 시체가 한 구 놓여 있는 게 보였다. 사내들이 모터보트를 정박시켰다. 사내들은 들것에다가 시체를 올려 들고 언덕을 올라왔다. 장장숙은 온몸이 굳어 붙었다. 그 시체는 틀림없이 자기 아버지 장동건이었다. 사내들은 대기하고 있던 앰뷸런스에 시체를 싣고 경적을 울리면서 평택 방향으로 빠져나갔다. 장장숙은 발을 동동 굴렸다. 잠시 눈앞에서 벌어진 일들이, 아니 환영이 한바탕 소용돌이를 몰고 왔다가 사라진 느낌이었다.

아버지가 죽었다면? 장장숙은 수습할 수 없는 혼란에 빠졌다. 그저 자신의 옆구리쯤 지나가는 바람일 수 없었다. 무엇보다 자신의 앞날이 걱정이었다. 어머니한테 의지해서 살 수 없을 것이고, 그러면 어삼만과 인도에 가서 살아야 할지도 몰랐다. 그러나 인도는 가고 싶은 생각이 팥알만큼도 없었다. 인도인 남편은 사랑하지만, 그 나라 풍속은 감당할 수 없었다. 지참금 때문이었다. 신문에서 전하는 어느 집안의 불행한 일이 기억에 떠올랐다. 잔인한 기억이었다.

며느리가 가지고 온 지참금이 적다고 시아버지, 시어머니는 불만이 가득했다. 거기다가 아들은 아내를 별로 달가워하지도 않았다. 지참금 넉넉하게 가지고 올 새 며느리를 고대했다. 별 볼 일 없는 며느리를 방에 감금한 뒤 석유를 뿌리고 집을 불 질렀다. 며느리를 그렇게 불태워 죽였다는 기사를 보면서 이를 악물었다. 그 바람에 송곳니가 쪽이 떨어지기도 했다. 장장숙에게 인도는 사람 살 동네가 아니었다. 그렇다고 어삼만에게 갈라서자 하기는 너무 먼 데까지 와버렸다. 자기가 기대고 비빌 수 있는 유일한 언덕이었다. 소도 언덕이 있어야 머릴 비빈다, 모친 신지미의 입에 달린 말이었다.

자기가 생활전선에 나선다면 무엇을 할 수 있는지 꼽아보았다. 아무리 헤아려보아도, 어느 손가락에도 걸려드는 게 없었다. 고등학교를 졸업하고 난 후 다섯 해, 우즈베키스탄에서 왔던 포취바고라와 아이 하나 만들었다가 실패한 것과, 어삼만을 만나 엉정경정 지냈던 것 말고는 한 일이 없었다. 생각해보면, 산다는 게, 계획하고 그걸 실천하는 시간이 차곡차곡 쌓이는 그런 과정일 수 없었다. 일을 하면서 다가올 내일을 준비하는 복합적 진행으로 이루어지는 게 사는 과정이었다. 그렇게 다섯 해가 지났다. 그 5년은 살았다기보다는 삶을 구경하는 구경꾼으로 지낸 셈이었다. 구경꾼에게 관람료를 돌려주는 연극은 없었다. 되든 안 되든 무대에서 뛰어야 했다. 장장숙에게는 무대가 없었다. 잘못된 길을, 돌아보지 않고 너무 오래 걸어왔다는 후회가 밀려왔다.

한편으로는 다른 생각도 들었다. 남들 거치지 못한 인간들을 겪었다는 것은 유다른 경험이었다. 그게 무슨 의미로 안착할지는 알 수 없었다. 인간을 겪는다는 게 꼭 물질적인 뭔가가 남아야 하는 것이라면 그것은 너무 편벽된 생각이 아닌가 싶기도 했다. 아무튼 어삼만이 학위 받고 한국에서 취직하는 게 자기 앞길을 열어줄 수 있는 하나밖에 없는 희망이었다.

부친 없는 어삼만, 장장숙은 머리를 세차게 흔들었다. 그래서는 안 될 일이었다. 냉연하고 모질어도 아버지는 여전히 우뚝한 산이었다.

차들이 다가와서는 왼편으로 휙휙 빠져나갔다. 요란한 경적이 신경질적으로 울렸다. 계기판의 속도계가 30에 머물러 달달 떨었다. 장장숙은 심복사를 향해 액셀러레이터를 힘주어 밟았다.

심복사는 마른 마당에 물을 뿌린 듯이 조용했다. 요사채에도 사람이 없었다. 옷가지며 흘어놓았던 소지품을 정리해서 가방에 담았다. 장려화의 원고는 탁자 위에 그대로 놓여 있었다. 석지심이 누이를 만나게 되는 장면 바로 앞까지 읽었던 기억이 떠올랐다. 그 원고도 챙겨 넣었다. 장려화, 미국에 공부하러 갔다가 총질하는 인간들의 나라가 싫어서 돌아왔다는 것은 이해할 수 있었다. 그러나 소설을 쓰겠다고 나서는 까닭은 도무지 납득이 안 되었다. 소설이 밥벌이가 될까? 아직 등단했다는 이야기는 못 들었다. 아무튼 이 대목에서 왜 장려화가 떠오르는지는 알기 어려웠다. 장려화라는 사람보다는 그가 제목도 없이 써놓은 글이 어느 사이 머릿속에 선명한 영상으로 스며들어 있었다. 석지심 이야기라고나 해야 할, 신통치 않은 듯 이끄는 힘이 있는 그 글이 자신의 내면에 엷지만, 사라지지 않는 음영을 드리운 것 같았다. 장장숙으로서는 이제까지 없던 체험이었다. 소설을 그렇게 몰두해서 읽은 적도 없지만, 읽고 난 다음 아무런 기억이 없는 책들이 대부분이었다.

안개 짙은 어둠 속으로 사라졌던 아버지가 죽었다? 말이 안 되는 일이었다. 전화질만 하고 본인은 자취를 안 나타내던 어삼만은 어딜 간 것일까, 뭐가 뭔지 알 수 없는 혼란의 소용돌이 속에 빠져 있었다. 장장숙은 이게 아닌데, 자기가 움직여야 할 시간이라는 게 실감으로, 아니 일종의 압박감으로 다가왔다. 부친이 정말 죽은 건지 확인해야 하는 것은 물론 어삼만을 찾아야 하는 게 자신의 책무였다.

장장숙은 옷가지를 챙겨가지고 심복사를 나왔다. 아직 안개가 짙게 끼어 있었다.

19
—

인간이라는 것

평택중앙병원, 장동건 씨의 보호자는 전화 바람. 그리고 전화번호. 장장숙의 핸드폰에 떠 있는 문자였다.

장장숙은 시체안치실을 떠올리며 통화를 시도했다. 상대방은 장동건 씨와 어떤 사이냐부터 물었다. 딸입니다. 대답 없이. 지금 어디 있습니까? 여기를 어디라고 해야 하나. 심복사에 있습니다. 한참 말이 없다가. 스님인가요? 대답 없이. 환자의 주머니에서 전화번호를 알았습니다. 환자? 장장숙의 놀라는 소리. 안 죽었어요? 허억…… 죽기를 기다렸습니까? 대답 없이 한참. 평택중앙병원 응급실로 오세요. 전화가 끊겼다. 장장숙은 온몸의 피가 아래로 다 빠져나가는 것 같았다. 등으로 소름이 지쳤다. 다리가 휘둘려 차를 몰고 갈 수 있을 것 같지를 않았다.

부친 장동건은 멀건 눈으로 딸을 한참 올려다보았다. 안도감으로 눈이 감기는 듯하다가는 눈을 똑바로 뜨고, 왔냐? 하고는 다시 눈을 감았다. 감은 눈 가장자리로 눈물이 삐져 나왔다. 어떻게 된 겁니까? 키가 훤칠한 간호원이 정말 몰라서 묻느냐고, 눈을 짯짯이 뜨고 장장숙을 불쌍하다는 듯이 째려보았다. 한 사흘 입원을 해야 한다고 했다. 마침 병실이 여유가 있었다. 너한테 미안하구나, 그렇게 시작한 장동건의 이야기는 길게 이어졌다.

호수를 건너기만 하면, 거기 병원에 너희 엄마가 누워 있는데 이쪽에서 시간을 죽이고 있기는 너무 답답하고 무책임하다는 생각을 하고 있을 때였다. 너는 눈치를 챘는지 모르지만 사위 어삼만이 내 소매를 슬그머니 이끌었지 않겠냐. 워낙 속이 깊은 데다가 장모 사랑하는 마음자리가 고맙고 해서 어삼만이 하자는 대로, 혜초기념비 옆에 놓여 있던 배를 물가로 끌어내려 그 배를 저어서 호수를 건너갔다. 낚시꾼을 만나 실랑이를 벌이기는 했지만, 병원에 가서 너희 엄마 탈구된 팔을 어삼만이 제자리로 돌려놓았다. 그건 동영상을 봐서 너도 알 것이다. 장장숙은 고개를 끄덕였다.

한데 문제가 생겼다. 그게 어떤 거냐면, 우리가 타고 호수를 건너간 배를 돌려놓지 않으면 문화재 훼손죄로 고발을 당한다는 게 아니겠냐. 그래서 어삼만과 배를 되돌려놓아야 하겠다고, 네 엄마가 잠든 사이 슬그머니 병원을 나갔단다. 그러고는 배를 대놓았던 언덕으로 조심조심 걸어가서, 배를 타고 건너올 요량이었지. 어삼만한테 낚싯줄을 걸었던 낚시꾼들은 거기 없었다. 이상한 것은 엎어졌던 배가 얌전하게 놓여 있는 거였지. 그때 어삼만의 전화가 날 보러 와요, 날 보러 와요······ 그렇게 방정을 떨었지 않겠냐. 둘이 배를 저어 출발한 데로 돌아가려는 참이었다. 그런데 그놈의 전화 때문에 일이 삐뚤어져 돌아갔다. 내가 들은 전화 내용은 대개 이런 것이었다.

어떤 물음엔지 어삼만은 예, 제가 서류 냈습니다, 그렇게 대답하더구나. 어디냐고요? 지금 지방에 있습니다, 어삼만이 그렇게 말하더니, 한참 멈칫거렸지. 그러다가는 나더러 혼자 돌아갈 수 있겠느냐는 거라. 어이가 없어서 뻥하니 서 있었는데, 어삼만이 이야기를 하는 거라. 그놈의 단군대학교라더냐 뭐라더냐 하는 데에 서류를 냈는데, 이사장이 어삼만을 직접 보자는 거래. 장동건은 한숨을 내쉬었다. 한참 숨을 고르다가 말을 이어갔다.

무슨 취민지, 강남에 있는 파라디 도르라더냐, 골든 파라다이스라더냐, 거기 사우나에서 스킨십 인터뷰를 한다던가 뭐라던가. 사우나탕에서 이사장이랑 빨가벗고 만나 인간의 속살을 보자는 거래. 그때가 대강 4시쯤 되었을 거야. 그런 일을 밤잠도 안 자고 그렇게 하는 건 갑질 아니냐. 어삼만 이게 자상하기는 고사하고 얼어죽을, 이 작자가 나를 배에 태워 물 가운데로 주욱 밀어내고는 자기는 면접 보러 간다고 도망친 거란다.

어떡하겠냐, 저도 먹고살아야 한다고 하는 짓인데…… 그래서 말이다, 나 혼자 삽으로 노를 저어 호수를 건너기로 했지. 그런데 삽으로다가 한쪽으로만 노를 젓자니 배가 빙빙 돌고 안 나가는 거라. 가까스로 좌우로 노질을 해서 배가 얼마간 호수 안으로 들어갔지 않았냐. 그런데 안개가 어찌나 짙은지, 지척을 분간할 수 없는 지경이었단다. 그저 짐작으로 죽어라고 노를 저었는데, 동녘이 번하게 밝아올 무렵이었지. 내얘기 듣고 있는 거냐, 너? 듣고 있어요. 저쪽에서 모터보트가 번개같이 나타나서는 장정들이 달려들어 나를 물속에 처박아 넣은 거다. 한 놈이 잡았다, 외치는 소리까지 들었다. 그러고는 물에 빠졌고 그 후는 어찌 돌아간 것인지 난 모른다.

정신을 잃었다가, 여기 병원에 와서 정신을 차렸다. 장장숙은 깊은 숨을 내쉬었다. 그대로 두었으면 배를 가져다 원상대로 대놓았을 것인데, 나를 문화재 도둑쯤으로 아는 모양이었다. 아마 경찰에서 조사를 한다고 올 것이다. 붙들려가 감옥살이야 하지 않겠지. 장장숙은 자신이 생각해도 심장이 무겁게 내려앉아 벌떡거리는 걸 느끼지 못했다.

어삼만한테는 다른 소식 없어요? 네가 전화해봐라. 출입문쪽에서 음식 냄새가 번져왔다. 식사가 들어왔다. 장장숙은 장동건의 식사가 끝나기를 기다려 병원에서 임시 써야 할 물건들을 구하러 슈퍼로 나갔다. 아침을 거른 것은 물론 점심에도 물 한잔 마시고 말았기 때문인지 속이 울렁거리고, 발이 자꾸 헛놓이는 느낌이었다. 꼭 포취바고라와 관계해서 아이를 가졌을 때의 느낌 그대로였다.

어머니가 어떻게 하고 있는지 궁금했다. 갑작스럽게 이는 궁금증이었다. 아버지에 대한 안도감 때문인지 어머니에 대한 걱정은 잊은 채 시간이 갔다. 에코백에서 핸드폰을 꺼냈다. 주소록에서 '신지미'를 찾아 통화 버튼을 눌렀다. 신호음만 연달아 드륵거렸다. 잠시 후, 지금 일하는 중, 나중에 통화, 그런 문자가 떴다. 일을 하다니? 팔이 빠졌다고 그렇게 난리를 치더니, 어삼만이 부친과 함께 가서 팔을 빼어 맞추고는 금방 일을 나갔다는 게 믿어지지 않았다. 화장지, 일회용컵이며 플라스틱 접시, 나무젓가락, 그런 것들을 주섬주섬 바구니에 담았다. 단팥빵과 주스도 한 병 샀다. 점심을 그렇게 때울 작정이었다. 장장숙은 카드로 계산을 한 다음, 물건을 챙겨 들고 슈퍼를 나왔다. 햇살이 눈을 찔렀다.

부친은 코를 가볍게 골며 잠들어 있었다. 2인용 병실이었는데 건너편 침상이 비어 있었다. 장장숙은 단팥빵을 뜯어 먹고 주스를 마셨다. 일 돌아가는 꼴이 어지러웠다. 어지럽다고밖에는 달리 표현할 말이 안 떠올랐다. '허클베리 핀'에나 나올 듯한, 어삼만과 장동건의 모험이며, 모친 신지미의 팔이 빠진다든지, 그걸 사위가 맞춰준다든지, 새벽같이 서울로 면접을 하러 불려갔다는 것도 도무지 맥이 안 잡혔다. 박사 과정을 겨우 수료한 사람에게 전임 자리가 나올 턱이 없었다. 그리고 무엇보다 호수를 건너오는 부친 장동건을 물에 쑤셔 박아놓았다가 건져내온 것은 누구의 짓인지, 미궁으로 끌려드는 느낌을 자아냈다. 곧 졸음이 몰려왔다.

한잠 자고 나서, 장장숙은 핸드폰을 열어보았다. 일 해결되면 아버지 모시고 올라가라. 신지미가 보낸 문자였다. 천하태평인 모친 신지미의 행동은 너무 냉랭해서, 인간이 꼭 이래야 하나 하는 생각이 들 지경이었다. 어떻게든지 거리를 두려는 모친에 대해 장장숙은 넘어설 수 없는 어떤 벽을 느끼고 있었다. 어삼만에게서는 아직 아무 소식도 없었다. 뭔가 정리를 해야 하는 시점에 이르러 있었다. 우선 감정을 정리해야 할 것 같았다. 부모들과는 따로 살림을 해나가야 하겠다는 생각이 들었다. 이미 너무 오랫동안 한집안에서 복닥거리면서 뒤얽혀 살았다. 뒤숭숭한 생각을 정리하느라고 오후가 다 가버렸다.

저녁 식사가 들어왔다. 장장숙은 졸인 고등어를 떼어, 부친이 집어 먹기 좋게 접시에 펴놓았다. 부친의 반찬을 그렇게 정리해주는 것은 처음 있는 일이었다. 밥을 떠 넣는 부친의 목에 주름이 잡혀 있었다. 눈이 풀려 멍둥해 보였다. 삶에 지친 생애의 그늘과 같은 빛깔이었다. 언제 퇴원할 수 있는지 알아봐라. 장장숙은 아무 대답을 하지 않았다. 누가 어떻게 이 병원에 데려온 것인지를 아직 알 수 없는 정황이었다. 그러나 알아보기는 해야 했다. 주치의는 사건 수사가 끝나야 퇴원할 수 있을 거란 막연한 이야기를 했다. 노인이 왜 그런 철없는 짓을…… 보통 때도 그랬습니까? 의사가 장장숙을 아래위로 훑어보았다. 뭐가요? 장장숙이 어이없다는 표정을 지었다. 사건 수사라니……? 부친 장동건이 전하는 말로는 그게 무슨 사건이 될까 싶지를 않았다. 장장숙은 빈 침대에 올라가, 등받이에 등을 기대고 있다가, 심복사에서 챙겨온 물건들을 확인해보았다. 장려화의 원고가, 부친이 차에 두었던 《혜초의 왕오천축국전》에 눌려 반으로 접혀 있었다. 장장숙은 장려화의 원고를 펼쳐 들었다. 원고를 쓰면서 향을 피웠던지 종잇장을 넘길 때마다 향내가 가볍게 풍겼다.

둘이는 언덕마루에서 걸음을 멈추었다. 저 아래 보이는, 동네 한가운데 큰 집이 우리 사촌 집이오. 라자베타가 고갯마루에서 동네를 내려다보면서 석지심을 쳐다보고 말했다. 사촌이 몇입니까? 자기도 모르게 나온 질문이었다. 대식국에서는 여자 하나를 형제들이 공동의 처로 삼고 산다는 이야기가 머릿속에 지질려 붙어 있던 모양이었다. 석지심은 오른손을 들어 자신의 머리를 쥐어박았다. 라자베타가 석지심을 흘금 쳐다보고는 빙긋 웃었다.

이제까지 세 해나 떠돌면서 치달려온 길, 그 끝장에 이르렀다는 생각이 들었다. 동네 남자들이 불탄 북데기를 치우고, 무너진 집을 고치느라고 부지런히 움직이고 있었다. 대식국에서 쳐들어와 분탕질을 친 뒤끝이라는 것을 짐작하게 했다. 쳐들어와도 자기들이 지배자라고 선언하면 그것으로 족하지, 왜 사람을 쳐 죽이고 불을 지르고 한답니까? 잔인하게, 가능하면 혹독하게 문질러놔야 후환이 없는 법입니다. 누구나 한번 당하면 음지에서 이를 갈게 마련이고, 그런 분만(憤懣)이 남아 있으면 그게 반역으로 가는 불씨가 됩니다.

사람이라는 게 살상과 파괴를 즐기는 그런 천성이 있지 않습디까. 석지심은 속으로 고개를 저었다. 보시, 지계, 인욕의 하화중생의 이타행을 지나, 정진을 거쳐 선정에 이르고 마침내 대지혜를 얻는 상구보리의 자리행의 도리를 모르는, 짐승 같은 인간들의 단면일 뿐이라고 머리를 숙이고 합장을 했다. 저물기 전에 어서 내려갑시다. 둘이는 발걸음을 서둘렀다.

집 앞에 이르러서였다. 집 안이 조용했다. 라자베타가 오른손을 들어 올려 주먹을 쥐어 보였다. 발을 멈추라는 모양이었다. 석지심이 왜 그러는가 의문의 눈길을 주었다. 라자베타가 방문 앞에 걸려 있는 사내의 바지를 가리켰다. 형제들 가운데 누구 하나가 방사를 하는 중이라는 표시를 그렇게 한다는 것을 석지심은 알고 있었다. 둘이는 집 주위를 느긋한 보폭으로 걸어서 도는 가운데 동네를 살펴보았다.

주변의 산들이 높은 데 비하면 밭뙈기들이 제법 넓은 벌판에 펼쳐져 있었다. 그리고 낮은 언덕에는 양이며 염소들이 풀을 뜯고 있었다. 대식국 침략자들이 걷어가고 남은 것들이라고 라자베타가 일러주었다. 집을 서너 바퀴 돌다가는 대문에 이르러 라자베타가 흠흠 기침을 해서 인기척을 보였다. 젊은 사내가 방문을 열고 나와 바지를 걸쳤다. 그러고는 쫓아 나와 라자베타를 끌어안고 수염발이 무성한 볼을 비볐다.

사촌은 마당으로 나가서 휘파람을 휙휙 불었다. 어디서 무얼 하고 있었는지 식구들이 모여들기 시작했다. 늙은이는 지팡이를 짚고 앞서고 노파는 나뭇가지를 묶어서 등에 걸머메고 휘적대며 걸어왔다. 젊은이들은 나귀를 몰고 오기도 하고, 낙타까지 끌고 들어왔다. 새끼 양을 안고 뒹굴다시피 하면서 어른들과 앞서거니 뒤서거니 하는 애들은 얼굴이 까맣고 눈들은 반짝였다.

전란이 휩쓸고 갔다는데 이 집만 아무 피해가 없고, 가족들이 일상 속에서 단란한 살림을 꾸려가는 게 이해가 안 되었다. 전란을 피한 방법이 무업니까? 석지심이 라자베타에게 물었다. 우리 집안은 절반은 대식국의 혈통입니다. 라자베타가 다른 것은 알아서 짐작하라는 듯이 대답했다. 먼데서 손님이 오셨는데 양도 잡고, 닭도 잡아서 구워라. 그리고 술도 충분히 준비해라. 장노가 아들들을 둘러보고 말했다. 자식들은 깎은 머리를 쓸어보면서 고개를 조아렸다. 고개를 조아리는 대로 무성한 수염이 가슴에서 물결졌다. 석지심은 애들에게서 눈길을 떼지 못했다. 고만고만한 애들이 여덟이나 되었다. 형제들이 한 여자를 아내로 삼고 산다면, 저 애들은 아버지가 누군지 모를 것이 아닌가. 결국 사촌이 없는 게 아닌가. 그런 의문이 자꾸만 고개를 내밀었다. 집안의 혈통이 혼란을 거듭할 것이었다.

결판진 식사 대접을 받았다. 술도 거나하게 마셨다. 할아버지, 아들, 손자가 한 상에서 음식을 나누어 먹었다. 석지심에게는 장노 옆에 자리를 마련해주었다. 장노는 석지심의 손을 어루만지기도 하고, 발바닥이며 발가락을 하나하나 만져보았다. 그러곤 부르튼 발바닥을 보고는 혀를 찼다. 손자를 시켜 고약을 가져오래서는 석지심의 발에 발라주면서, 장노는 혼자 중얼거리는 건지 석지심에게 훈계를 하는 건지 쉬지 않고 말을 이어갔다. 도무지 무엇 하러 이런 무식하고 강파른 나라를 찾아온단 말이오? 말이 좋아 구법이고 고행이지, 젊은 청춘을 그렇게 탕진하는 것은 어리석은 짓이지 않소? 석지심은 대답할 말이 궁했다. 무언가 들키고 있다는 느낌이 들었다. 석가의 나라를 다녀왔으리다, 헌데 열반이라고, 세상의 불기운을 잘라 없앤다는 그 경지를 더듬어볼 수 있었소? 여색을 멀리하라고 가르친답디다만, 그건 참으로 이악스러운 사상이오. 사람들마다 여색을 멀리하고 혼자서 득도하겠다고 나서면, 세상의 고통과 힘든 노역을 벗어나 구름 위를 나는 쇄락함을 맛볼 수 있을지 모르나 사람 사는 게 거기서 끝날 수 없지 않소? 먹어야 하고, 마셔야 하며, 집을 얽고 살아야 하는데, 그런 일을 당나귀더러 대신 해달라고 할 수 있겠소? 땅을 모르고 물을 모르는 자를 어찌 인간이라 할 수 있겠소. 사람이란 그 몸이 땅에서 물을 먹고 생겨나는 거라오. 풀이나 나무 한가지지요. 불 앞에서 손 비비는 것도 우스운 짓이지만, 허공에 대고 염불하는 것 또한 하느님 불러오는 방편이 된다고 하기 어렵소. 나무 관세음보살…… 석지심은 손을 모아 합장을 했다.

석지심은 자신이 여정을 따라 내면이 조금씩 조금씩 변하고 있는 것을 어렴풋이 느꼈다. 고기를 먹는다든지, 술을 마시는 것은 물론, 사람들 사는 모양새를 바라보는 안목도 한결 유들유들해진 느낌이었다. 그러나 여전히 남녀관계와 가통을 이어가는 문제는 훨훨 털어버릴 수 없는, 마음의 업장이었다.

애들을 큰형이 모두 차지하면 다른 형제들은 자손들 없이 살아야 합니까? 라자베타에게 석지심이 물었다. 적절한 때가 되면 형제들에게 애들을 나누어 맡기지요. 왜 한 여자를 여러 형제들이 공취(公取)하고 사는 겁니까? 석지심이 항의하듯 물었다. 라자베타가 한참 뜸을 들이다가 말했다.

무엇보다 이 땅에는 여자가 귀합니다. 그리고 형제들마다 여자 붙여주고 살림 차려 내보내면 집안이 유지가 안 됩니다. 가난뱅이 가족이 줄줄이 생겨납니다. 마당에서 낙타가 힝히힝 코를 불었다. 석지심은 고개를 끄덕였다. 누이의 얼굴이 떠올랐다. 누이는 낙타 등에 앉아서 끄덕거리고 가면서, 아득한 지평선을 바라보며 들판을 건너고 있었다. 잠시 스치는 환상이었다.

다음 날이었다. 아침을 먹고 젊은 사람들은 나귀를 몰고 나가고 아이들은 새끼 양을 끌어안고 풀밭으로 여기저기 길을 따라 흩어졌다. 대식국에서 왔다는 손님이 들었다. 라자베타의 사촌네는 여관업을 겸하고 있었다. 라자베타가 나가서 맞았다. 석지심은 내심 반가웠다. 어쩌면 누이의 소식을 듣게 될지도 모른다는 막연한 기대 때문이었다. 그러나 그런 기대는 금방 어그러졌다. 마하 인드라 푸바, 아소카 왕 이야기를 하던 청년이었다. 석지심은 그가 마하라는 것을 금방 알아보았다. 죄가 크고 반성이 깊어야 도에 다가간다는 논리를 펴던 천축 출신 청년이었다. 석지심이 쫓아나가 마하를 얼싸안았다. 여기서 형씨를 만나다니, 어이된 일입니까? 석지심이 감격한 어투로 말했다. 길에서 만난 인연은 다시 길로 이어지게 마련이지요. 석지심은 손을 모아 합장했다. 형씨와는 선연인지 악연인지 모르겠소. 대식국을 떠나서 보름, 이제 천축으로 가는 중이라오. 석지심과는 엇갈리는 길이었다. 그럼 대식국 소식을 아시겠네요?
석지심이 앞으로 한 발 나서며 대들듯이 물었다. 대식국의
황제가 바뀌면서 지방 호라산 총독들이 난리를 겪고 있습
니다. 마하는 그렇게 대식국 소식을 이야기하기 시작했다.

대식국이 세력이 커지면서 제국의 수도를 다마스커스로
옮긴 것은 대개 60여 년 전이었다. 우마이야 조, 대식 왕조
로 본다면 10대에 해당하는 황제였다. 다마스커스에는 황
궁을, 지방에는 왈리라는 총독을 두어 제국을 운영했다.
호라산이라는 총독은 지방 분봉왕 같은 존재였다. 지역 주
민들에게 황제는 그저 이름이 입에 오를 따름이었다. 먹고
사는 문제에서부터 행불행은 물론 목숨까지가 총독의 손
에 달려 있었다. 그러나 모든 섬김의 대상은, 황제의 이름
으로 내려오는 지상의 명령이었다. 그게 알라라는 이름의
신이었다. 알라 이외에 다른 신을 섬기는 것은 황제를 향해
칼을 들거나 창을 휘두르는 역모로 비쳤다.

대식국이 이웃 나라를 쳐들어가 점령하는 중에 사태는
더욱 심각하게 돌아갔다. 이교를 신봉하는 자들에 대한 취
체와 형벌이 가혹해졌다. 천축에서 오는 시바를 믿는 족속
들, 천축에서 밀려나 중국으로 세력을 확대해가며 부처 앞
에 절하는 무리들, 이들은 황제의 자리마저 흔들 수 있는
세력이었다. 더구나 다마스커스 인근 지역에서는 그리스
도를 믿는 완강한 세력이 구축되어 있었다. 엘라다(그리스)

에서 오는 이들은 또 다른 신을 믿었다. 황제는 총독을 동원해서 종교의 통일을 기하는 데 심혈을 기울였다. 이웃 나라를 침략하고 약탈한다고 입을 놀리는 자들이 들끓었다. 그들의 입을 알라의 힘으로, 칼로 막아내야 했다.

파사나 니샤푸르 지역은 가히 종교의 집산지였다. 특히 계림이라는 데서 왔다는 코가 낮고 눈이 까만 젊은이들은 다루기 까다로운 부류에 속했다. 아는 게 많아 동서의 역사에 뜨르르하고, 여러 경전들을 해박하게 알고 있었다. 그리고 무엇보다 젊은이들이라서 아녀자들이 눈길을 떼지 못했다. 몰래 집으로 불러들여 식사를 대접하고 여행 중에 들은 이야기를 전해주기도 했다. 이야기를 들은 다음에는 향료며 보석을 슬그머니 짐틀에 달린 주머니에 넣어주는 것이었다.

이런 일도 있었습니다. 마하가 석지심의 눈치를 슬쩍 살피고는 이야기를 시작했다.

'치르나'는 전쟁의 발발이나 도발을 뜻하는 천축 말이었다. 천축에서 대식으로 들어와 이들 가운데 치르나를 성으로 삼는 이들이 있었다. 몸이 장대하고 얼굴은 검으며 수염이 무성했다. 치르나라는 성이 중국이나 계림에 알려지기로는 '치씨'라는 성이었다. 치묵이니 치수니 하는 이름들은 치씨 집안 사람들을 뜻했다. 치씨 집안 사람들은 몸집이 부대한 데 비하면 걸음이 빨랐다. 천축국에서 카슈미르를 거쳐 천산산맥 남쪽으로 해서 쿠차, 언기, 돈황 등을 지나 장안으로 들어가 교역을 했다. 장안에 와 있던 계림 사람들을 만나 계림으로 들어가 벼슬을 하기도 하고, 계림 여자와 관계해서 아이를 낳는 이들도 있었다. 이들이 다시 천축으로 돌아왔을 때는 그리 문제가 아니었다. 이런저런 연고로 해서 대식으로 돌아오는 경우는 형편이 달랐다. 계림 승려들 가운데는 중국을 통해 불교를 깊이 연구하고, 도가 높아서 천축에서라면 성인으로 추앙받을 만한 이들을 헤아리기 어려울 정도였다. 이들에게 불법을 공부한 사람들이 대식으로 돌아왔을 때, 나라로서는 다루기 꽤 까다로운 반정부 세력이 되었다.

대식국에 사신으로 갔다 오는 길입니다. 마하는 그렇게 말머리를 열었다. 전에 만났을 때 전혀 이야기 들은 바 없는 사실이었다. 석지심은 호기심 가득한 눈으로 마하를 쳐다봤다. 내가 아는 치씨 집안 사람들은 국제인입니다. 중국 장안에 무역을 하러 갔다가 계림에서 온, 공덕이 출중한 스님을 만났다는 겁니다. 그 스님은 계림으로 돌아가면, 불법을 전하는 것 말고도 나랏일을 하게 되어 있었다고 합니다. 스님이 소개하는 계림에 흥미를 느껴 스님을 따라 계림까지 가고 말았지요. 치씨는 유리그릇 만드는 기술을 가지고 있었습니다. 그릇을·만드는 기술자이니만큼 궁정의 숙수를 만날 기회가 잦았습니다. 숙수로 있던 계림 여자를 만나 딸을 하나 낳았다고 합니다. 계림 여자는 남편이 있었습니다. 석지심이 귀를 세웠다.

그런데 문제가 생겼습니다. 그의 동생뻘 되는 치웅이라는 인물이 자기가 관계한 여자를 흘금거리는 것이었습니다. 석지심은 열기로 몸이 서서히 달아오르기 시작했는데요, 어느 새벽 치수는 치웅을 데리고 숲으로 들어갔어요. 준비했던 비수로 치웅의 옆구리를 콱 쑤셔 찔렀어요, 이렇게. 마하가 석지심의 옆구리를 칼로 찌르는 시늉을 했다. 석지심이 흠칫하고 몸을 피해 한 걸음 뒤로 물러앉았다. 다행인지 불행인지 칼은 빗나갔습니다. 석지심은 두 손으로 머리를 감싸 쥐었다. 악연이었다. 어머니 기장녀를 매개로 끼워 넣고 생각하면, 치수는 석지심에게 의붓아버지뻘이 되는 셈이었다. 내가 대식국에 가서 이 눈으로 똑똑히 보고, 손에 피를 묻히더라도 누이를 구해올 겁니다. 석지심은 두 주먹을 부르쥐고 오열했다. 마하가 측은한 눈으로 석지심을 건너다보았다.

악연은 악연을 불러옵니다. 석지심의 허탈해진 얼굴에서 진땀이 흘렀다. 악연은 참회를 통해서 스스로 끊어야 합니다. 마음은 바깥세계를 해석하는 방편일 뿐 존재 자체는 아닙니다. 세상은 마음과 아무 상관 없이 자기 법칙을 가지고 돌아갑니다. 일이 이렇게 되었습니다. 치수라는 이는 딸을 데리고 돌아오자마자, 자기 사촌에게 그의 딸을 주었습니다. 석지심이 손가락으로 두 귀를 틀어막았다. 사촌은 삼 형제였지요. 이런 말을 해야 하나 어쩌나, 그저 남의 얘기 하듯이 말하겠습니다.

큰 사촌이 계림 여자 석지연을 데리고 세 해를 살았다. 둘째가 장성해서 이십을 넘기자 자기 형을 증오와 질시의 눈으로 바라보기 시작했다. 동시에 석지연과 형의 침실을 넘보는 기회가 잦았다. 그 모양을 막내가 뒤에서 흘금거렸다. 둘째가 일을 저지르고 말았다. 형이 낙타를 끌고 황제의 궁으로 모직물을 싣고 간 날이었다. 석지연의 방에 들어가 형수를 덮쳤다. 형이 돌아와 무심코 방에 들어가는 것을 본 막내가 쫓아와 둘째를 손가락질하면서, 형수를 덮쳤다는 것을 알렸다. 둘이 격투가 벌어졌다. 형이 둘째의 칼에 맞아 죽었다. 석지연은 둘째와 살을 섞으면서 살아야 했다. 그 나라의 풍속이고 법도였다. 법에 없는 법이었다. 석지연은 하루도 마음을 놓지 못하고 지냈다. 막내가 언제 덮쳐오고, 형제 사이에 칼부림이 날지 알 수 없었다. 형제간의 죽음을 불러오는 싸움을 끝내기 위해서는 자신이 목숨을 결단하는 게 최선의 방법이었다. 그것 말고는 다른 생각은 할 수가 없었다. 그러나 생각해보면 아까운 목숨이었다. 계림의 어머니며 아버지 얼굴이 눈앞에 어른거렸다. 동생 석지심은 옷자락을 너울거리면서 다가와 품에 안겼다. 석지연은 빼 들었던 칼을 울 너머로 던져버렸다. 달이 훤한 밤을 도와 말로만 들었던 소불림이라는 데를 향해 발길을 서둘렀다. 멀리서 개 짖는 소리가 컹컹 밤공기를 울렸다. 지금 마하 형씨가 말하는 게 모두 사실입니까? 석지심이 달려들어 마하의 옷자락을 움켜쥐고 흔들었다. 요컨대…… 석지심이 마하의 입을 막았다.

치수는 어떻게 되었답니까? 마하가 석지심의 옷자락을 잡아 자리에 앉혔다. 사랑하는 사람을 못 만나는 거야 고통이지요. 그러나 원증회고, 미운 사람 만나는 것은 더 무서운 악연입니다. 살생으로 이끌려갈 수 있기 때문입니다. 그걸 알았는지, 치수라는 양반은 어디론가 자취를 감췄습니다. 무책임한 인간! 석지심이 버럭 소리를 질렀다. 없는 책임을 스스로 만들어 살생에 이르는 게 가장 큰 죄입니다. 살생이라니요? 석지심은 자기를 두고 하는 말 같아, 버럭 화가 치밀었다. 스스로 마음에 번뇌를 지어 몸을 괴롭히는 것 또한 살생과 다를 바가 없습니다. 내 몸은 내가 지극히 모셔야 하는 부처님입니다. 다하지 못하는 안타까움을 지니고 자기를 부단히 닦는 용맹정진 말고 나를 구하는 길이 없는 듯합니다. 그래서……? 그러니 잊으라는 말이지요. 잊어버리는 일은 해탈로 통하기도 합니다. 버려야 한다, 사지(捨之)하라. 석지심은 깊은 한숨을 내쉬었다.

20

—

이 또한…

내일 운전하려면, 좀 자두어야 하지 않겠느냐? 언제 깼었
는지, 장동건이 딸에게 건네는 말이었다. 좀 전에 읽은 장려
화의 글에 빠져들어 부친의 말은 귀결으로 흘렸다.

만일 석지심 옆에 그의 부친 석연단이 있었다면 어떤 말을
했을까, 그런 의문이 들었다. 한편으로 장려화 생각이 나기
도 했다. 자기가 쓴 글을 가지고 무얼 이루겠다는 것일까. 어
삼만이 하던 말이 떠오른 것은 바로 그때였다. 근대인은 욕
망이 너무 커서 불행하다는 것이었다. 꼭 근대인만 그럴까
하는 의문이 들었지만 대꾸는 하지 않았다. 학위논문은 언제
마칠 것인가, 일자리를 언제 얻을 것이며, 취직은 어떻게 할
것인가, 그런 질문들은 사실 어삼만에게 크나큰 억압이 될
게 분명했다.

부친은 화장실에 다녀오는 눈치였고, 그대로 누워 잠에 떨

어졌다. 장장숙은 부친 장동건이 정말 자는 것인지 자기에게
방해를 안 하려고 자는 척을 하는 것인지, 눈이 자주 부친 침
상으로 가곤 했다. 장장숙은 슬그머니 일어나 부친의 침대 곁
으로 다가갔다. 홑이불 위에 내놓은 손을 두 손으로 감싸 잡
았다. 어디서 무슨 일을 했는지, 손이 거칠어져 있었다. 장장
숙은 자기 손을 내려다보았다. 종이 뜨는 일을 하느라고 손바
닥에 적이 돋고 손등은 번질거렸다. 자기도 모르게 눈물방울
이 떨어졌다.

안 자는 모양이로구나. 장장숙이 멈칫했다. 이 또한 다 지
나가게 마련이다. 장동건이 눈을 안 뜬 채 중얼거리듯이 말했
다. 그건 어삼만이 노상 달고 사는 말이기도 했다. 어삼만은
툭하면, 이 또한 지나가리라, 그렇게 궁시렁거리듯 말했다.
일희일비하지 말라는 충고라고 했다. 좋다고 팔팔 뛰고 실망
해서 금방 죽을 것처럼 낙망에 빠지는 거, 그게 센티멘털리
즘, 감상주의야, 어삼만은 그렇게 태평했다. 그런 태평함이
믿음을 주기도 했고, 때로는 한심한 인간이란 느낌으로 다가
오기도 했다. 쥐구멍에 볕 들 날 있단다, 하는 어머니의 태도
와 어삼만의 자세는 어딘지 닮은 구석이 있었다. 사람이라는
게 인연이 다하면 헤어지는 거야, 장장숙은 어삼만의 그 말을
들은 후 사람을 믿을 수가 없었다.

시계가 10시를 가리키고 있었다. 담당의사가 병실로 올라
왔다. 경찰에서 연락이 왔습니다. 내일 퇴원시켜도 된답니

다. 퇴원해서 나가란 게 아니라 퇴원을 당하는 정황이었다.
왜 경찰서에서……? 장장숙이 의사를 쳐다보며 물었다. 대
단한 분이시더군요. 문화재 절도 혐의를 받는 분이라서, 말이
지요. 비웃는 투였다. 장장숙은 의사를 향해 눈을 찡긋해 보
였다.

　장장숙은 아직까지 연락이 없는 어삼만을 향해 화가 치밀
었다. 온다 간다 말은 있어야 하는 게 아닌가, 서운한 생각이
들었다. 핸드폰이 울렸다. 어삼만의 이름이 떴다. 어디서 뭐
하는 거야? 장장숙이 쏘아붙였다. 여기 평택경찰서. 장장숙
은 어리뻥뻥해져 핸드폰을 들어 화면을 바라보았다. 화면에
는 까만 어둠이 형광등 불빛을 되쏘아낼 뿐이었다. 뭐가 어
떻게 돌아가는지 모르겠네. 그럴 거야. 역시 태평이었다. 강
수일 선생님이 평택에 오셨는데 터미널에 모셔다드리고 병
원으로 갈 거니까, 화내지 말아요. 강 선생님이 오셔서 해결
해주셨지. 아버님이 문화재 절도범으로 오해를 받아서 그렇
게 되었어. 부친은 문화재 절도범으로 병원에 갇혀 있었던 모
양이었다. 그러나 일이 어떻게 돌아간 것인지, 자세한 내막
은 여전히 알 수 없었다. 아버지, 그 배가 문화재인 거 몰랐어
요? 알았어도 그렇게 했을 것이야. 장동건은 눈을 뜨고 딸을
쳐다봤다. 장동건이 떴던 눈을 다시 감았다. 얘기가 길 때는
말을 않는 게 속 편하기도 한 법이다. 장장숙은 이틀 사이에
자신에게 일어난 일들이 파노라마처럼 흘러가는 가운데, 졸

다 깨다 하면서 어삼만을 기다렸다. 시간이 미세한 먼지처럼 흩어져 몸을 빠져나갔다.

어삼만은 술을 했는지 얼굴이 벌게져가지고 쑥스러운 웃음을 지으며 병실로 들어왔다. 저녁은 먹었어? 장장숙이 물었다. 먹었지, 강수일 선생님하고. 강수일 선생님은 왜? 장장숙이 되쳐 물었다. 두어 가지 일이 있었어요. 어삼만이 하루 있었던 일들을 이야기했다.

호텔 파라디 도르(paradis d'or)에는 국제관계 심포지엄이 자주 열리는 컨벤션홀이 마련되어 있었다. 어삼만이 예측했던 면회 일정은 빗나갔다. 단군대학교 박달한 이사장은 강수일 선생과 함께 커피숍에서 어삼만을 기다리고 있었다. 사우나실 면접은 어삼만이 너무 당황해할까 봐 철회를 했다는 것이었다. 흔히 하는 말로 갑질한다고 매스컴에 오르내릴지 모른다는 것도 부담이었다. 식당으로 자리를 옮겨 앉아 식사를 하면서 얘기가 시작되었다.

요컨대, 우리 어삼만 선생이 사마르칸트에 가서 한 삼 년 고생을 해주어야 하겠소. 박달한 이사장은 전복죽을 뜨던 숟가락을 든 채, 어삼만에게 다짐을 받듯이 차분하게 말했다. 간단히 말하지요. 실크로드는 신라에서 중국, 티베트, 중앙아시아를 거쳐 로마로 이어지는 길이잖아요? 그 가운데쯤에 우즈베키스탄이 있고 말입니다. 우즈베키스탄에 사마르칸트

라는 고도가 있고, 그 사마르칸트에 대학을 하나 설립하고자
합니다. 이름을 먼저 이야기하자면, '실크로드 문화대학' 그
런 것쯤이 될 겁니다. 해서, 이 일을 추진함에 있어서, 나는
강수일 박사만 찰떡같이 믿고 있었는데, 이 양반이 팔십이 넘
어서 이제 기력으로 못 당할 일이라고, 우리 어삼만 선생을
추천해서 이렇게 급작스레 연락을 했던 것이올시다. 저간의
정황을 짐작할 만했다.

어삼만은 강수일 선생을 그윽이 바라봤다. 얼굴이 많이 쇠
해 보였다. 그분의 생애 자체가 실크로드였는데, 안타까운 생
각이 들었다. 고맙습니다만, 저는 아직 학위도 끝나지 않았
고…… 자리가 잡히지도 않고, 좀 망설여집니다. 어삼만은
조심스럽게 자기 의견을 내놓았다.

그 정황, 우리가 잘 압니다. 다만, 거긴 가자마자 교수 대우
를 할 겁니다. 사무원으로 일하러 가라면 우리 면목이 안 서
지요. 설마하니, 강수일 선생이 소개하는 분을 그렇게 홀대할
수야 없는 일, 그렇게 대접해주겠다는 거야. 강수일 선생이
나를 강추한 거지. 어삼만의 이야기는 시간을 앞뒤로 오르내
렸다.

강수일 선생이 어삼만을 건너다보며 엄지와 검지를 맞붙여
동그라미를 만들어 보였다. 오케이 하라는 뜻 같았다. 어삼
만은 쉽게 오케이를 할 수 없었다. 장장숙이 마음에 걸려서였
다. 집에 가서 아내와 상의해보고 연락드리겠습니다. 그렇게

하소. 면담이 끝나고, 이사장 차로 함께 가겠다는 강수일 선생을 붙들었다. 커피를 한잔 하자면서였다. 자네가 나한테 매달릴 일이 다 있나. 어삼만은 강수일 선생의 얼굴에 떠오르는 미소를 놓치지 않았다. 힘쓰는 일만 아니라면…… 신세 갚기로…… 그래 뭔가?

그럴 일이 생겼습니다. 어삼만이 어제부터 그날 아침까지 있었던 일을 세세하게 이야기했다. 강수일 선생은 빙긋빙긋 웃으면서 알았다고 고개를 주억거렸다. 어삼만은 강수일 선생과 고속버스 편으로 평택에 내려갔다. 아직 무너진 다리를 수습하지 못해서 차가 막혔다.

평택경찰서 민원실에는 심복사 주지 스님과 장려화가 같이 와 있었다. 자네는 여기 어쩐 일인가. 강수일 선생이 어릿한 눈으로 장려화를 쳐다봤다. 선생님 오신다길래 뵈려고 주지 스님 모시고 같이 왔습니다. 마침 여쭤볼 일도 있고 해서요. 그래, 소설은 다 썼수? 장려화는 두 손을 모아 비비며 대답을 하지 못하고 절절매는 몸짓을 했다.

경찰서장이 와서 인사를 했다. 담당을 보내겠습니다. 서장은 강수일을 따로 불렀다. 그러고는 사건의 개황을 브리핑해 주었다. 담당 형사가 들어와 강수일 선생에게 인사를 건넸다. 담당 형사는 무슨 사람들이 이렇게 모였나 하는 눈치로 파일을 들고 얘기를 시작했다. 어삼만이 경찰서에 오기까지 사건의 전말을 자세히 설명했다.

사건은 혜초기념비부터 시작되었습니다. 아니, 국제대교 다리가 무너진 것이 사건의 발단이라고 해도 좋을 겁니다. 간단히 이야기하시지요. 그저 하는 소리려니 하면서, 어삼만은 가급적 되묻지 않게 하겠다는 셈으로 일이 진행된 정황을 설명했다. 서장님이 강수일 박사님한테 설명 다 하셨다고 했는데, 간단히 마무리하시지요. 어삼만은 이야기를 그쳤다.

그런데 우리 연락처를 어떻게 알았습니까? 어삼만이 물었다. 잠시 기다리라 하고 형사가 방을 나갔다. 밖에 나갔다 돌아온 형사가 장동건의 수첩을 들고 흔들어 보였다. 현장에서 이걸 입수했습니다. 어삼만은 어리뻥뻥해져 멍하니 형사를 쳐다봤다.

어차피 혜매는 중생들입니다. 주지 스님이 맥락 닿지 않는 이야기를 했다. 호기심이 일을 저지르게 하지요. 강수일 선생이 거들고 나왔다. 경찰서에서 이야기는 싱겁게 끝났다. 어삼만은 강수일 선생과 주지 스님에게 고맙다는 이야기를 거듭했다. 식사들 하시고 가지요. 제가 모시겠습니다. 어삼만의 제안이었다.

스님, 술시는 멀었지만 한잔하실래요? 어삼만이 주지 스님을 향해 컬컬거리고 웃었다. 곡차라도 하자는 뜻인가? 주지 스님의 응대였다. 이쪽은 제가 잘 압니다. 장려화가 나섰다. 일행은 장려화를 따라 '녹야원'이라는 간판이 달린 식당으로 들어갔다. 전통한식집이었다. 늦은 점심을 겸해서 낮술을 마셨다. 그 배를 타고 호수를 건너가겠다는 아이디어 누가 냈나? 강수일 선생이 물었다. 낙타가 있으면 아마 낙타를 훔쳐서 타고 갔을 겁니다. 어삼만의 대답이었다. 코끼리가 있었으면 저승까지 갔겠구먼. 주지 스님이 거들었다. 하긴 고통스러워하는 사람 살리는 게 보시 가운데 가장 큰 보시일 것이네. 강수일 선생이 툭 던졌다. 장모님은 팔이 괜찮다, 그 말이지? 장모가 사위 사랑 받으면 죽었다가도 눈을 뜬다고 하네. 우즈베키스탄인가 어디 속담에 그런 말이 있다네. 어삼만은 강수일 선생을 건너다보다가, 혼자 쿡쿡 웃었다.

한데 장려화 자네는 소설 하나 붙들고 그렇게 뜸을 들이면, 우즈베키스탄은 언제 가려고 그러나? 장려화는 얼굴을 붉혔다. '심복사'란 소설을 마무리하기는 했지만, 아직은 공개할 만큼 자신이 서지 않았다. 장려화는 창밖으로 고개를 돌렸다.

어삼만은 문득 의문이 솟아올랐다. 우즈베키스탄에 같이 갈 사람이 있다는 이야기는 면접에서 듣지 못했기 때문이었다. 사마르칸트 실크로드 문화대학에 장려화가 같이 가게 되어 있다면, 난처한 문제가 생길지도 모른다는 생각이 들었다. 강수일 선생이 왜 그런 문제를 귀띔조차 하지 않았나 하는 의문이 솟아올랐다. 그러나 그 자리에서 꼭 장려화와 함께 가야 하는가 묻기는 꺼림칙했다. 어른스럽지 못한 짓이기도 하고, 강수일 선생에 대한 예의도 아니었다. 비비하눔 이야기를 하도 진지하게 하길래, 이참에 어삼만과 함께 가는 것도 나쁘지 않겠다고 생각한 것인데…… 왕비를 사랑하던 건축가가 그 게 발각되어 미네라트 꼭대기에서 밀어 떨어뜨려 죽게 하는 형벌을 받지 않나? 그런데 몸이 하늘로 날아 올라가 자취가 없다는 이야기…… 그게 혜초의 이야기나 마찬가지로 실크 로드의 사랑, 그 기막힌 사랑 이야기라…… 사실 비비하눔은 티무르 왕이 인도 원정을 다녀와 자기 아내를 위해 급히 지은 건데, 14세기 말에서 15세기 초 한 다섯 해에 걸쳐 이룩된 건 물이니까, 그 유명한 당나라 태종 즉위 후 3년이나 되었을 무 렵일 것이네, 하지만 사랑을 이야기하는 데 기적을 제쳐두고 어떻게 하겠나. 강수일 선생의 이야기는 한참 이어졌다.

강수일 선생은 주지 스님을 따라 심복사에 가서 하루 묵고 서울로 올라가겠다고 했다. 어삼만은 장려화와 직접 이야기 를 나누고 싶었다. 실크로드 문화대학에 대해 어떤 이야기들 이 오갔는지 궁금했다. 둘이는 '연향정'이라는 맥줏집으로 들 어가 자리를 잡았다. 어삼만 씨는 하는 행동이 꼭 동화에 나 오는 주인공 같아요. 장려화가 맥주잔을 들어 건배를 하자면 서 말했다. 장동건과 배를 저어 호수를 건너갈 발상을 어떻게 했는가 하는 물음이었다. 나이를 먹어도 인간 본연의 심성은 잃지 말아야 하지요. 어삼만은, 누구든지 육신의 고통에 시달 리는 사람을 만나면, 나서서 도와주어야 해요, 단호한 어투였 다. 다른 교통수단이 다 막힌 상황에서 그렇게 할 수밖에 없었다는 설명이었다.

장려화가 쿡쿡 웃었다. 인간 본연의 심성? 그런 게 어디 있습니까? 가구(假構)의 개념 틀을 가지고 스스로를 속이는 건지도 몰라요. 장려화의 이야기는 구체성은 없었지만, 그럴지도 모른다는 생각이 들었다. 본연의 심성이 현실적인 시공간에서 형상을 갖추기는 애초부터 무망인지도 모른다는 생각이 비집고 올라왔다.

간단히 물어봅시다. 어삼만은 장려화에게 오해 없기를 바란다면서, 실크로드 문화대학에 관해 몇 가지를 물어보았다. 그런 대학이 과연 실효성이 있을 것인가, 단군대학교에서 사마르칸트에 대학을 세울 만큼 투자를 할 재정 여건이 되는가, 교수진은 어떻게 구성한다고 하던가…… 등등 궁금한 일들이 많았다. 그런 이야길 주고받는 데 시간이 꽤 흘렀다.

나는 사마르칸트 가면 근사한 소설 하나 쓸 작정이오. 장려화는 이미 결심이 서 있다는 듯이 말했다. 그런 이야기 끝에 어삼만을 쳐다보다가, 왜 아이를 안 만드는가 물었다. 장장숙과 어삼만 사이에 애정이 농밀하지 못한 게 아닌가 묻는 듯해서, 어삼만은 입을 다물었다. 나아가 아직도 장려화가 장장숙을 맘에 두고 잊지 못해서 기회를 엿보는 건 아닌가 하는 생각이 들기도 했다. 그렇다고 자신의 애정이 어떻다는 이야기를 하기는 맘이 안 내켰다. 막연한 생각이지만 무언가 정리를 해야 하는 게 아닌가, 어삼만은 청량리에서 만난 스리랑카

처녀 스리다리야를 생각하고 있었다.

장려화는 헤어지면서, 장장숙에게 인사 전해달라고, 엄지와 검지를 엇갈려 하트를 만들어 보였다. 어삼만은 그저 손을 들어 사래를 쳐주었다. 어삼만과 헤어진 장려화는 아무래도 장장숙이 궁금해서 연락을 하고 싶었다. 원고는 어떻게 했는지도 알고 싶었다. 혹시 장장숙이 그 원고를 가지고 가버린다면? 그럴 리야 없을 것 같은 믿음이 있기는 했지만.

장려화에게 그 원고는 정본이었다. 유일본이었다. 작업하던 컴퓨터에 문제가 있었다. 원고를 마무리하고 그 원고를 프린트했다. 프린트가 끝나고 곧바로였다. 심복사로 들어오는 전선이 연결된 전주에서 합선이 생겼다. 국제대교 건설현장으로 콘크리트 상판을 옮기던 중장비가 길가의 전신주를 들이받는 바람에 심복사 인근 전기가 한꺼번에 끊기고, 심복사에 들어오는 변압기가 타버렸다. 단절된 전선을 다시 잇는 공사는 꼬박 이틀이 걸렸다. 그사이 장려화는 프린트된 원고를 읽으면서 장장숙을 만나고 싶어 안달하고 있었다. 장장숙에게 편지를 써야겠다고 컴퓨터 전원을 켰다. 전원은 작동을 하지 않았다. 작동을 않기는 프린터도 마찬가지였다.

장려화는 강수일 선생을 만나, 한국을 떠나 다른 나라 어디에 일자리가 있을까 알아보아야겠다는 생각을 했다. 한국에서 소설가로 등단하기는 꺼려졌다. 전해지는 바로는 문단이라는 데가 '괴물'들이 어슬렁거리면서 시도 때도 없이 바지 굇말을 까 내리는 분위기였다. 그야 거리를 두고 지내면 그만이지만, 글을 써서 먹고살 만한 여건이 아니었다. 차라리 한국으로 노동자 파견하는 어느 나라에 가서 한국어를 가르치는 걸로 생계를 해결하고 싶었다. 그래서 생각한 것이 실크로드였다. 실크로드로 연결된 어떤 나라에 가서 한국어를 가르치는 일은 부담이 없을 것 같았다. 기회가 된다면 장장숙을 거기로 불러 살아도 좋겠다는 생각을 했다.

시도 때도 없이 일어나는 총질로 인해 떼죽음을 당하면서도, 총기관리법 하나 정비하지 못한 채 세계평화를 가장하다가, 드디어 노골적으로, 달러를 가지고 미국을 다시 위대하게하겠다고 나서는 판이었다. 그런 미국에 대해 미련을 완전히버린 것은 아니었다. 거기는 오랫동안 섞여 사는 방법을 익힌 땅이었다. 미국에 다시 간다면 그 재미없는 재료공학이니 하는 건 집어치우고, 노스캐롤라이나 같은 남부로 가서 노예들의 역사를 연구하고, 그걸로 소설을 쓰고 싶기도 했다. 긴 안목으로 본다면 노예제도는 흑백이 섞이는 이행 조치 같기도 했다. 물론 그 자체는 인류의 속죄할 수 없는 원죄였다. 장장숙을 미국에 데리고 간다면, 기질로 보아 잘 적응할 것이란 생각도 들었다.

21

—

멀리 뻗은 길

내가 여기 병원에 오기까지 당한 일을 자네 알겠는가? 장동건이 침대에서 일어나 앉으면서 말했다. 밤 배를 저어 피안으로 가다가 야차한테 홀린 셈이지요. 자기가 먼저 달아나고 장동건에게 혼자 돌아가라고 억지로 물에 밀어 넣었던 데 대해서는 아무런 죄책감도 없는 모양이었다. 처음 계획했던 대로, 아버님이 배를 저어 올 수 있게 했더라면, 아무 탈 없이 배를 돌려다놓을 것인데…… 과도한 의심이 사람을 곤욕스럽게 한다면서 어삼만이 눈을 찡긋했다. 의심은 법을 만들고 의심으로 만들어진 법은 사람을 죽이지요.

소탐대실이라는 말인가? 작은 일에는 시시콜콜 시비 걸고, 큰일을 당하는 데는 손방이고 그렇다네, 이 나라가. 장동건의 불만 섞인 말이었다. 벽에 설치된 텔레비전에서는 밀양 세종병원에 화재가 발생해서 환자 40명이 죽었다는 뉴스가 방영

되었다. 화택 지옥이 따로 없느니…… 어삼만이 출입문을 밀고 나갔다. 잠시 후 비상벨이 울리고, 어삼만은 소화기 거품을 잔뜩 둘러쓴 채로 병실로 들어와 화장실로 들어갔다. 경비며 담당 의사, 간호사들이 복도로 몰려들었다. 어삼만은 병실에 설치된 하강기를 타고 밖으로 빠져나갔다. 장장숙은 혼자 깔깔 웃었다. 장동건은 혀를 찼다. 저 사람 왜 저런다냐? 장동건이 딸 장장숙을 쳐다보며 어이없는 표정으로, 손가락을 들어 머리 위에다가 빙빙 원을 그렸다. 소화기를 점검해야 한다고 하다가…….

내일 퇴원해서 나가면, 어삼만 정신감정부터 받아봐야 할 모양이라고, 장동건은 혀를 찼다. 장장숙은 오히려 부친 장동건이 아직 제정신이 아닌가 보다 하고 걱정을 했다. 주무세요, 장장숙이 건너편 침대에 누우면서 장동건에게 잠을 권했다. 가방을 열어 뒤적거려보았다. 곽무정이라는 사람이 쓴 《종이 실크로드》라는 책이 집혀 나왔다. 전주에 한지를 배우러 가면서 소개를 받아 사놓고 틈틈이 읽는 책이었다. 그 옆에 장려화의 원고가 들어 있었다. 장장숙은 장려화의 글에서 사건이 어떻게 마무리되는지 궁금했다.

석지심은 마하를 만나 치씨 집안 이야기를 들은 후, 마음 붙일 데가 없었다. 자기가 끼어들어 풍속을 고친다는 것은 원숭이가 바위 굴려 가는 일보다 어려울 듯했다. 그리고 그런 풍속으로 누천년 살아왔다면 거기 그만한 이치가 숨어 있을 터였다. 그게 꼭 짐승 같은 인간들의 삶이라는, 뿌리 깊은 생각은 벗어버려야 하는 망집인지도 몰랐다.

대식에 점령당한 지역마다 알라를 신봉해야 한다는 정책에는 머리가 내둘렸다. 거기 비하면 계림은 광명천지였다. 공자를 비롯한 성인의 말씀을 따라 나라를 다스리고 부모와 자식 사이의 도리를 세웠다. 부부의 윤리를 정비하고 엄숙한 남녀관계를 세워나가는 데 머리를 모으는 이들이었다. 천 년이 넘는 시간의 저쪽, 천축에서 시작된 불교를 받아들여 널리 퍼진 것은 그야말로 자비요 불은이었다. 부처님 금강 지혜의 아스라한 논리를 추구하는 것 또한 계림이 아니면 도저히 해낼 수 없는 정신의 연화장이었다. 그러나 그것은 너무 아스라이 높은 철리라서 일반 중생들이 친근하게 다가가기 어려운 경지였다. 속중들을 위해서는 〈천수경〉이 평이하고 실감이 가는 말씀이었다. 석지심은 이런 평가를 하는 것 또한 말로 짓는 업장은 아닌가, 스스로 의문을 내보기도 했다.

아직도 화랑들이 산천을 치달리며 몸을 수련하고 있을까? 그리고 왕실과 상류층 여인네들과 살을 섞으며 청춘을 탕진하고 있을까. 그런 의문이 문득 들었다. 사실 석지심이 계림을 떠나온 것은, 화랑을 피해서 불도를 내세워 행하는 도피행각의 성격이 짙었다. 인간으로서 불가능한 것

을 가능하다고 우기는 것은 망집이었다. 영생불사니, 불로
장생이니, 무병장락이니, 하는 헛된 망집이 한 인간을 비
뚤어지게 하고, 한 나라를 나락으로 몰아가는 원인이 되었
다. 해탈해서 반야지혜를 얻고 열반지경에 든다는 소망 또
한 황탄한 망집은 아니겠나. 망집에 골몰하는 서라벌은 자
기가 돌아갈 '고향'이 아니었다.

그리고 함께 불법을 공부하던 친구들 얼굴이 눈앞을 스
쳐갔다. 이미 큰절에 들어가 설법을 하기도 하고 주지 스님
들 밑에서 착실히 공덕을 쌓고 있을 터였다. 계림으로 돌
아간다고 해도, 발붙이고 자신의 입지를 세워나갈 길이 없
었다. 무엇보다 몰락한 왕족이라는 신분은 벗어날 수 없는
족쇄였다. 할아버지 때만 해도 왕족의 후예로 대접을 받았
다. 그러나 아버지 대에 와서는 달랐다. 부친은 한낱 대장
장이요, 모친은 술이나 다루는 주조인에 불과했다. 숙수까
지도 올라갈 기회가 없을 터였다. 대장장이 아버지와 술어
미 어머니에게 고맙게 생각할 것은, 자신에게 목숨을 붙여
주었다는 것 말고는 손에 집히는 게 없었다. 계림으로 돌아
갈 빌미를 하나하나 떼어버리면서 몸이 가벼워졌다. 그러
나 피붙이는 달랐다.

누이 석지연에 대한 애착을 달리 돌려놓거나 잘라낼 방
법이 없었다. 형제간의 결혼이 허락되는 나라에 와서, 그
나라 풍속을 따라 평생을 같이 살고도 싶었다. 어머니가 같

을 뿐 아버지는 각기 다른 존재가 아닌가. 피를 나누는 일이 죄라면, 그저 같은 마을에 살면서 오가는 길에 얼굴이라도 바라본다면 그걸로 지상의 복락을 누리는 셈이라고 빌미를 만들어보기도 했다. 그런데 이제는 그 누이마저 볼 수 없는 형편이 되고 말았다. 석지심은 그 땅에 더 머물 생각이 없었다.

처음 출발한 데로 돌아가고 싶었다. 돌아갈 곳은 두 군데였다. 하나는 계림이고 다른 하나는 옛 스승을 찾아 광주로 돌아가는 것이었다. 그러나 계림은 생각을 거듭했으나 돌아가서 인환(人寰)의 분잡 속에 휘달리고 싶지 않았다. 부모를 찾아갈 것도 아니고, 친구라고 특별히 자별한 인연을 만든 것도 아니었다. 사랑하는 사람도 없었다. 광주에서 만났던 스승들이 생각났다. 스승들은 내치지 않고 자기를 받아줄 것 같았다.

그러나 빈손으로 돌아가기는 염치가 없었다. 무언가 그동안의 고행을 통해 얻은 바를 전해주는 게 있어야 도리라는 생각이 들었다. 석지심은 돌아가는 길에 자신이 거쳐온 나라들의 정치, 풍속, 인간, 산물, 그리고 부처님 믿는 사람들 이야기, 그런 것들을 자세히 적어 기록하기로 했다. 짐틀에 들어 있는 종이 두루마리만 해도 정리하면 책이 몇 권될 만한 양이었다. 그 기록은 실로 살을 일그러뜨리고 뼈를 휘게 하는 짐이었다. 짐이라기보다는 고행을 통해 얻은 몇 줌 실한 열매였다.

다시 생각해보면 틀림없는 짐이었다. 눈으로 보는 것, 귀로 듣는 것, 입으로 맛보는 것, 손으로 만지는 것, 도무지 짐 아닌 것이 없었다. 보고 들은 것을 글로 써둔다는 것 또한 짐을 가중하게 하는 일이었다. 그러나 그것마저 남기지 않는다면 도는 닦았으되 그 도를 중생들의 눈을 뜨게 하는 데 벽을 치는 것과 다르지 않았다. 그래서 길은 지나온 길로 두지 않고 기록하고, 그 기록을 책으로 엮어 스승들에게 내보일 작정이었다.

생각해보니 다섯 해를 돌아다닌 길이었다. 길 위에 또 다른 길이 뚜렷하게 나타나 앞에서 혜살 짓곤 했다. 그럴 때마다 석지심은 손을 모으고 나무아미타불을 외웠다. 이상한 것은 〈반야심경〉의 주문이, 가끔 자신도 모르게 입에서 흘러나오는 것이었다. 아제아제바라아제바라승아제보디사바하…… 계림에서 한 공부가 마냥 헛짓인 것만은 아닌 모양이었다. 뼛속 깊이 배어 들어간 진언이었다. 아무튼, 석지심은 잊을 것은 잊고 핏줄 한구석이 얽힌 인연마저 인연 삼기를 그치기로 했다. 애별리고의 고통을 내던지는 순간 원증회고 또한 눈앞에서 자취를 감추는 것 같았다. 한편으로, 누이의 옷자락에서 풍기던 살 냄새와 자기를 바라보던 서글서글한 눈빛이며, 어깨에 얹어주던 따스한 손길이며 어느 하나 기억에서 완벽하게 지운다는 것은

헛된 망상일지도 모른다는 생각이 들었다. 그런 생각 자체
가 업장의 깊은 구름이었다.

석지심이 끔찍한 소식을 들은 것은 돈황을 떠나 장안으
로 들어갈 준비를 하던 무렵이었다. 돈황 석굴사원에서 머
무는 동안 석지심은 글을 쓰는 데 심혈을 다 기울였다. 자
기가 방황하고 떠돌던 나라들에 대해 기록해놓은 두루마
리를 펼칠 때마다 종잇장을 따라 쓰라린 후회도 일고, 연향
을 더불은 향기가 일렁였다. 아무 잡념 없이 일을 할 수 있
었다. 석불사 안에서 도를 깨달은 선지식들의 공덕이 그렇
게 피어나는 것이려니 했다. 뒤에 누군가 자신의 글을 발견
하는 이가 있어서, 자신의 행로를 들춰보며 도를 구하는 여
행, 해탈을 위한 여행이 어떤 것인지를 조금이나마 거들떠
봐준다면 자그마한 보시는 될 거란 생각이 들었다. 그러나
그게 자만이라는 뉘우침이 마음속 저 아래 깊은 데서 솟아
올랐다. 강국(사마르칸트)에서 종이를 사지만 않았어도, 기
록을 남기지 못했을 수도 있었다. 종이를 사서 기록을 남기
겠다던 발심은 분명 탐심이었다.

치웅이 기장녀에게 수작을 부리다가 부친 석연단에게 발
각되었고, 둘이 칼을 휘두르며 싸움을 벌였다. 건방지게
남의 일에 간섭을 한다는 게 치웅의 반발이었다. 석지심은

부친이 무쇠막에서 칼을 만들곤 했다는 것을 알고 있었다. 다른 일을 마치고는 밤을 도와 칼을 만들어 광 한구석에다가 차곡차곡 정리해두었다. 석지심은 이따금 부친을 도와 칼집을 만들기도 했다. 어디에 쓰려고 칼을 이렇게 많이 만듭니까? 석지심이 부친 석연단에게 물었다. 하늘이 갈라지는 날이 오면 쓸 기회가 있을 것이다. 석연단은 그 말을 하고는 몸을 가볍게 떨었다. 하늘이 갈라지는 날이라니…… 석지심은 부친의 그 말을 이해할 수 없었다. 다만 등에 땀이 배도록 두려웠다. 한데 하늘이 갈라지기 전에 부친 석연단이 칼을 쓸 날이 와버렸다.

치웅과 석연단이 칼싸움을 벌였다. 결국 치웅이 석연단을 살해하고 말았다. 치웅은 석연단을 죽인 죄로 잡혀서 처형되었다. 가슴을 찢어내는 소식이었다. 얼마 전에 계림에서 돈황의 석굴사원을 찾아온 젊은 학승, 각명이라는 이가 전하는 이야기였다. 각명(角鳴)이라는 이름으로 보아 신라 진골 출신의 청년이었다. 치웅은 수수녀를 덮치고 나서도 계림의 아녀자를 탐하고 돌아다녔다. 수수녀는 기장녀의 고종사촌 동생이었다. 석지심은 하늘을 향해 꺼이꺼이 울음을 토해냈다.

자기가 기록해놓은 책이며, 그 초고를 썼던 종이를 한아름 안고 나와 마당에 쌓아놓고는 불을 붙였다. 초고를 썼던 종이들부터 타들어가기 시작했다. 그사이 석지심은 헛간에 들어가 장작을 한 다발 안고 나왔다. 장작에 불이 붙으면 그 위에 올라가 함께 타버릴 작정이었다. 자기를 지우는 일은, 몸을 태워 한 줌 재로 만드는 분신 말고는 현실적으로 다른 방법이 없었다. 그만! 각명이 달려들어 석지심을 땅바닥에 메꽂았다. 그 바람에 석지심이 나가떨어지면서 땅바닥에 굴렀다. 어리석긴, 몸이 있어야 염불도 하지. 그 장면을 빠끔히 바라보고 있던 상좌 아이가 막 불길을 먹어 들어가는 책을 들고 마당을 벗어나 문밖으로 사라졌다.

소나기가 땅바닥에 물보라를 피워 올리면서 지나갔다. 30년 만에 처음 흠뻑 쏟아지는 소나기였다. 석지심과 각명이 얼싸안았던 팔을 풀고 하늘을 향해 손을 모았다. 번개가 석굴 언덕 머리를 지지고 지나갔다. 석지심과 각명의 얼굴로 빗물이 줄기 지어 흘러내렸다. 석지심이 썼던 초고 뭉텅이가 반은 타고 반은 비에 젖으면서 연기인지 김인지, 산자락 감싸는 이내처럼 희부연 연무에 휘감기고 있었다. (끝)

원고 뒤에 편선지 한 장이 더 붙어 있었다. 확신은 없었지만 장장숙에게 어떤 메시지를 받고 싶다는 암시 같기도 했다. 장장숙은 원고를 덮고는, 그 글 속에 자기의 그림자도 일부 어른거리는 것 같은 착각에 빠졌다. 장장숙 자신의 생애를 미루어 짐작할 수 있는 대목도 있었고, 장려화가 까짓거 핏줄이 뭐냐는 듯이 달려들었다가, 나가떨어지고는 아무 부담 없이 살자는 식으로 미국으로 도망친 것 하며, 뒤에 만날 수 있을 것처럼 이야기가 전개되다가 못 만나고, 정작 만나서는 할 이야기가 없는, 다소 유행가 투의 사건 전개가 자기와 장려화의 관계를 담고 있는 게 아닌가, 그런 생각을 불러왔다.

누가 보는지도 모르는 텔레비전이 혼자 떠들어댔다. 심야 뉴스에서는 진주 세종병원 환자 가운데, 사망자가 늘어나고 있다는 내용을 전하고 있었다. 제천 체육시설에 불이 나서 서른이 넘는 사람들이 불에 타 죽는 참사를 당한 지 한 달이 안 되어가지고 이런 사고가 연달아 일어나는 것은, 국가의 총체적 위기관리능력을 시험당하고 있는 것입니다. 패널로 나와 앉은 비상대학교 경찰학과 교수는 목청을 높이다가 기침을 해댔다. 우리는 위험공화국에서 통닭구이를 당하고 있습니다. 아, 다른 속보가 전해지고 있습니다. 미국 트럼프 대통령은 코피작전, 블러디 앤드 노스로 북한을 견제하고자 하는 정책을 펴고 있습니다. 한마디로 북한이 코피 터지는 꼴을 보아야 정신을 차린다는 뜻입니다. 작전 이름이라지만, 참수작전에 버금가는 끔찍한 이미지를 환기하는 말이었다. 장장숙은 모친 신지미에게 전화를 했다.

노상 이렇게 늦은 시간에만 전화하기냐? 들이받는 투였다. 장장숙은 멈칫하다가는, 사우나탕에 화재 안전시설은 잘되어 있는가 걱정이 되어 전화했습니다. 또박또박 이야기했다. 니 아버지는? 신지미가 물었다. 주무세요. 장장숙의 대답. 참

속도 편하다. 남편이 편하니까 자기는 불편하다는 것인지, 속
편한 사람들 가운데 있으니 자기도 속이 편하다는 것인지 목
소리만으론 속내를 알 수 없는 어투였다. 걱정하지 말고 잘
올라가고, 네 남편 잘 정성스럽게 대해줘라. 장장숙은 뭔 소
린가 어벙벙해졌다.

별별 소리 다들 해도 사람은 어삼만 그 사람이 제일이다.
모친의 말에 장장숙은 귀에 쥐가 나는 것처럼 찌르르했다. 나
는 너희 아버지, 사람이 찬바람이 돌고, 건성건성 하는 데 질
렸다. 장장숙은 입을 다물었다. 어삼만 씨 거기 가 있어요?
장장숙의 짐작이었다. 그래, 내 팔 빠졌던 데 마사지하고 있
다. 어삼만이, 왜? 왜 거기 가서 엄마한테…… 마사지를 해?
장장숙은 어삼만의 뒷주머니에서 나왔던 콘돔을 떠올렸다.
우멍한 인간…… 무슨 얘기들이 그렇게 길다냐? 전화 소리
에 잠이 깬 부친 장동건이 불만스레 말했다. 장장숙은 잠시
눈을 감았다.

기러기 소리 같기도 하고 목선의 노를 젓는 소리 같기도
한, 습하고 삐걱거리는 마찰음이 창을 넘어 들려왔다. 장장숙
은 핸드폰을 들고 복도로 나왔다. 장장숙은 자기의 결단을 요
하는 상황이 아주 조밀하게 엮여가고 있다는 생각을 했다. 사
마르칸트에 간다면 전주에서 공부하는 한지 만드는 일로 자
기 몫을 할 수 있을 것 같았다. 한편으로 걱정거리가 있었다.
장려화가 어삼만과 함께 사마르칸트에 가서 같은 직장에서

함께 일한다면…… 생각은 거기서 멈췄다. 더 진전이 안 되었다.

장려화에게서 문자가 왔다. 내 소설 제목을 뭐라 하면 좋겠는지 고견을…… 부탁함. 장장숙은 떠돌이의 사랑, 길 위의 사랑, 피안의 불빛…… 그런 제목을 떠올려보았다. 무슨 제목을 붙이더라도 그것은 자신에 대한 장려화의 사랑과는 거리가 아스라이 멀었다.

그러지 말고 우리 만나면 안 될까? 나, 장려화 보고 싶은데. 그것은 장장숙의 진정이 담긴 속마음이었다. 만나서 애 만들려고? 장려화의 그 한마디는 느끼한 기름기가 배어 있었다. 소설은 근사하게 썼던데 아직도 그런 생각이나 해? 어른들 일이나 해결되면 만나자구. 장려화의 현실성 있는 제안이었다. 사마르칸트는 어삼만 혼자 가게 하고, 자기는 한국에 남고 싶었다. 단지 그런 심정이 아니라 결단이었다. 원고는 가지고 가기 바람. 장려화의 문자였다. 앞뒤로 아무 말이 없었다. 온전히 자기에게 맡긴다는 뜻으로 장장숙은 그 문자를 읽었다. 아릿하던 눈이 촉촉이 젖어왔다.

장장숙은, 날이 새면 부친을 모시고 어머니를 뵈러 가야겠다고 마음을 다졌다. 또 한차례 기러기 소리가 지나갔다. 장장숙은 창을 열었다. 월식이 있어서 달이 짙은 그림자로 반쯤 먹어 들어가는 중이었다.

서울, 혜초와 오늘

우한용

　오랜만에 장편소설을 하나 마무리한 현장은 대학 동창들의 근황이 궁금해졌다. 만나는 김에 자기 작품에 대해서 이야기 좀 해달라는 부탁을 해놓고, 현장은 고심이 많았다. 현장은 자기가 근간 마무리한 소설《심복사》를 읽고 진솔한 평을 해달라면서 친구들을 불렀다. 그러면서도 생각은 누적되고 중첩되어 고심을 더하게 되었다. 그 자리는 친구들 이야기를 듣는다지만, 내용으로는 자기의 작업을 돌아보는 자성의 자리였다. 자성이라는 게 가시방석을 골라 앉는 짓이 아니던가.

　한 인간이 생애 전체를 털어 넣은 일이라면, 누구라도 그 앞에서 모자를 벗어야 하리라. 그러나 본인이 자기 일을 두고 그런 이야기를 한다면 빙충이 취급을 당할 게 뻔하다. 현장은 소설계에서 자기 위치가 어딘가를 이따금 생각하곤 했다. 자기 위치를 확인하는 일은, 삶의 자세를 가다듬는 데 유용한 지렛대였다. 그런데 '제4차 산업혁명'이라는, 그로서는 도무지 감당이 안 되는 사태 앞에서는 자기확인이니 뭐니 하는 건, 아무래도 갈피가 잡히지 않는 일이었다. 아무튼, 현장은 30년 넘게 소설을 썼다. 안정된 직장에서 일했기 때문에 소설로 밥벌이를 해야 하는 고단한 생애는 아니었다. 그러니 소설에 생애 전체를 털어 넣거나 바쳤다고 나서기는 망설여 졌다. 대신 문학에 대해 과장하지 않는 자세는 견지하며 살았 노라고 자부했다. 과장하지 않는다는 것이 곧 산문정신이라 면서, 혼자서 냉연한 미소를 머금기도 했다. 포스트 휴먼을 이야기하는 시대, 인공지능이 소설을 쓴다는 시대에 산문이 니 운문이니 하는 분류법을 고수하는 것은 사실 우스운 일이 었다. 인공지능 영토에는 리얼리즘이 없었다. 침묵하는 코퍼 스와, 약간의 풍자, 데자뷔 닮은 패러디만 남아 있을 뿐이었 다. 한편에서는 언어의 포틀래치로 넘쳐나는 상황이 바야흐 로 연출되었다.

현실은 간단하게 설명되지 않았다. 죽을 맛이었다. 이전부 터 달고 다니던 신앙이라는 레이블 덕에 '아버지'를 찾았다. 아버지는 '그럼에도 불구하고'였다. 그것은 그의 쓸데없는 언 어상식으로 '아버 지'였던 것이다. '그럼에도 불구하고'라는 독일어 단어, 발음이 '아버 지'인 aber Sie 그게 떠오르는 것이 었다. 그럼에도 당신, 그대…… 대상을 설정하지 않고는 자 기가 도무지 자기가 아니었다. '아버'라는 말은 그 자체가 모순이었다. '에델, 아버 아름'이라는 말도 떠올랐다. '가난하지만 품격 있게'라는 뜻의 독일어 관용어 그게 'edel, aber arm'이라는 것이었다. 고귀함과 가난함이 늘 맞물려 있는 존재. 고귀함은 입맛이 당겼으나 가난은 그를 진저리치게 했다.

왜 남에게, 그리고 자신에게 긍정적으로 다감하게 다가가지 못하는가, 핀잔하는 이들이 있다는 것을 현장은 잘 알았다. 그런 위로는 위안 로봇한테나 구할 덕목이었다. 삶과 글은 같은 길이 아니었다. 현장이 산문을 강조할수록 세상을 바라보는 시각은 애증을 벗어나 싸늘하게 가라앉았다. 열기 없는 백색광이었다. 혹자는 그것을 두고 정신적 성장이라 할지 모르지만.

그 성장이라는 것이 해괴했다. 인간과 인간 아닌 것의 경계를 지워갔다. 그래서 사람이 인형, 아니 로봇을 가지고 놀다가 사랑에 빠지기도 했다. 로봇을 사랑하다니…… 따지고 보면 그런 선례는 일찍이 피그말리온 신화에서 실마리를 내미는 것이었다. 사이버 섹스의 시대가 오면, 자식 혼사 늦어진다고 한숨 푹푹 내쉴 이유가 없어지는 게 아닌가 싶었다. 그러나 사이버 섹스는 지구의 종말을 예언하는 불길한 징조이기도 했다. 생명의 탄생이나 임신과는 아무 연이 닿질 않는 자위행위 같은 짓.

농업, 기계, 전기, 컴퓨터 등을 거쳐 드디어 도달한 제4차 산업혁명, 그 속에서 인간이 어떻게 달라질 것인가. 그리고 인간의 언어는 어떻게 달라질까, 언어로 운용되는 서사는 어떻게 모양을 달리할 것인가…… 별로 달라질 것이 없을 듯했다. 인공지능, 클라우드 시스템, 로봇, 자율자동차, 드론, 그런 물건들로 세상이 가득하게 된다고 해도 인간, 그것은 완악스럽게 이전 살던 방식을 고수할 것이란 생각이 드는 것이었다. 좀 낡은 용어로, 디지털 디바이스가 심화될 게 뻔했다. 아예 종족이 달리 규정될지도 모를 일이었다. 새로운 양분법, 디지털 양반과 아날로그 상놈의 세상이 되는 게 아닌가 두려웠다. 인간도 달라질까?

혁명 가운데 자기혁명이 가장 어렵다. 현장은 30년 해오던 버릇대로 낡은 장르관습에 따라 '글쓰기'라는 걸 했다. 자기혁명을 어떻게 수행할 것인가. 방법론이 막혀 있는 셈이었다. 소설은 늘 새로워야 한다면서 써놓고 보면 낡은 양식에 안주하는 자신을 확인하게 되었다.

얼마 전, 정확히 말하자면 2018년 11월 22일, 현장은 《심복사(深福寺)》라는 장편소설을 하나 완성했다. 완성했다기보다는 더는 손질할 여력이 남아 있지 않아 손을 털었다. 처음에는 신라 구법승 혜초를 실명으로 내세워 그의 행적을 소설로 쓸 생각이었다. 그러나 그런 작업은 여러 학자와 작가들이 해놓은 터라서 현장은 '석지심'이라는 가공의 인물을 내세워 소설을 구성했다. 신라 석씨 왕의 계보가 있는 터라 그 후예로 석지심을 내세웠지만, 양식 있는 독자라면 누구라도 아,

이게 혜초 이야기! 라고 인식할 코드들이 잔뜩 들어 있는 텍스트를 얽어놓은 것이었다.

그 소설을 한 학기 동안 서랍에 넣어두었었다. 발표에 자신이 없었기 때문이었다. 발표라는 게 무엇인가? 그동안 그가 해오던 발표라는 것은 이른바 학회에서 논문을 발표하는 것이었다. 그런데 소설 판은 학회와 다른 '문단'이라는 집단이 있고, 거기서 운영하는 잡지라는 매체가 있어서, 그 잡지에 작품을 올리는 걸 '발표'라 했다. 그리고 비평가라는 이들이 있어서, 그 작품에 대해 설명하고 평가하는 과정을 통해 작품이 생기가 돌아 살기도 하고, 맞아 죽기도 했다. 심지어 무관심 속에 스스로 자멸하는 경우도 있었다. 남한테, 말하자면 공적으로 이미 죽임을 당했는데, 자기 말고 소설 제대로 쓰는 자 누구냐고 설치는 작가도 있었다. 그런 가련하고 안쓰러운 문인들이 로봇 공장 울타리 근처에서 굶은 개처럼 어슬렁대는 꼴은 차마 못 보겠노라고, 그런 허울은 벗어나야 한다고 자기 다짐을 두곤 했다. 해서 현장은 공부하는 작가라는 고단한 길을 가보겠다고 스스로 선택했다.

그런데 소설이라는 게 언어의 혼신(魂神)을 지닌 물건이라서, 갇혀 지내는 상황에 대한 적응력이 도무지 없는 것이었다. 이른바 소통의 욕구를 접어둘 줄을 몰랐다. 아무래도 누군가 자기 작품을 읽어주어야, 소통도 못 하고 죽은 넋이 되어 해코지를 하고 돌아다니지는 않겠다는 생각이 들었다. 그것은 텍스트의 욕구가 아니라 작가의 욕망이었다. 사실 텍스트와 작가는 분리되는 듯, 갈라지지 않는 존재였다.

누군가 자기 작품을 읽어주어야 숨 쉬고 살겠다는 생각으로 '소설의 숲'이라는 잡지 발행인이자 비평가인 이도곤 형에게 일별해달라고 원고를 보냈다. 그 후 여름 한 철이 훌쩍 지나갔다. 바쁜 양반에게 소설 읽어달라는 염치없는 짓을 했다고 후회를 되새김하고 있을 즈음이었다. 이도곤 형을 만날 기회가 있었다. '버닝썬' 같은 데는 출입이 통제되기라도 한 듯 탁주 두어 되는 권커니 잣커니를 했다. 그것은 제4차 산업혁명과는 거리가 아득히 먼, 원시적인 소통행태며 언어관행이기도 했다.

그 유명짜한 왕희지의 〈난정서(蘭亭敍)〉라는 글도 문인학자들이 난정에 모여 술추렴을 하면서 담론한 이야기를 쓴 게 아니던가. 술 마시는 로봇? 로봇이 칵테일도 만들어주고, 그 술에 어울리는 음악도 골라 연주해줄 수 있을 것이다. 그런데 술 취하는 그 본원적 심적 소용돌이를 감당할 수 있을 것인가, 그런 생각을 하면서 술 마시기야말로 가장 인간적인, 따라서 낡은 소통의 방법이라는 생각에 빠져 있었다.

현장 선생, 대단한 거 하나 건지셨습디다. 시대 정황을 적실하게 드러냈고, 인물도 개성이 살아 있고, 다문화 시대에 떠억하니 추켜들 만한 작품입디다. 저어 뭐시냐, 일본에는 《금각사》가 있고, 한국에는 《심복사》가 있다. 말하자면 그렇게 맞세울 만한 작품이라니까요. 이도곤 형은 주기가 올라 벌건 얼굴에 웃음을 가득 띠고 현장을 추켜세웠다.

귀가 여린 현장은, 정말입니까? 그렇게 어리뺑뺑해 앉아 있었는데, 이도곤 형이 비평의식을 발동하고 나섰다. 디테일을 손보아야 하겠다는 것이었다. 그야 여부가 있겠습니까 그렇게 하지요, 하고는 시한을 연말로 못 박았다. 그게 백 년 만의 더위라는 2018년 8월, 처서 날이었다. 처서라면 더위 물러간다는 절후인데, 땀 들이고 작품 손질을 해야겠다고 마음을 다졌다. 남에게 인정받는다는 게 이런 거로구나, 하면서 '인정투쟁(Anerkennungskampf)'이라는 헤겔의 개념을 상기했다. 자기 자신이 자기를 세워나가는 고투는 남의 시선을 훤칠하게 벗어나는 게 아니었다.

일을 앞두고 해찰하는 버릇이 고질이 되어버린 현장은 이번도 예외가 아니었다. 《심복사》 손질할 원고를 책상에 쌓아둔 채 헤매고 다녔다. 《검은 소》라는 시집을 내고, 소설집 《아무도, 그가 살아 돌아오리라고 기대하지 않았다》라는 초교 교정에 시간을 나눠 써야 했다. 소설집 표지며 내지에 들어갈 사진을 챙기느라고 코가 빠질 지경이었다. 현장은 자기 서사를 가지런히 만들어가는 데 별다른 재주가 없었다. 이는 일과 놀이를 뒤섞어 지내는 그의 라이프 스타일이기도 했다. 경계가 모호한 현장의 라이프 스타일은 문학의 장르와 연관해서도 마찬가지였다.

허구와 사실을 혼동하는 것이 정신병의 초기 양상이라는 것을, 현장은 잘 알고 있었다. 허구 서사와 역사 서사 혹은 생활 서사를 같은 차원에 놓고 전개하는 것은 사실 위험한 일이다. 그러나 어떤 일을 도모하는 모든 행위는 허구적 상상력을 바탕으로 하는 게 아닌가. 기도(企圖)와 기도(祈禱)는 말소리도 같지만, 똑같이 무언가 새로운 것을 모색하는 일이다. 과거를 잊고자 기도하는 것 또한 역사 서사를 해석된 서사로 전환하는 일이 아니던가. 인간을 상징적 존재로 규정하는 에른스트 카시러의 논리를 현장이 순순하게 수용하는 까닭은, 인간의 심적 세계는 사실과 허구가 맞물려 돌아간다는 데 시각을 두고 있기 때문이었다.

아무튼 현장이 《심복사》 수정 작업에 몰두할 수 있었던 것은 10월에 들어서였다. 말이 수정이지, 수정이라는 게 다시 쓰는 것만큼이나 뼛심이 드는 작업이었다. 현장은 문예지라는 데 작품을 발표했더라면, 수정 작업이 한결 쉬울 것이라는 생각을 거듭했다. 그러나 때늦은 후회였다.

단행본으로 내기 전에 문예지에 발표할 기회는 없었다. 장편을 실어줄 만큼 지면이 널널한 잡지는 눈 씻고 찾아도 나타나지 않았다. 그렇다고 비평가를 선정해서 작품을 읽고 '해설'이라는 글을 써달라 하기는 여러 가지로 조심스러웠다. 현장의 낯가림이 가장 큰 원인이지만, 제4차 산업혁명 시대가 와도 개인의 심리 내면을 모두 통제하는 것은 불가능하다는 어리숙한 생각 때문이기도 했다. 그것은 곧 나와 남, 자아와 타자의 문제로 전환되는 그런 과제였다. 아직도 낯가림을 하는 현장에게 문학적 소통을 더욱 가열차게 해나가라는 이야기는 실로 난감한 과제였다.

현장이 고심 끝에 생각해낸 것이 최근까지 교류를 이어온 친구들에게 원고를 전해주고 함께 만나 이야기를 나누자는 것이었다. 그걸로 그 흔한 '해설'을 대신하고 싶었다. 말하자면 부담 없이 이야기하는 방담(放談)이었다. 방담은 옭아 넣었던 말을 풀어준다는 의미이기도 했다. 말을 풀어준다는 것, 그것은 '임금님 귀는 당나귀 귀'라는 금기 위반 설화와 구조적 동일성을 지니는 일이었다. 자기 내면을 공개하는 위험을 동반한 모험이었다. 위험 부담이 있는 만큼 일이 성사되면 한 단계, 존재의 상승을 기할 수 있는 도전이 되지 싶었다. 친구 관계를 지속하는 데 모험이란 용납되지 않는 일인지도 모른다. 가치 있는 말은 일상적으로 규정되는 관습을 깨는 단호함이 있어야 하는 터. 그러나 친구는 그러한 대상이 되기에는 근원적 한계가 있었다. 친밀성은 논리를 거부하는 속성이 있기 때문이었다.

현장은 자기 친구들 가운데 비평가 오후평, 시인 진시형, 수필가 인혜수, 그렇게 장르를 안배해서 사람을 골랐다. 골랐다기보다는 현장이 사귀는 문우들의 범위 안에서 편하게 사람을 부른 셈이었다. 현장 자신은 밥이라도 사야 하니까 같이 참여해서 이야기를 듣기로 했다. 작가를 면전에 두고 이야기가 자유로울까 멈칫하다가, 친구들인데 아무려면 어떨까, 그렇게 능치면서 동석하기로 작정했다.

모임에서 현장 자신은 아무 말도 안 할 다짐을 두었다. 전에 소설집을 내면서 책 뒤에다가 '좌담'을 실었던 적이 있었다. 작가는 함께 공부한 사람들이라고 참여자를 소개했다. 하지만 다른 사람들이 보면 제자들 불러다가 '현비어천가' 부르라는 거 아니냐, 비난할 것 같아 사뭇 조심스러웠다. 그러나 평소에 공부하는 길에서 "나를 따라 하지 마라" 그렇게 이야기하곤 했던 터라 아부성 발언은 자제할 것으로 믿었다. 또한 자기 나름으로 일가를 이룬 사람들이라 할 이야기 못 할 바는 아니라는 생각으로, 슬그머니 능치기로 작정했다.

기대와는 좀 달랐다. 아무래도 날카로운 비판에는 한계가 있었다. 허나 달리 생각하면 인간이 수행하는 언어 행위 가운데 남 앞에서 완전히 자유로운 게 있을까 싶은 생각도 들었다. 문학이든 학문이든, 그가 운용하는 언어의 한계 안에서 그 한계를 극복하기 위한 인간적 추구, 그게 인간의 언어 행위 아닌가 싶었다. 언어 행위가 삶의 실체라는 게 현장의 주장이었다. 물론 제4차 산업혁명 시대에도 언어 행위가 현재 진행되는 언어 행위와 달라지지 않을 것인가, 그건 추정이 불가능한 과제였다.

로즈마리 호텔에서 친구들을 만나기로 했다. 먹고 마시는 데 선택이 자유로운 시설이었다. 이른바 뷔페를 운영했고, 주류도 다양하게 준비되어 있었다. 술? 그건 실제와 상상 사이를 오가는 기호론적 위상이 특이한 물건이었다. 주종과 마시는 방법이며 안줏거리는 계급과 이념을 동반하는 것이었다. 박 아무개 대통령은 농부들과 막걸리 마시면서 파안대소했고, 부하들과 시바스 리갈 마시는 중에 총을 맞아 절명했다. 제4차 산업혁명 시대에 음주는 어떤 문화론적 의미를 지닐 것인가. 현장은 수첩에다가 '제4차 산업혁명 시대의 음주 기호론'이라고 적어놓았다. 현장은 약속 시간보다 30분 먼저 나가 기다리고 있었다.

현장은 자리에 앉자마자 핸드폰을 열어 캘린더를 확인했다. 2018년 11월 22일, 절후로 소설이었다. 절후야 소설(小雪)이지만 소설(小說)과 동음이의어였다. 옅은 웃음이 배어나왔다. 속으로 말장난을 하는 자신이 우스웠다. 조건 달지 말고, 그날이 '소설'이니 소설 이야기하기 적격이라는 주관적 발상이, 그날의 운세인 셈이었다. 운세, 운명, 숙명, 팔자, 사주, 그런 단어는 산문에서 몰아내야 한다는 생각을 했다. 그런데 마치 그날의 운세가 그렇기라도 하듯 아귀가 맞아 돌아갔다. 글에서 운명을 이야기하기 잘하는 수필가가 가장 먼저 나타난 것이다.

수필가 혜수가 아이보리색 코트를 걸치고 홀 안으로 들어왔다. 현장이 일어서서 자리를 권했다. 혜수는 현장에게 손을 내밀어 악수를 청했다. 현장 선생, 어떻게 그렇게 글을 많이 써요? 혜수는 악수하느라고 잡은 손을 놓지 않은 채, 현장을 해맑은 눈으로 올려다보았다. 다른 일 않다 보니 시간이 여유가 생기네. 그래도 대단해요. 원고지로 하면 대략 천 장 정도 되지 않나요. 이 손으로 그렇게 많이 쓰신단 말이지, 부럽네. 수필가들은 이야기 길게 전개하는 분들 보면 주눅이 들거든. 난 글의 부스러기 줍는달까, 내 이름 혜수를 낙수(落穗), 밀레의 그림처럼, 그 이삭줍기로 고쳐야 할 모양이에요, 그렇게 한참 늘어놓다가, 혜수는 현장의 손에서 진땀이 날 때가 되어서야 손을 놓았다.

뭘 좀 마시지. 난 딸기 스무디로 할래요. 전에는 블랙 러시 안 좋아했던 거 같은데…… 내 입맛까지 어떻게 기억해요? 그런 정도 기억력은 있어야 소설 쓰지. 핑크빛 거품이 잔가에 흘러내릴 듯 멈춰 있는 스무디 잔에다가 스트로를 꽂고, 천천히 빨아먹는 입술이 상당히 감각적이었다. 커피잔을 들고 넋을 놓고 있는 현장에게 혜수가 말했다.

말이지요, 현장 선생 소설에서 작중인물 석지심이 혜초인 셈이지요? 천삼백 년 전 사람 이야기를 어떻게 소설로 쓴대요? 현장은 그렇지 않아도 너무 오래된 소재 아닌가 하는 의문을 떨치지 못한 채 글을 썼다. 현장이 잠시 멈칫거리고 있는 사이 혜수가 말을 이어갔다. 뭐랄까, 이미지의 동시성, 시

뮐타네이테(la simultanéité)는 영상기술의 발달로 아주 쉽게 실현되었다. 신라 시대의 일이 지금 서울에서 일어나는 게 가능해지면 이른바 역사적 과거라는 개념은 다시 규정되어야 하는 형편이 되었다. 하긴 원효가 같은 시간에 서라벌과 대구 팔공산에 동시 출현했다는 이야기를 《삼국유사》 어디에서든가, 읽은 기억이 났다.

어느 시대든지 그 시대 사람들 삶의 디테일이 재구성될 만큼 충분한 자료가 없으면 소설 못 쓰는 거 아닌가? 맞는 말이었다. 근대소설이라면 의당 그러한 조건을 갖추어야 하는 것일 터였다. 그러나 그건 학자들의 근대소설에 대한 규정이 그런 것일 뿐 아닌가 하는 생각도 들었다. 현장이 쓴 소설은 신라 석씨 왕손 석지심의 이야기이기도 하고, 우리 시대의 장장숙과 장려화, 그리고 아랍계 인도인 어삼만의 이야기였다. 어떤 고고학자가 성배를 찾아 나서는 이야기를 소설로 쓴다면, 성배야 이천 년 전 소재지만, 고고학자는 동시대 인물이고, 따라서 현대소설로 분류될 터. 〈인디아나 존스〉가 적실한 예.

맞는 말이라면서, 거기다가 이의를 달기는 조심스러운 구석이 있었다. 현장은 목소리를 낮추어 말했다. 《심복사》는 신라 시대 낙후한 왕족 석지심의 이야기이기도 하고, 제목 없는 소설을 쓰는 장려화의 이야기이기도 되는 거잖던가? 그렇게 볼 수도 있겠네. 아니, 독자는 소설의 내용이라 하는 내화(內話)에 집중하지 누가 외화(外話)에 정신을 쏟겠어요? 읽는 동안 내내 혼란이 오더라구. 현장은 정확히 그렇게 의도한 것은 아니지만, 혼란을 스스로 시도한 것인지도 모른다면서 자기합리화를 하고 있었다.

현장 선생의 《심복사》를 읽으면서, 신은 디테일 속에 있다는 생각이 나더라니까. 서사적 세목, 말하자면 내러티브 디테일, 거기 충실하지 못한 소설은, 뭐랄까 좀 그렇지 않아? 소설적 형상화가 안 된다고 할까. 아무튼 수필로서는 다가가기 어려운 게 서사적 세목인 것 같아. 어느 사이 혜수는 소설과 수필의 양식적 차이를 이야기하고 있었다. 그것은 현장이 꼭 들어야 하는 이야기는 아니었다. 아니, 현장은 그러한 구분을 거부하고 있는 중이었다.

"악마는 디테일 속에 산다", 그런 말도 있지 않나? 어떻게 알아들은 것인지 혜수는 고개를 까닥거렸다. 캐시미어 티셔츠 위로 솟아난 목 위로 머리카락이 사슬사슬 흩어져 있는 게 현장의 눈길을 사로잡았다. 손으로 쓸어 올려주고 싶은 생각을 누르고, 아니지, 하면서 물러섰다. 둘이는 대학 다니면서 한때 연애감정으로 다가서기도 했던 사이였다. 사이버 러브? 그런 말도 있을 듯했다.

그런데 좀 뭣한 얘기지만, 제4차 산업혁명 시대에 소설이 살아남겠어? 혜수가 따지듯이 물었다. 수필은 살아남아 흥성하고? 현장이 받았다. 수필도 마찬가지지요, 아니면 수필만 남고 시도 소설도, 논설도 사라지지 않을까…… 혜수가 목청을 낮추었다. 현장은 왜 그러냐는 듯이, 눈을 똑바로 뜨고 혜수를 쳐다봤다. 수필은 글쓰기의 원형이니까. 수필 속에는 시도, 드라마도, 철학도, 뭣도 뭣도 다 들어올 수 있잖아? 말하자면 장르가 해체될 거라는 생각인데, 원형적인 구분이야 가능하겠지. 이야기와 이야기 아닌 것, 그런 정도의 구분은 계속될 테니까. 현장은 전에 《검은 소》라는 시집을 내면서 시 쓰는 행위와 나아가 시 작품도 서사의 한 유형이라는 주장을 했던 걸 되짚어 생각했다. 말은 인간 행위의 한 양상이고, 시간적 조건을 벗어날 수 없는, 진행상으로 실연되는 것이기 때문에 말로 하는 모든 행위는 서사성을 띤다는 게 현장의 주장인 셈이었다.

스마트폰 에세이를 기획하고 있는데, 될 거 같아? 혜수가 물었다. 현장은 가타부타 이야기를 하지 않았다. 제4차 산업혁명이라는 말이 목을 죄었다. 말을 부려 생애를 도모한 현장으로서는 자기가 죽은 다음에 남는 게 있다면, 자기가 뿌려놓은 말 몇 마디뿐일 거라고, 허전한 생각을 하곤 했다. 혜초의 생애가 재구성될 수 있는 것은 그가 남겨놓은 말 몇 마디 때문에 가능한 것 아닌가. 혜수가 스마트폰을 들여다보고 있는 사이 현장은 현실적인 문제를 생각하고 있었다.

12월 13일, '제4차 산업혁명 시대 내러티브의 미래'라는 강연 일정이 잡혀 있었다. 불과 20여 일 시간이 남아 있을 뿐이었다. 이런 번거로운 절차를 거치지 말고, 원고 그대로 출판사에 넘기고 교정을 하는 과정에서 손볼 데는 손을 보는 걸로 하는 게 좋지 않았을까 하는 후회도 들었다. 현장이 생각의 딴 길로 들어서고 있을 무렵이었다.

거어, 그림 좋다, 남녀 둘이 앉아, 무슨 이야기가 그렇게 진지하셔? 비평가 후평이 테이블로 다가서면서 비아냥거렸다. 심정 건들지 말고 차나 시키셔. 현장이 차 주문을 권하는 사이 후평은 혜수와 비주 인사를 하는 중이었다. 인사가 끝나고 의자에 앉자, 현장이 후평에게 물었다. 차는? 요새는 커피 마시면 잠이 안 와서, 말야…… 나, 대추차 하나 주문해주시지. 현장은 후평이 언제부터 몸 생각을 하게 되었나, 그렇다면 쌍화차를 시킬 걸 그랬나 물으려다가 후평의 의견을 순순히 따르기로 했다. 제4차 산업혁명 시대에 사람들의 입맛은 어떻게 변할까? 사이버 음료, 그런 상품이 시중에 나올까? 혀를 수술해서 쓴맛을 느끼는 미뢰(味蕾)를 제거해버리면 세상에 단맛만 남을까? 감각의 상실…… 언어 감각의 휘발…….

현장거사, 말야, 원고 읽으라고 보내준 그 소설, 양이 좀 빈약하지 않아? 말하자면 경장편인데, 경장편 그게 가벼운 장편이란 뜻이지 않나. 가벼우면 날아가버리기 쉽지 않아? 현장 당신은 무게 잡는 데 일가견 있는 이가, 소설집, 시집, 가릴 것 없이 소설론을 길게 써서 독자 질리게 하는 양반이, 이번에는 가볍게 치고 나가자고 작정한 모양인데, 그게 잘 될까. 장르를 자기가 만든다는 건 월권이거나 바보짓 아닌가 모르겠네. 장르라는 게 관습 아닌가. 비평가가 그렇게 문제를 제기하는 것은 의당 그럴 만하다는 생각도 들었다. 그런 생각을 굴리고 있는 중인데 혜수가 나섰다.

안 그럴 거 같아요. 수필이 문학 대접을 받기까지는 오랜 시간이 걸렸단 건 잘 알잖아. 그러나 그 시작은 개인에서 비롯되었지. 경장편은 이미 보편화되어 있잖나 싶은데. 평론가가 문학판의 그런 현실도 모르는가 하는 의혹이 담긴 어투였다. 이어지는 이야기는 논리가 안 섰다. 수필에도 경수필이 있잖아. 후평이 킬킬거리며 웃었다. 되잖는 소리 하지 말라는 투였다. 물론 중수필에 대립하는 용어로 쓰는 것이기 때문에 그렇긴 하지만, 소설에서도 무게 나가는 본격적인 장편이 있고, 좀 짧고 가벼운 터치로 진행하는 경장편이 있을 수 있지 않나 싶어서 하는 소린데…… 혜수가 말을 멈칫하는 사이 후평이 끼어들었다. 소설가 옹호해봤자 수필가에게 득 될 일이 뭐 있을까. 후평이 현장과 혜수 양편을 번갈아 쳐다봤다.

그래도 소설이라는 거, 소설가라는 그거 대단하다구. 민족의 언어를 지키는 민족언어 파수꾼 같은 게 소설가잖아? 조금 먼저 왔다구 그사이 소설가에게 폭 빠진 거 같아. 시인 아직 안 왔으니 말인데, 시를 가지고서는 민족언어의 총체성을 유지할 수 없다는 거야. 소설이라야 민족적, 계급적 총체성이 구현된 언어를 지탱해갈 수 있지. 시는 부분의 응축이고 소설은 전체의 전개랄까 확산이랄까 언어 운용이 그렇게 다르잖아, 그러니 문학 잡지가 있어야 하고, 민중언어와 엘리트언어를 통합적으로 지지하는 그런 언어 운용이 있어야 한다니까. 내 생각 어때? 혜수가 후평에게 물었다. 물었다기보다는 들이대는 편이었다. 현장은 이야기가 바야흐로 재미있어간다고 관전하고 있었다.

난 아세아일보 애독자, 지난 10월 24일, 기억하기로는 그날이 이전 식으로 '유엔데이'잖아, 그런데 '디지털 파도가 삼킨 소수언어…… 3개월에 한 개꼴 사라져' 그런 타이틀 붙은 기사가 났더라구. 기사 첫머리가 가관이야, 영국 웨일스의 속담이라면서 "언어가 없는 국가는 심장이 없는 나라나 마찬가지이다" 그렇게 시작하는데, 국가라는 정치적 조직에 심장이 있을 턱이 없고, 어떤 나라도 언어가 없는 나라가 어디 있나? 물론 자국어를 상정하는 것일 터인데, 국가의 경계가 자꾸 흐릿해지는 판에 자국어 고집하는 건 현실적으로 실감이 적다 이거야. 기명 기사라 더 헐뜯으면 기자의 명예를 훼손할까 걱정되어 그만두지만, 아무튼 80년쯤 지나면 현재 운용되는 칠천 개 언어 가운데 절반만 남을 거라는 건 충격적이야. 언어 다양성이 사라진다는 건데, 대개 영어로 운용되는 인터넷이 언어 절멸의 주범이라는 거라. 이런 판에 소설로 언어 소멸의 쓰나미를 막을 수 있겠나. 현장은 복거일이라는 작가가 쓴 《비명을 찾아서》라는 소설을 음미하고 있었다. 한반도에 일제 식민지가 계속되어 한국어를 잃어버리게 되는 상황에서, 언어를 되찾는 과정을 소설의 서사 한 가닥으로 수용하고 있는 그 소설은 사실 제국주의 혹은 식민주의와 언어의 문제를 제기하는 것이기도 했다. 혜초가 신라로 돌아오지 않은 것은 중국에서도 불경 번역을 충분히 할 수 있었기 때문인지도 모를 일이었다. 혜초는 세계인이었다. 신라로 돌아와 불경을 번역한대야 한문으로 할 수밖에 없는 형편이었다. '이두'는 불경을 번역할 수 있는 문자 체계가 아니었다. 불경을 읽는 신도 수로 보아도 신라가 당해낼 수 있는 규모가 아니었다.

이럴 때 시인이 와야 언어의 영혼을 옹호하고 나설 거 같은데. 혜수가 현장을 쳐다보면서 이야기했다. 혜수 생각으로는 시인이야말로 언어의 영혼을 지키는 파수꾼쯤으로 생각하는 모양이었다. 그럴 법도 하다는 생각이 들었다. 현장 선생, 당신 컴퓨터에 저장된 소설이 얼마나 되나? 글쎄, 소설만 한다면 열두어 권? 통산하면 한 삼천오백 페이지는 되겠는데…… 당신은 여행 내러티브를 소설의 구조로 차용한 게 많은데, 이야기 패턴으로 분류한다면 몇 가지나 될까? 인물을 고유명사 차원에서 나열한다면 몇이나 되지? 이야기 전개되는 모양이 수상쩍었다. 무슨 이야기를 하려는지 알 듯했다.

양으로도, 소설 유형으로도, 인물 다양성으로도, 참 보잘것없는 업적이라는 게야. 서운하겠지만 제4차 산업혁명 시대에 당신의 위상이 그렇다는 걸 인정해야 된다는 거지. 제법

양으로 많다고 해도 플래시메모리 하나도 안 차는 양이고, 소설 유형 하고많은 가운데 두어 군데 낄 뿐이고, 예를 들면 소설 인물 사전에 등록될 만한 인물이 몇이나 될 것인가. 후평은 변하는 시대에 언어작업을 하는 이들의 독자성을 뭉개놓는 이야기를 하는 중이었다. 현장은 《왕오천축국전》이 짧다고 탓하지 말라고 이야기하려다가 참았다.

그래도 문학이라는 아우라를 간직한 글을 쓴다는 점은 인정해야 하지 않나. 수필이 견디는 것도 그런 문학성 때문이라고 생각하는데, 비평가의 생각은 어때서? 혜수가 비평가를 향해 말을 건넸다. 현장은 자기를 옹호할 생각은 하지 말라고 이야기하려다가 말을 꺼내지 않았다. 후평이 이야기를 이어갔다.

사실 문학을 예술이라고 빡빡 우기던 인사들의 시대는 갔어. 과거는 흘러갔다, 그런 거야. 흘러간 과거의 영광에 연연해서 현실에 눈을 감고, 미래 전망을 세우지 못하는 작가라는 게 뭐야. 후평의 목소리가 높아지고 있었다. 우리 문학 하는 사람들이야 예술가 소리 못 들어도 좋은 글 쓰고 싶은 욕망은 버릴 수 없다는 자부심으로 글을 쓰는데, 너무 가혹하게 말하지 않는 게 좋지 않아? 혜수가 현장을 옹호하는 눈길로 쳐다봤다. 내 다 알지, 그러나 현실을 제대로 보자는 거야. 말하자면 제4차 산업혁명 시대에는 문학의 예술성이라고 하는 언어 조건이 자꾸 무너진다는 거라. 언어의 색조는 검색에서 하위

권으로 밀릴 것이고, 어감이 상실되고, 저어 거시기 뭐냐, 랑
그의 땡부르, 그게 소멸하면…… 후평이 잠시 멈칫거리는 사
이 혜수가 물었다. 그게 뭔데? 자동번역 시스템이 가동되면
말을 몰라 소통이 안 된다는 건 무식쟁이들의 한탄일 뿐이라
구. 현장은 스마트폰에 '땡부르(timbre)'를 입력해서, 그게 불
어로 '언어의 색조'라는 것을 혜수에게 보여주었다.

언어도 층위가 있는 거 아닌가, 말하자면 학술어는 영어 지
향성을 드러낼 것이고, 생활언어나 예술언어는 어차피 자국
어를 지향하는 쪽으로 나아가지 않겠어? 혜수는 여전히 문학
을 예술로 치부하는 생각을 바탕으로 이야기를 하는 것 같았
다. 현장은 말을 줄이기로 한 김에, 침묵한 채 이야기 돌아가
는 판을 관망하는 자세로 앉아 지켜보았다. 그때 시인 시형이
들어왔다.

덕수궁 돌담길을 돌아오는데 단풍이 어쩌나 곱던지, 한참
해찰하느라고 늦었네. 미안하이. 뭐어 미안할 것까지야. 현
장이 입막음을 해주었다. 서로 손을 잡아 악수를 하고, 인사
를 나누었다. 시인답지 않게 손아귀가 힘이 세었다. 시형이
손을 잡아 흔드는 통에 현장은 손이 얼얼해서, 증강 로봇을
문득 생각했다.

뭐 한잔 시키셔. 현장이 시형에게 음료를 권했다. 나는 해
바라기 빛깔 스카치나 한잔 할까. 역시 시인이라 분위기 타
네. 후평이 그렇게 말하면서, 자기는 보드카를 시키겠다고 나

왔다. 나는 와인요, 혜수의 주문이었다. 현장은 국산 맥주 카스를 시켰다. 카스? 카 하면 스르르 내려간다는 뜻으로 붙인 이름 같기도 하고…… 그 뜻은 알 수 없었다. 다만 그게 하나의 고유명사로 자리잡은 것은 틀림이 없었다. 고유명사라기보다는 하나의 기표였다. 그런 현상이야, 현대 문화사회학을 하는 이들이 1960년대부터 지적해온 사항이기도 했다. 기표의 미끄러짐, 기의의 약화 시니피에는 안으로 가라앉고 시니피앙만 겉으로 드러나 부유하는 상황, 그게 현대의 언어 상황인 셈이었다. '진지한'으로 쓰고 '웃기는'으로 읽는 식의 언어 운용이 우리 시대의 언어 표정이었다. 자아, 우리 한번 짜악 박고 드십시다, 시형의 제안이었다. 현장의 《심복사》가 고전의 반열에 들기를 기원하면서 잔을 듭시다. 혜초를 '위하여'를 외치고 한 모금씩 마시고는 잔을 놓았다.

생각해보니 스카치, 보드카, 와인 모두가 일반명사였다. 카스만 약간 고유명사 같은 느낌을 주었다. 로얄 살루트 21년산을 마시는 게 아니라 그저 스카치고, 벨루가나 스탄다르트를 마시는 게 아니라 보드카였다. 탈보, 코트 뒤 론, 그런 게 아니라 와인이었다. 사물의 고유명사적 속성이 상실되고 일반명사화된 속에서 이루어지는 문화의 섬세성이라는 게 무언가, 현장은 그런 생각을 했다. 그렇다고 자기가 마시는 카스가 유별날 것도 없었다. 자기 취향대로 아무 선택지 없이 카스를 외친 것은 그 또한 자기 나름의 어휘 목록 가운데 일반명사에 지나지 않았다. 이런 별다른 의미 없는 음료 선택에서도 제4차 산업혁명의 그림자는, 언어 차원에서 번져 있었다. 사고와 언어의 획일화를 벗어날 수 있는 방법이 무엇인가? 현장은 그런 의문으로 친구들을 둘러보았다. 사실 혜초도 자기 기록에 감동을 적어 넣지 않았다. 감동이 안으로 스며들지 않으니까 사람들이 감동에 환장하는 것 같기도 했다. 물론 가짜 감동이겠지만.

시형, 그 스카치 맛이 어뗘서? 아 놀라워, 오크통에서 21년을 숙성한 맛이 살아나는 거야, 전에 현장이 〈도도니의 참나무〉라는 소설 썼지? 그 소설에서는 참나무가 그리스 신화 속의 항해자 뱃길을 알려주는 예언적 역할을 하는 나무로 그려져 있는데, 참나무라는 게, 그 오크라는 게, 불어로는 쉔느라 하잖아, 그놈이 스카치 맛을 오묘하게 해준다니까.

뭔 갑작스레 참나무 예찬이야? 후평이 빙긋 웃으면서 시형을 들이받았다. 아, 평론가가 그게 뭔 소리? 시는 본질적으로 예찬에서 시작하는 거잖아! 워즈워스는 자연에 대한 경탄과 예찬을 통해 분잡스러운 인간 세상을 훨씬 넘어서는 시 세계를 구축한 것이 아닌가. 칸트의 미학도 그 경탄에서 시작된 거고. 숭고미를 설명하면서 깎아지른 듯한 절벽의 위용을 얘기하는 대목, 그 자체가 시적 에스프리로 가득하지. 이성주의 철학자이면서 동시에 낭만주의 철학 조류를 타서 그런지는 몰라도, 칸트가 인간에 대해 생각할수록 점점 더 새롭고

점점 더 큰 경탄과 외경으로 마음을 채우는 게 두 가지 있다고 했잖아. 내 위에 별이 빛나는 하늘과, 내 안의 도덕적 법칙이 그거라는 거잖아. 보편적 법칙에 수렴하는 도덕률을 이야기하면서 별이 빛나는 하늘에 대해 경탄과 외경을 이야기하는 것은 곧 칸트의 도덕률이 시심으로 통한다는 이야기가 된다는 거지. 아무튼 시는 경탄과 외경에서 시작하지. 가을 단풍을 바라보느라고 모임에 늦은 것은 시인다운 행동이라고 혜수가 거들어주었다. 현장은 제4차 산업혁명 시대에서 시가 살아 있을 것인가, 그런 의문을 속으로 제기하고 있었다. 혹은 시만 남을지 모른다, 언어의 주관성을 유지한다는 점에서. 후평이 이야기를 이어갔다. 《왕오천축국전》이 사라져도 혜초가 쓴 시는 남을까? 서사 속의 시라야 살아남을 것 같았다. 일반적으로야 시인의 생애와 에피소드가 시를 받쳐주는 서사 역할을 하지만. 현장은 그런 생각을 하고 있었다.

　시가 경탄에서 시작된다면, 소설은 의문에서 비롯되는 거라니까. 후평이 해찰하는 현장을 쳐다봤다. 근대사회를 움직여가는 힘이 일종의 비판정신이라면, 그 비판정신의 구체적인 사례가 질문하는 정신일 게 아닌가? 생각한다는 게 뭐야? 기존에 당연시되던 사태에 대해 새로운 질문을 제기하는 거 아닌가. 그런 점에서 현장이 혜초가 신라로 돌아오지 않은 이유가 무엇인가 의문을 제기하고, 그걸 풀어가는 과정을 허구 서사로 풀어나간 《심복사》는 서사의 본질에 맞닿아 있다는 점에서 평가받을 만하다는 생각인데, 혜수 씨는 어떻게 생각하시나? 와인 값을 해야지? 대답을 다그치는 투였다.

뭐랄까, 경탄과 외경은 기도를 만들어내고 의문과 분석은 산문 또는 소설을 만들어내는 것 같지 않아? 그런 점에서 《심복사》는 자각적인 의문을 만들어서 그 길을 추구하는 작품이고, 그건 내러티브의 기본 요건인 것 같아. 뭐라더라 탐색담, 그 속에 서사가 있는 것인데…… 혜수는 말끝을 맺지 않았다. 현장은 리퀘스트 스토리를 기본 구조로 하고 있기는 하지만, 탐색의 내용도 문제가 되는 게 아닌가 그런 생각을 했다. 한편 제4차 산업혁명 시대에는 탐색 그 자체가 의미가 있지, 그 탐색 내용은 부차적인 것으로 의미전환을 하게 되는 언어 상황이라는 생각을 했다.

시형은 교직 경험이 있으니 잘 아시겠네, 제4차 산업혁명 시대의 교육은 어떻게 될 거라 생각하시나? 후평이 시형에게 물었다. 유능한 디지털리언을 육성하는 것으로 교육 목표를 삼을 수 있을까? 그럴 수 없는 일 같아요. 잠시 생각을 가다듬 듯 말을 멈추고 잔을 들어서 홀짝거리다가 말을 이었다.

교육은 말하자면, 기능주의를 벗어나는 시각에서 본다면, '통합적인 인간의 형성'이라는 쪽으로 규정될 것인데, 그 통합적이라는 이념이 상실된 시대에 통합성을 어떻게 규정하고 그 형상을 어떻게 그리는가 하는 점이 중요한 단서가 될 거잖소. 시대가 변하고 매체가 극단적으로 발달해서 변하지 않는 사상이 있다면, 교육이 결국 자기교육으로 수렴한다는 그 점 아닐까? 후평은 어떻게 생각하나 몰라도, 인간은 결국 자기교육을 위해서 투구하는 일종의 자기헌신이 있어야 교육의 기본이 서지 않겠나, 그런 생각이오. 자기가 자기를 형성한다는 것은 인간 존재에 대한 경탄과 외경의 도덕 감정이 있지 않고는 실로 어려운 과제일 거라. 그런 점에서 소통의 범람은 우리 시대 문화의 피상성을 드러내는 지표란 생각도 해요. 소통한다는 그 사실과 함께 소통의 내용이 무엇인지 성찰해야 하고, 소통의 결과를 어떻게 자신의 자아 정립에 수용하는지 하는 문제가 관건이란 생각인데 말입니다. 그런 점에서 혜초를 다시 생각하게 되는 거지요. 천삼백 년 전의 세계인 혜초는 결국 자기를 찾아 그 고단한 여행을 한 것 아닌가. 그런 점에서 석지심 또는 혜초라 해도 좋고, 석지심은 자기교육에 헌신한 인간상을 드러낸 거란 생각이 듭디다. 그렇지 않은가 하는 표정으로 친구들을 둘러봤다. 후평은 자신도 그런 분석을 하던 차라서 시형의 이야기에 이의를 달지 않았다. 와인 잔을 기울여 잔 가장자리에 떠오르는 무지개 모양을 들여다보던 혜수가 탁자에 잔을 놓고 불만 섞인 투로 물었다.

그런 시각으로 보면 구체적으로 뭐가 달라진다는 건가? 시형이 혜수의 물음에 답을 이어갔다. 유행처럼 이야기하는 소통의 인문학이니 뭐니 하는 데서 조금 물러나 형성의 인문학, 자기형성의 교육학을 모색해야 하지 않나. 철학적 인간학에서 지향하는 '되어가는 존재'로 자신을 상정하고, 자신의 삶이 만들어가는 내러티브를 형성의 내러티브로 정향해야 한다는 말인데, 되어감, 형성함, 거기에도 방향은 있어야 할 것이고…… 아무래도 좋으니 뭔가 되기만 해라 하는 것은 무책임한 발언일 거고…… 나는 몸과 감성과 정신이 통합된 그런 인간을 지향하는 교육을 모색해야 한다고 보는 입장이지. 거기까지 이야기하다 멈추고 시형은 스카치 잔을 집어 들었다. 혜수가 치즈 조각을 시형 앞으로 밀어주었다.

뭔 시인이 그렇게 말을 잘한대? 그런데 말야, 시형 이야기를 백번 인정한다고 해도 우리 시대, 제4차 산업혁명 시대에는 교육의 지표가 될 만한 이념이 사라진 거 아닌가 하는 의문이 드는데, 전통이 사라진 것은 물론 매체의 발달로 언어가 혼란에 빠져 있는 상황에서 길이 아득히 멀지 않나, 그런 의문이 드는 겁니다요. 어디 대답해보라는 듯이, 의문이 드는 '겁니다'에 '요' 자를 붙여 상대방을 옭아 채듯이 말했다.

시에 국한해서 이야기하재도 그건 그렇지요. 우선 은유 체계가 와해되었다는 점을 이야기하고 싶은데, 그건 두 차원에서 이야기가 가능할 것 같아요. 뭐랄까, 크게 보면 민족적 종족적 은유 체계가 무너졌다는 점. 조선 시대 자연과 인륜을 추구하던 은유 체계가 무너진 것은 물론이요, 최근에는 행복 담론의 범람으로 시 정신이 약해진 결과 삶을 안이하게 다루는 은유들이 세를 불려가고 있습니다. 이는 교육의 지표가 될 만한 정신적 가치를 발견하지 못한 결과라 하겠는데, 솔로몬의 말마따나 햇살 비치는 이승에 새로운 게 뭐 있겠습니까만, 우리 시대의 언어를 자성하는 성찰적 언어철학이 모색되어야 한다는 게 내 생각이지요. 이쯤 해두자는 투로 말을 그쳤다. 혜초의 언어? 번역? 신라인이 산스크리트어를 중국어로 번역한다? 현장은 그런 의문에 빠져들었다.

　나는 끼어들 생각 별로 없는데, 내 과제 때문에 의견을 들어보고 싶은 게 있어서. 저어, 앞으로 문학이 어떻게 될지, 얘기 듣고 싶어서…… 현장은 멈칫거리면서 친구들의 얼굴 표정을 살폈다. 혜수가 나섰다. 에세이의 보편화가 이루어지지 않을까 싶은데…… 글 쓰는 사람 모두 수필가가 된다는 게 아니라, 수필이라는 장르 틀을 깨고 글쓰기란 걸 다시 생각해보자는 거야. 글쓰기의 원형이랄지, 문자 행위의 보편적 추구랄지 그런 측면에서 보면, 사람들은 여전히 스마트폰이든 SNS가 되었든, 계속 뭔가 써대면서 살아간단 말이지. 그건 안에서 우러나는 일종의 표현 욕구니까, 누구도 못 말릴 것인데, 그렇게 말하고 글 쓰면서 살아가게 되어 있으니까, 오히려 염려하는 것과 달리 문학이 활성화될 것 같기도 해요. 결국 혜초도 '수필' 쓴 거 아녜요? 시형이 아니라는 듯 고개를 옆으로 저었다. 문학의 시대는 멀리 간 셈이지. 독백하듯 한마디 하고는, 후평이 흐흐흐 웃었다. 당신 얘기하는 문학이 무언데? 혜수가 대들 듯이 물었다. 위대한 소설 전통과 그 오래된

시 전통이 사라졌다는 것이지. 후평이 빈 잔 가장자리를 혀로 핥으면서 또 허탈하게 웃었다.

궁상떨지 말고 한잔 더 시켜. 현장이 말했다. 내 배는 때를 알아 울부짖는다구. 밥 시간이 되었다는 이야기였다. 위대한 것이 밥 먹여주던 시대는 벌써 갔어요. 그렇지 않은가, 후평이 현장을 쳐다보며 물었다. "일찍이 위대하던 것들은 이제 부패하였다." 어디서 많이 들은 거 같지요? 김성한의 〈바비도〉 첫 줄이 그렇게 시작되잖아. 위대한 것이 부패해야 그 거름 자리에서 다른 위대한 것이 솟아나는 법이잖아? 한번 위대한 것이 끝없이 위대한 위력을 유지한다면, 그건 우상이 되어 새로 돋아나는 싹을 억압해 돋아나지 못하게 하는 법. 현장은 웨이터를 불러 계산서를 가져다달라고 일렀다.

그게 제4차 산업혁명 시대일지 아닐지는 모르지만, 앞으로 문학은 계열화가 분명해질 걸로 생각됩니다. 존칭어미가 버릇처럼 튀어나왔다. 이건 아까 이야기한 혜수 씨 생각과는 좀 차이가 나는데, 한편으로 대중문학이라고 하는 영역의 작품이 여전히 팔려나갈 겁니다. 대신 현장의 소설처럼 심각하고 깊이 있게 읽어야 하는, 문장의 의미 부하가 큰 작품들은 문학의 원리를 추구하는 이들의 독서물로 명맥을 유지할 겁니다. 내가 강의하는 투로 말하네. 현장의 소설이, 뒤에 어떤 갸륵한 연구자가 있어서 아주 높이 평가하리라는 보장은 없어요. 다만 우리 시대 소설문학 혹은 서사문학의 종 다양성을 확인하는 지표는 될 겁니다. 아니, 달리 보면 《심복사》만큼 공들여 쓴 소설, 사실은 찾기 쉽지 않습니다. 소설의 주인공이 보통사람 또는 그 이하의 인물을 설정해야 한다는 이야기만 곧이곧대로 믿고, 그 인물은 진정한 가치를 추구하는 인물이라는 그 부대조건을 도외시하는 바람에 소설의 가치를 세속화하는 이들을 보면, 인식 미달이란 생각을 하곤 하는데요. 안 팔리는 소설의 가치는 박물관과 도서관에서 보증해줄 수도 있고, 진지한 연구자의 눈에 들어 가치를 발휘할지도 모릅니다. 후평은 현장을 바라보며, 어떻게 생각하느냐는 듯이 손을 펴서 내밀었다. 현장이 염치없다는 듯 입을 다물고 있자 후평이 말을 이어갔다.

문제는 이전 개념의 문학, 낡은 개념의 소설은 가고 새로운 개념의 소설이 태어날 겁니다. 모든 소설은 이전 소설에 대한 반역이라잖아요? 그러니까 그게 소설이어도 소설이 아니어도 상관없다는 이야긴데요, 인간의 서사 행위는 계속 이어져 갈 것이니까, 걱정할 필요는 요만큼도 없어요. 소설 없어지면 어때요? 소설가 대신 대설가가 되든 객설가가 되든 인간의 언어 행위, 나아가 서사 행위가 존속하는 한, 걱정할 필요 없을 거 아닌가, 다만 문제는 인간은 살아남아야 한다는 점인데, 그게 이 시대 과제 가운데 하납니다. 다시 말하자면 환경 문제를 해결하지 못하면 지구의 장래가 암담하지요. 현장 쪽 생각은 어때요? 후평이 현장에게 이야기를 권했다.

여기서는 이만큼 하고, 우리 식사하러 갑시다. 후평이 호텔 음식 맛없다고 해서, 다른 데다가 예약해두었지. 그들이 로즈마리 호텔을 벗어났을 때, 세종로 은행나무 가로수는 황금빛으로 타오르고 있었다. 저 앞으로 혜수와 시형이 나란히 걸어갔다. 둘의 발이 착착 맞았다. 후평이 스마트폰을 꺼내 둘의 뒷모습을 찍었다. 현장이 뒷모습도 초상권이 있지 않겠나 하는 이야기를 했다. 동창들인데…… 뭐 어떨까? 현장은 뭐라고 더 시비를 걸 생각이 없었다. 대신, 인간사 가운데 만나서는 안 되는 만남이라는 것도 있는가, 그런 생각을 했다. 석지심과 석지연 둘이 우리 시대에 만났다면, 어떤 인간관계를 형성할 것인지를 그려보고 있었다. 혜초가 신라로 돌아왔다면? 현장은 아까부터 머릿속에 그런 의문을 떠올리고 있었다.

시형이 외경과 경탄을 자아냈던 덕수궁 옆 단풍은 어둠에 묻혀 들어가는 중이었다. 한켠으로 가로등 빛을 받아 은행잎은 황금빛으로 타오르고 서울시청 별관 앞의 대왕참나무는 짙은 적색으로 칙칙한 잎을 하늘에 비추고 서 있었다. 경탄과 외경을 느끼는 감수성은 어떻게 길러지나, 그런 생각을 하면서 걷고 있던 현장이, 여어 그만 가시라구! 앞서가던 시형과 혜수를 불러 세웠다. '가을의 뜨락'이라는 식당 앞에 서였다.

현장 일행이 식당 안으로 들어서자, 맞은편 장식벽 앞에 앉았던 사람들이 일제히 일어섰다. 혜수가 쫓아가 일일이 악수를 청하면서 앉으라고 권했다. '시와 산문 동인'들입니다, 인사들 하세요. 혜수의 안내를 따라 악수를 하고 명함을 교환하고 하는 사이 현장은 슬그머니 자리를 비켜섰다. 디지털 교육 연구소 피음광(皮音光) 박사가 이쪽을 노려보고 있었다. 전에 《왕오천축국전》 낡은 판본을 들고 와서는, 그걸 바탕으로 영화 만들 수 있는 대본을 써달라고 부탁한 적이 있었다. 현장은 그런 요청이 부담스러웠다. 우선 영화 전문가가 아니라 그렇기도 하고, 영화 만드는 일을 그르칠 게 염려가 되어서였다. 현장은, 그건 자기 몫이 아니라고 정중하게 거절했다. 뒤에 피음광 박사가 다시 연락을 해온 적이 있었다. 현장은 또 거절하지 않을 수 없었다. 소설을 쓴다면 몰라도, 시나리오는 여러 차례 생각해도 능력이 못 미친다고 못을 박았다. 그럼, 소설이 나오면 그걸 딴 사람이 각색해서 영화를 만들어보자는 제안을 했다가 끝내 거절을 당하고 말았다. 생각을 접었는지 더는 달려들어 조르지 않았다.

소설이 안 팔리고, 따라서 소설로 밥벌이하기 틀려먹은 그런 시대가 되면, 아마 많은 이들이 스토리 작가로 나설 것을, 현장은 예상하고 있었다. 대중소설과 고급소설 그리고 다른 계열의 스토리 작가가 서사문학 판을 분할할 거라는 생각을 하면서, 소설의 운명이 끝장난다고 서러워할 이유가 별로 없다는 주장을 펴기도 했던 터였다. 현장은 자기가 쓴 소설 《심복사》를 오페라 대본이나 애니메이션 대본으로 만들어볼까,

그런 생각을 하면서 예약된 자리를 찾아가 앉았다.

아직도 동인이라는 게 있습니까? 후평이 혜수와 시형을 쳐다보며 물었다. 아무리 제4차 산업혁명이 아니라 40차 산업혁명이 일어나도 사람과 사람은 어울려 살아야 하는 법 아닌가? 시형의 대답이었다. 앞으로는 아마 새로운 개념의 문학 살롱 같은 게 생길지도 몰라요. 사이버 엔터테이너와 알콩달콩 지낸다고 해도, 인간의 근원적인 고독이 사라지지 않을 거잖아, 영원성 개념도 사라질 거고. 그렇지? 혜수가 후평을 쳐다보았다. 후평을 쳐다보는 혜수의 목이 유난히 가늘어 보였다. 현장은 석지심이 신라로 돌아오지 않은 것은 더불어 말을 트고 지낼 사람이 없었기 때문으로 설정했던 기억이 떠올랐다.

양식당 '가을의 뜨락'에서 현장은 음식을 주문하고 술을 시켰다. 부야베스를 요리로, 반주로 백포도주를 시켰다. 포도주는 레드 와인이라야, 생선 요리라고 화이트 와인 시키는 건 고정관념 아냐? 시켜주는 대로 먹지, 뭘 그렇게 따지고 그러시나? 시형이 후평에게 불평하듯 말했다. 천하를 다 통일해도 입맛은 제각각으로 두어야지. 맘대로 하소. 현장이 아량을 보였다. 그런데 혜수는 뭐 하는 거야? 혜수는 벽에 걸린 그림에 눈을 주고 있었다. 저거 누구 그림이더라? 현장이 벽면을 쳐다보면서 혼자 중얼거리듯 말했다. 저거 로트렉이구먼, 시형이 액자 밑에 붙은 레이블을 쳐다보면서 말했다.

〈Au lit: Le baiser, 1892〉침대에서 키스하기, 그런 레이블이었다. 석지심과 석지연…… 현장은 속으로 그렇게 중얼거렸다.

저 그림이 어디가 아름다워요? 여자들끼리 뭐 하는 짓들이람…… 혜수가 중얼거리듯 말했다. 후평이 나섰다. 여자들끼리 저러면 안 된다? 그럼 나랑 뽀뽀 한번 합시다. 후평이 달려들어 혜수의 허리를 감아 안았다. 여기 볼에다가만 하기, 혜수가 자기 볼을 손으로 톡톡 쳤다. 후평이 혜수의 볼에다가 싱겁게 입술을 댔다가 떼었다. 다른 거 하자면 알아서 해. 혜수가 후평을 쏘아봤다. 본래 보들레르가 《악의 꽃》이란 시집 이름을 '레즈비언'이라 붙이려 했다는 거라. 로트렉의 세계와 보들레르의 세계는 그렇게 얽혀 있다는 거야. 화가와 시인이. 그럼 현장의 소설 《심복사》는 어떤 예술과 연계되어 있나? 현장은 대답할 게 궁했다. 심복사 대적광전 현액의 글씨를 추켜들 수는 있었으나 소설에서 다루지 않은 대상이었다. 그리고 모든 소설이 다른 예술과 장르 교섭을 해야 하는 것은 아닐 터였다.

실제로 《왕오천축국전》에도 그렇게 되어 있지만 현장 선생의 소설 《심복사》에도 시가 나오는데, 소설 속에 나오는 시가 소설 전체에 어떤 역할을 할 거 같아? 혜수가 현장에게 다가앉으며 물었다. 말하자면, 작중인물이 행동하는 중에 시심이 발동하는 경우가 있을 터인데, 그런 경우 시로 처리하는 게 적절하지 않겠나 그런 생각에서. 현장은 말끝을 얼버무렸다.

종업원이 와인을 들고 와서 잔에다가 따랐다. 노르끄름한 액체가 잔에 차올랐다. 향이 번지는 듯했다. 시형이, 시적으로 건배 한번 제의하시지. 후평이 제안했다. 나 본래 그런 거 잘 못하는 줄 알면서 그러네. 아무튼 탈고를 축하하네. 시형의 심드렁한 말. 탈고라면 고지 탈환이란 말이지? 현장이 근래에서 많이 듣던 말이었다. 저놈의 주둥이하고는? 고지 탈환에는 늘 깃발 꽂기가 공식처럼 따라붙곤 했다.

잔을 식탁 바닥에 놓으면서 후평이 입을 열었다. 뭐랄까, 문학이 미적 대상이라는 논리는 이제 수정되어야 하는 것 같아. 미적 대상으로 설정하면 그것은 미학의 영역에 들고, 미학이 아름다움을 설명하고 이론화하는 영역이라면, 그 틀 안에서만 문학을 설명하려 하니까 무리가 되는 거라. 문학은 미학의 탐구대상이 아니라, 예술학의 틀에 끌어들여 설명해야 설명력이 높아진다는 거란 생각이야. 그렇다면 문학은 미학이 아니라 예술학의 대상이 되어야 마땅한 게 아닌가 싶다는 말이지. 예술은 인식과 감동을 도모하는 인간 행위일 거라. 문학에서도 세계인식의 방법을 문제 삼아야 하고, 그게 인간의 감동을 불러온다면 감동의 원인을 탐구하고 감동의 전이를 고구하는 그런 작업을 해야 한다는 뜻인데, 저 그림 말이지, 앙리 드 툴루즈 로트렉, 고관집의 소아마비 자제, 자기 삶의 곤고함과 창녀들의 외로움이 저 화폭에서 만나는 거라. 저 그림은 아름답다기보다는 인간이 자기 고독을 넘어서는 방법, 대상과 공감하는 방법에 대한 인식을 그린 것이고 공감의 주관성과 그 주관성의 뼈아픈 발현을 화폭에 옮긴 거라. 일행은 후평의 설명을 들으면서 그림을 자세히 쳐다보고 있었다.

오늘 우리가 이렇게 모인 것은 현장에게 우정을 표하기 위함인데, 말하자면 현장이 주빈이랄까, 그런데 말할 기회를 안 주어 섭섭할 거 같아. 시형이 현장에게 한마디 하라는 주문이었다. 그런데 혜초는 어디 갔지?

조금 전에 후평이 한 얘기에 공감이 가는데, 내가 쓰는 소설이 소설이 아니면 어떤가. 소설이라는 게 인간사에 대한 나의 질문을 나는 이렇게 풀어내보았다는 일종의 보고서인데, 혜초가 왜 서역을 여행하고 신라로 돌아오지 않았을까 하는 질문, 그 의문을 내 나름으로 서사를 구성해서 그려보는 게 내 작업이지. 현장이 동의를 구하듯 혜수를 쳐다봤다.

대강 알겠는데, 전에《아무도, 그가 살아 돌아오리라고 기대하지 않았다》는 그 소설에서도 그런 시도를 했던데, 소설 본문에 외부에서 들어오는 텍스트가 중첩되도록 구성했잖아요? 독자들에게 그걸 어떻게 읽으라고? 다소 불평이 섞인 듯한 말투였다. 현장이 잔에 남은 와인을 한 모금 마시고는 이야기했다.

내 소설에 의도가 있다면 대강 이런 의도인데, 제4차 산업혁명 시대에는 작가가 구사하는 언어의 오리지낼리티가 위기에 처한다는 인식, 말하자면 그런 거지. 불어로 오뙤르 혹은 에크리벵이라는 그 작가는 텍스트 밑에 숨어들고, 작가는 일종의 에디터로 등장하게 된다는 그런 인식이라면 이해가 될지…… 그리고 소설에서 공부하는 사람들 이야기를 다룬다면, 그 사람이 공부하는 방식, 공부하는 내용을 직접 다루는 게 의미가 있지 않겠나, 그런 생각, 생각. 현장은 그런 '생각'에 묻혀 들고 있었다. 현장은 잔에 남은 와인을 마저 비웠다.

그럼 그건 소설에서 자꾸 멀어지지 않아? 혜수의 반론이었다. 내가 하는 언어작업이 꼭 소설일 필요가 어디 있어? 나아가 문학이 아니라도 좋다. 예술 아니라도 상관없다. 내 인식 혹은 인식 과정을 드러내고 공감을 이끌어낼 수 있는 일이라면, 아무려면 어때? 형식이 내용을 규제하는 면이 있지, 물론. 그런데 그 형식이 낡아서 새로운 생각을 할 수 없을 때는 형식을 바꿔야지. 술 더 시켜. 충분한데…… 그럼 맥주나 두어 병 더 하지. 현장은 종업원을 불러 카스를 시켰다.

누구나 글을 쓰는, 쓸 수 있는 시대…… 그런 작업을 가능하게 해주는 매체가 발달한, 이른바 유니버설 리터러시의 시대니까, 아무나 소설도 쓸 수 있겠지. 그러나 글의 가치는 여전히 소통 지수에만 매달리지 않는다는 점에서, 현장 당신의 글은 충분히 가치가 있다는 생각이라네. 후평이 그야말로 후한 평을 했다. 현장은 열적게 웃었다.

이런 일이 아니라도 자주 만났으면 좋겠네. 시형이 주위를 둘러봤다. 그럼 다음에는 시형 시집 나오면 만나지. 그러자면 한 5년은 걸릴걸. 시형이 아니라고 고개를 저었다. 혜수가 수필집 먼저 내면 되겠구면. 수필은 뭐 거저 써지는 줄 아시나…… 혜수가 후평의 팔뚝을 꼬집었다. 그런데 혜초는? 아니 석지심은? 현장은 환상을 더듬고 있었다.

《심복사》가 책이 되어 나오면 다시 만납시다. 현장은 그렇게 인사를 닦았다. 그때는 다른 작가들도 같이 부르는 게 좋겠다는 생각이 떠올랐다. 초고를 읽어준 소설가 현주노를 부르는 일도 잊지 않을 작정이었다.

소설은 물음에서 시작하고 시는 경탄에서 비롯된다. 그런 말을 속으로 되뇌면서였다.

혜초는 왜 신라로 돌아오지 않았는가,
이 질문이 키운 문학적 상상의 열매

송현호(아주대 명예교수)

　신라의 젊은 스님 혜초는 자신의 구도 역정을 적은 작은 책자 하나로 자기 땅에 돌아왔다. 그리고 어떤 작가의 작품에서 자기 행적이 되살아나는 것을 보기도 했다. 혜초가 본 그게 우한용의 《심복사》라는 소설이다.

　2011년 2월 국립중앙박물관에서 '실크로드와 둔황'이란 주제의 특별 전시가 있었다. 전시된 많은 유물 가운데 가장 큰 관심을 끈 것은 단연 신라의 젊은 스님 혜초(慧超)가 쓴 《왕오천축국전(往五天竺國傳)》이었다. 혜초는 계림을 떠난 이후 천삼백 년의 시간을 훌쩍 넘기고서야 자기가 남긴 기록을 통해 잠시나마 귀향할 수 있었다. 그를 만날 수 있다면 왜 신라로 돌아오지 않았는지 묻고 싶었다. 그 물음에 대한 답을 소설가 우한용이 《심복사》라는 작품에 허구적으로 그려내고 있다.

《왕오천축국전》은 1908년 프랑스의 동양학자 펠리오(P. Pelliot, 1878-1945)가 둔황의 막고굴(莫高窟, 둔황 천불동) 17호 장경동(藏經洞)에서 찾아내어 파리 국립도서관으로 옮겨서 보관하고 있는 혜초의 천축국 여행기이다. 책이 헐어 기록의 일부분만 남아 있지만 그 자체가 기적이다. 다만 그의 고향 한반도나 그가 정진한 중국 대륙이 아니라, 유럽의 프랑스라는 나라에 《왕오천축국전》을 보존하고 있다고 하니, 고마운 마음과 함께 길 위에 선 자의 외로움을 보는 듯하였다.

둔황에서 발굴된 《왕오천축국전》의 내용은 전체 227행 총 5,893자라고 한다. 5년여 기간의 여정을 기록한 글로는 너무 짧다는 생각이 들어서 아쉬운 마음을 금할 길이 없다. 그러나 전체적인 내용을 알 수 없는 건 아쉬움으로 남지만, 그 결락 부분이 오히려 더 울림이 큰 상상을 자극하기도 한다. 신라와 오늘의 현실이 맞닿은 새로운 시공간의 경험을 누리게 해준 다는 점에서, 《왕오천축국전》의 존재는 큰 복이 되고도 남음 이 있다.

《왕오천축국전》은 우리 문화의 플랫폼이나 다름이 없다. 작가 우한용의 소설 《심복사》는 혜초의 천축 여정을 되밟아 가는 구조로 되어 있다. 기록과 상상의 간극을 메울 수 있는 출발선, 그 플랫폼에 작가는 팽팽한 긴장감으로 서 있다. 출 발 신호를 기다리면서.

소설《심복사》는 "혜초는 왜 신라로 돌아오지 않았는가?" 란 질문과 상상에서 발아했다. 내용의 대부분이 혜초의 천축국 여행기로 읽힌다. 등장인물 또한 실크로드 군소국가의 독특한 문화와 혜초의 여정에 깊은 관심을 보인다. 주인공 가운데 한 사람인 '장장숙'은 아버지 '장동건'의 염려와 걱정 속에서 한국인, 중앙아시아 남성, 인도 청년과 차례로 애정행각을 이어가는 가운데, 혜초의 행적에 허구적으로 관여하게 된다. 그녀의 첫 번째 애인 '장려화'는 덕수 장씨로 장장숙과 동성동본이어서 교제를 허락받기 어려웠다. 덕수 장씨의 시조가 '회회아비'라 불리는 중앙아시아 아랍계 위구르인이었다는 점은 장장숙이 우즈베키스탄 청년과 아랍계 인도인 청년과 인연을 맺게 되는 일과 문화적 혈연으로 엮여 있다는 연기(緣起)를 떠올리게 한다.

장장숙과 고등학생 때 연애를 하다가 맺어지지 못한 장려화가 쓴 소설의 주인공 '석지심'이 누이 '석지연'을 찾아 나서는 일과도 이 문화적 혈연은 맞닿아 있다. 그러니까 같은 덕수 장씨 혈통인 장장숙과 장려화의 연애가 결혼으로 이어질 수 없는 것은, 장려화의 소설 주인공 석지심과 그의 누이 석지연이 아버지가 다른 남매인 것과 구조적으로 연동되어 있다. 더불어 석지심의 누이 찾기는 신라의 젊은 스님 혜초의 인도 여정과 겹치게 구성되어 있다. 누이를 찾아가는 고단한 여정은 인간 존재의 의미와 삶의 방식에 대한 철학적 탐색으로 연장되는 구조이다.

이렇듯 《심복사》는 인연과 인연의 엇갈림 속에서 연기의 악업을 찾아 나서는 다중구조로 구성되어 있다. 소설 속에 내포되어 있는 또 하나의 소설을 통해서 갈등의 연원을 찾고 인연의 깊은 묘리를 깨달으면서 주인공들은 자기 여정을 간다. 작가는 석지심의 여정이 종료되는 지점이요 혜초 여정의 종착점에 이르러서야, 외화(外話)에서 던졌던 물음에 답을 내놓는다. 그곳은 혜초와 석지심의 여정의 종착점이지만 독자들이 그들의 화두에 답을 찾는 출발점이기도 하다. 말하자면 화두가 시작되고 풀리는 플랫폼인 셈이다.

플랫폼은 돌아오는 사람들에게는 종점이지만 떠나는 사람들에게는 출발점이다. 이제 독자들은 혜초와 석지심이 왜 그곳에 찾아가 머물렀고, 고단한 길을 가는 진정한 의미와 가치가 무엇인지를 찾는 여정을 시작해야 한다. 독자는 장려화의 소설 속 석지심의 여정에 동행하면서 《심복사》의 등장인물 간에 얽힌 관계의 은밀한 상상을 경험하는 가운데, 결국은 삶이 짓는 죄업을 인식하고 이를 씻어내는 노력만이 예측할 수 없는 삶을 넘어서는 방법임을 깨달아간다.

불경에서는 자신이 지은 죄악은 마음의 삼독이라 하는 '탐진치'에서 비롯되었다고 가르친다〔我昔所造諸惡業 皆由無始 貪嗔癡(내가 오래전부터 지은 죄악은 탐욕과 성냄과 무지함에서 비롯되지 않은 게 없다)〕. 소설 《심복사》는 마음의 삼독을 풀어가는 일종의 구도 소설이라는 성격을 지닌다. 그 과정은 혜초, 장려화, 석지심 그리고 작가 또 독자가 그리는 다중적 층위를 형성한다.

소설《심복사》의 주인공 장장숙은 대한민국, 우즈베키스탄, 아랍계 인도 청년과 연이어 연애하다가 아랍계 인도 청년 어삼만과 결혼한다. 어삼만은 천하를 주유하는 구도행을 상징하는 이름으로 짐작된다. 회회아비 후손의 자유로운 인간상의 현재적 발현이다. 장장숙의 아버지 장동건은 어릴 때부터 '끼'를 부리던 딸을 염려했던 터라 아랍계 인도인 사위가 미덥지 않다. 더구나 딸은 고등학교 때 우즈베키스탄 청년 사이에서 아들을 출산했다. 아이는 6개월을 살다가 죽었다. 그 일로 딸은 짐승 소리를 내며 며칠을 울었다. 아이를 출산할 때는 같은 덕수 장씨인 동네 산부인과 원장의 아들 장려화의 도움을 받았는데, 딸은 그와도 고등학교 때 소란한 연애를 치렀다. 딸의 망측한 연애사가 이제는 종결되었으면 하는 장동건의 바람은 직장을 잃고 아내에게 의탁하는 자신의 처지가 개선되리라는 기대만큼이나 실현 가능성이 요원하다.

소설의 주요 사건은 아산 스파비스에서 세신사로 일하는 아내 신지미의 "팔이 빠졌다"는 소식을 듣고, 장동건이 딸 내외와 함께 아내를 찾아가는 여정에서 시작한다. 일행은 평택과 아산을 연결하는 국제대교 상판이 무너지는 사고로 길이 막혀 아산에 도착하지 못하고 근처 현덕면 덕목리 광덕산에 있는 절 '심복사(深福寺)'에서 하루 묵어가기로 한다. 장동건 일행은 그곳에서 미국으로 신소재공학을 공부하러 떠났던 장려화를 다시 만나게 된다. 장려화는 서로에게 총질을 일삼는 미국 사회의 야만성과 폭력이 끔찍하여 돌아왔다고 한다. 그리고 평소 하고 싶었던 글쓰기를 하고 있노라며 근황을 전하고, 이미 대학에서 만나 안면이 있던 어삼만과도 인사를 나눈다. 장동건과 어삼만은 신지미의 정황이 궁금하여 평택호 관광단지에 매어놓은 배를 저어서 아산으로 향한다. 그날 밤, 장려화는 장장숙에게 자신의 소설을 읽어봐달라면서, 《혜초의 왕오천축국전》을 펴낸 강수일 선생을 만나러 절을 나선다.

독자는 여기에서 장려화의 소설 속 주인공 석지심과 함께 혜초의 천축국 여정을 시작하게 된다. 소설의 초반은 다소 소략하게 서술한 듯 등장인물의 성격과 경박하고 요란한 다민족, 다문화 사회인 대한민국에서 벌이는 장장숙의 연애 사업, 그로 인해 빚어진 아버지 장동건과의 갈등, 가족의 불화 등이 전개된다. 이러한 소란은 소설 속에 등장하는 또 한 편의 소설을 통해서 그 원인을 추적하는 과정으로 자연스럽게 자리 바꿈을 한다.

제목도 붙이지 못한 채 장려화가 장장숙에게 넘겨준 소설

속 주인공은 석지심이다. 석지심은 혜초와 동시대 인물로 설정되어 있다. 그는 신라 왕족의 하나인 석탈해 후손인 대장장이 '석연단'과 왕실에서 술을 빚는 '기장녀' 사이에서 태어났다. 석지심은 화랑이 되라는 아버지의 권유를 거절하고 불법을 공부하겠다며 출가를 결심한다. 신라 왕실 여자들과 화랑 사이의 퇴폐적 쾌락과 시기, 질투가 빚은 음모와 경쟁 등에 환멸을 느낀 까닭이다. 이때 누이 '석지연'이 천축국에서 온 '치수'에게 납치당한다. 석지심은 이 일을 지켜보고만 있는 부모님을 이해할 수 없었고, 치수에 대한 분노로 곧장 누이를 찾으러 천축국으로 떠난다. 석지심은 누이를 찾는 과정에서 치수와 치웅 형제가 사는 대식국에서는 어머니나 자매를 아내로 삼는 데다가 형제들이 한 여인을 공유한다는 소식을 듣고, 다시 한 번 분개한다. 여러 형제들이 공유하는 아내로 살아갈 누이의 처지를 상상하면서 괴로움을 떨쳐낼 수 없게 된다.

전쟁의 아수라장으로 찾아가는 자신의 죄는 물론, 누이를 구하겠다는 것 또한 어리석기 짝이 없는 우행일지도 모를 일이었다. 도무지 남을 구한다는 게 무엇인가, 나를 구하지 못하는 터에 남을 구한다는 것은, 그것이 혈족이라 하더라도 아득히 먼 피안의 등불 같은 일이었다. 그 등불에 가닿자면 차안의 먼지를 터는 일부터 시작해야 했다. (139쪽)

그러나 인용문에서처럼 누나 찾기의 여정이 계속되면서 누나를 납치한 치수에 대한 석지심의 적의는 일대 변화를 맞는다. 석지심은 여정에서 고승, 현자들과의 만남을 통해서 자신의 분노가 죄업인 것을 깨닫는다. 그가 여정에서 맞닥뜨린 여러 군소국가의 모습은 갈등과 전쟁으로 서로 죽고 죽이는, 그야말로 아수라였다. 분노와 탐욕으로 뒤엉킨 삶은 지속적인 죽음과 고통을 생산하고 있었다. 석지심은 상대와 맞붙어 죽고 죽이는 아수라의 현실이 자신의 마음속에서 끊임없이 재현되고 있음을 알게 된다. 그것이 자신 안에 존재하는 분노였고 누이를 납치당했다는 수치심과 누이를 찾아야 한다는 집착의 실체였다. 불교 교리에 따르면 모든 죄는 탐진치(貪瞋癡)를 원인으로 빚어지고, 이는 뜻과 말과 행동을 통해서 드러난다. 그렇다면 석지심의 마음은 곧 그가 목격한 장면처럼 누군가를 해치거나 괴롭히는 것으로 현현될 위험이 크다. 자신의 마음속 죄를 다스리지 못한 채, 누이를 찾고 누이를 납치한 치수를 징벌하겠다는 다짐은 또 다른 큰 죄를 짓는 일과 다르지 않다.

깨달음은 참회를 거쳐야 더 높은 깨달음에 이르게 된다. 구도의 길은 현실 인식, 업장의 연원을 발견하는 일, 그리고 거기 이어지는 참회가 뒤따라야 한다. 불교에서는 이렇게 가르친다. "몸과 말과 뜻으로 평생 지은 죄 일체를 오늘 참회합니다(從身口意之所生 一切我今皆懺悔)." 그렇게 염하라는 것이다.

석연단은 아내가 다른 남자, 그것도 치수란 외국인과 관계를 갖고 딸을 낳은 것을 알면서도 자신의 자식과 함께 그 딸을 기르고, 또 그 딸을 친아버지가 데려가는 것을 지켜보아야 했다. 어머니 또한 이 고통스러운 일을 겪으면서 치수를 막아서지 않았고 딸을 붙잡지 못했다. 아버지가 어머니를 탓하지 않은 것이나, 어머니가 대식국으로 딸을 빼돌리는 치수를 막지 않았던 행위는 새끼를 살리려는 어미와 아비가 택할 수 있는 차선의 방법이었을지 모른다. 석연단은 딸 석지연을 버리지 않음으로써 아내 기장녀의 고통을 더하지 않으며 기장녀는 딸을 데려가려는 치수를 막아서지 않음으로써 또 다른 '이야기(업)'를 지으려 하지 않는다. 말과 일과 몸으로 짓는 또 하나의 업을 중단하려는 것이다. 석지심은 이러한 부모의 뜻을 이해하면서 치수 등을 짐승이라 규정하고 짐승들의 나라에 누이가 붙들려갔다는 분노에 집착했던 자신을 성찰한다. 그리고 분노의 감정으로 자신을 괴롭혔던 일이야말로 죄업을 쌓고 있는 일임을 깨닫는 데에 이른다. 자신의 마음속에 이는 분노도 다스리지 못하면서 누구를 징벌하겠다는 것이야말로 교만이며 그것은 또 다른 죄임을 터득하게 된다.

깨달음에는 실천이 따라야 한다. 이제 석지심은 죄업을 쌓는 말과 행동을 벗어나는 데 집중한다. 그가 여행 중에 배운 것은 '몸은 상처다'라는 것이었다. 말, 즉 언어가 내 몸에서 나오는 것으로, 몸이 형상을 잃고 흩어져 나오는 말이 몸의 기운이라면, 언어는 몸인 셈이다. 그는 몸에 난 상처를 극진히 치료하는 것이 몸을 보호하기 위해서인 것을 알고 사람은 몸을 벗어나서는 살 수 없다는 것을 깨닫는다. 모든 언어와 생각이 몸을 통해서 나타나며, 살면서 몸에 생긴 상처는 그 흔적은 남겠으나 낫기 위해서 돌볼 수밖에 없는 것처럼, 몸이란 형상으로 살고 있는 나를 돌보는 것이야말로 현재를 살아내고 업고를 넘어설 수 있는 방법이라는 것을 간취한다.

석지심은 이제 자신을 돌보는 것으로 죄업을 씻어내야 한다. 돌봄이란 '사람 사는 일'에 대한 측은지심을 갖는 것이다. 사람은 "먹어야 하고, 마셔야 하며, 집을 얽고 살아야 하는데, 그런 일을 당나귀더러 대신해달라"고 할 수 없다. 사람은 땅과 물을 알아야만 살 수 있다. 땀 흘려 일해서 먹을 것과 물을 구해야 한다. 그 과정은 고상하지 못할 수도 있고, 심지어는 비루한 비럭질이 되기도 한다. 그러나 나를 책임지는 일은 누구에게 맡길 수 없다. 사람은 생존의 짐을 지고 살 수밖에 없다. 이러한 사람들에게 짐을 보태는 일은 마음을 괴롭히는 일에 다름 아니다.

아무튼, 석지심은 잊을 것은 잊고 핏줄 한구석이 얽힌 인연마저 인연 삼기를 그치기로 했다. 애벌리고의 고통을 내던지는 순간 원증회고 또한 눈앞에서 자취를 감추는 것 같았다. 한편으로, 누이의 옷자락에서 풍기던 살 냄새와 자기를 바라보던 서글서글한 눈빛이며, 어깨에 얹어주던 따스한 손길이며 어느 하나 기억에서 완벽하게 지운다는 것은 헛된 망상일지도 모른다는 생각이 들었다. 그런 생각 자체가 업장의 깊은 구름이었다. (235-236쪽)

석지심은 몸으로 말로 뜻으로 지은 악업이야말로 삶의 짐을 더하고 악업을 북돋을 뿐임을 깨닫는다. 때문에 그는 누이를 납치한 이들을 찾아서 응징하고 그녀를 구출하는 것이 삶의 목표가 될 수 없다는 생각에 이른다. 사람은 현재를 땀 흘려 살면서 몸과 마음으로 짓는 죄업을 씻어내는 자기 수양을 지속하면서 진정한 자유를 얻을 수 있다는 깨달음을 얻는다. 그래서 석지심은 이승에 무엇인가 남기기를 바라지 않기로 한다. 세상만사가 허상임을 깨달아 마음을 비우고, 악업의 끈을 끊어서 본래 청정한 불심을 자신의 마음으로 만들고자 한다. 생각이 여기에 이르자 누이를 구하지 못하고 목숨을 잃는다면 그건 누구의 참회로도 벗어날 수 없는 악업을 짓는 일임을 깨닫게 되는 것이다.

이제 석지심에게는 한 가지 결정만이 남았다. 고향으로 돌아가는 문제. 그의 누이 찾기가 여정 속에서 중단되었다면 이제 그는 집으로 돌아갈 것인지 여부를 결정해야 한다. 예상대로 그의 결정은 단호하다. "고향이니 타향이니 하는 분간도 쓸데없는 욕심에 불과한 것"이라는 생각이다. 인연의 끈을 좇는 일의 죄업을 덜어내고자 했다면 또 다른 가족이 있는 집으로의 귀향은 죄업을 짓는, 삶에 짐을 보태는 일이 될 뿐이다. 이제 그가 돌아갈 곳은 불심을 통해 마음의 청명을 유지하는 일을 실천할 수 있는 공간이라야 한다. 혜초가 고행의 출발점으로 삼은 중국 오대산 건원보리사라는 도량이 그의 종착지로 전환된다.

소설은 석지심이 다시 계림으로 돌아오지 않는 것으로 끝맺음하면서 당나라에 머문 혜초의 선택을 상상하게 독자를 이끈다. 혜초는 《왕오천축국전》에서 파사국(페르시아)에서 북쪽으로 열흘을 가서 산으로 들어가면 대식국(아랍)에 이르는데 파사국과 대식국 사람들 모두 살생을 좋아하며 하늘을 섬기지만 불법을 알지 못한다고 기록하고 있다(정수일,《혜초의 왕오천축국전》, 학고재, 2004, 341-372쪽). 혜초는 하늘을 섬기지만 살생을 좋아하여 '탐진치'의 죄악을 짓는 이들을 보면서 불법을 통한 마음 수련의 필요를 절감했을 것이다. 더불어 계림에 있는 가족의 인연이 빚은 업을 씻는 일에 정진하기로 다짐했을 터이다. 나라는 존재가 대를 이어 연장되어갈 것이라면 죄업을 끊는 것만이 궁극의 지향이 되어야 할 일인 것이다.

혜초가 천축국을 헤매 다닌 여정과 석지심이 누이를 찾아 주유한 걸음이 겹쳐지는 중에, 이러한 여정은 곧 장려화가 소설 쓰기를 통해 추구한 과정으로 이어지는 상상이 가능하다. 소설 《심복사》를 읽으면서 독자는 인간 인연의 보편성에 대해 깊은 생각을 하게 된다. 석지심은 누이 석지연과 자신이 아버지가 다른 남매인 것을 알게 되고, 누이에 대한 사랑은 살 냄새와 향기로 승화된다. 장려화 또한 장장숙에게 쏟은 애정이, 그녀와 이루어질 수 없었던 연애가, 석지심과 석지연의 풀어볼 수 없는 인연에 정확하게 겹쳐진다. 이들이 타 넘는 인연은 영겁의 시간을 흘러 내려와 오늘에 이른 현재적 사건으로 의미화된다는 점을 짐작하게 한다.

장려화의 소설 쓰기는 고향으로 돌아오지 않은 혜초의 여정을 석지심이란 인물의 사연 깊은 여정을 설계하는 초석으로 삼으면서, 동시에 그 안에 논리로 설명할 수 없는 인연과 번뇌의 문제를 담아놓았다. 그것은 소설 《심복사》에서는 감추어둔 듯한 장장숙과의 연애와 인연에 대한 근원적 고민이고 사람들 사이의 얽히고설킨 인연과 관계에 대한 허구적 해법일 수 있다.

그렇다면 장장숙의 남편 어삼만이 장모를 대하는 태도가 지나치게 친밀한 것 또한 그가 먼 옛날 대식국 사람과 연이 닿아 있다는 점을 환기한다면 이해가 수월해진다. 물론 장장숙은 남편의 그런 태도를 불편해한다. 장장숙과 그의 어머니 신지미가 소설 속 기장녀와 석지연의 운명과 중첩되고, 석지연이 대식국에서 삼 형제의 아내로 살면서 겪는 일체의 고통과 번뇌 또한 장장숙의 고민으로 이어지고 있는 셈이다. 그리고 형의 죽음으로 가업을 이어야 한다며 어느 날 말도 없이 우즈베키스탄으로 돌아간 포취바고라에 대한 이해도 그가 과거 안국(부하라), 강국(사마르칸트), 석국(타슈켄트) 중 어느 한 나라 사람의 후예라는 점에 상도한다면 이해가 어렵지 않을 것이다. 나는 과거로부터 현재에 존재하는 것이기에, 사람들의 인연 또한 그러할진대 그 속에서 발생하는 온갖 고통과 그로 인해 빚어지는 죄업의 해결은 결국 수행을 통한 개인의 죄 씻음을 통해서만 가능해지는 것이다.

소설 《심복사》는 혜초의 천축국 여행을 통해서 그가 얻은 깨달음에 천착하고 이를 소설적 상상력을 통해 사람들의 삶 속에서 재현함으로써 소설적 형상화의 높은 지점에 이르렀다. 인간 본성의 원색적 모습과 그로 인한 갈등을 존재와 소외에 대한 근원적 번민이라거나 현대인의 불안, 부조리쯤으로 고상하게 명명할 수 있을지 모른다. 그러나 이는 어쩌면 불교의 가르침대로 "피를 가리는 것은 피를 죄의 빛깔로 짙게 할 뿐"인 또 다른 모양의 탐욕심일 터이다. 사람들의 고통과 번뇌 등이 무엇에 기인하는지에 대한 문제를 선연하게 드러내는 것이야말로 소설의 진정성이라 할 수 있지 않겠는가.

이제 장장숙의 처지로 돌아가보자. 장장숙이 소설의 마지막 장을 덮으면서 어떤 생각에 이르렀을까. 자신과 장려화를 남매로 믿어야 할 것인가. 그리하여 어떤 삶의 태도를 가져야 할 것인가. 남편 어삼만의 행동을 의심하고 그것으로 끝없이 고통을 받아야 할 것인가. 이런 문제는 결국 독자의 몫으로 남는다. 《심복사》는 신라의 젊은 스님 혜초를 통한 가르침을 강요하지 않는다. 이는 작가가 소설에 대한 의식을 분명히 견지한다는 뜻이다. 대신 소설적 방법으로 독자에게 '어떻게 살 것인가?'란 질문을 던진다는 점에서, 주제가 결코 가볍지 않은 소설을 완성했다고 본다.

신라와 대한민국은 단일민족 국가가 아니다. 다민족 국가이며 다문화 국가이다. 필자는 소설 《심복사》는 다문화 소설의 성격이 두드러진다고 본다. 다문화 사회에서 문화적으로 갈등하고 문제를 일으키는 이야기만이 다문화 소설의 본령은 아니다. 다문화 소설은 인간의 개별성과 보편성을 동시에 이해하자는 이념에 기반을 두고 있다. 종족과 피부색과 종교의 차이를 넘어서는 인간의 성스러운 삶의 추구를 허구적으로 형상화하고자 하는 소설이 다문화 소설이다. 소설가 우한용은 여행에서 모티프를 얻어 소설을 쓰는 경우가 많은데, 여기서 여행은 다문화 체험의 한 양상으로 이해된다. 다문화 소설은, 어쩌면, 어느 사회에 진입하여 통합되기를 도모하는 교양소설의 이념을 넘어서는 장르가 될지도 모른다. 인간에 대한 보편적 이해는 리얼리즘의 시공간에 묶인 상상력을 해방하는 데서 가능한 작업일 듯하다. 소설《심복사》의 석지심은 신라인에서 당대의 다문화인으로 진입한 캐릭터라 보아야 옳다.

석지심의 여정을 추적하면서 근친혼과 근친상간, 청산과 속세, 역사적 사실과 허구 사이의 거리가 모호한 상황에서 번뇌에 휩싸였던 혜초를 상상해낼 수도 있다. 청산과 속세가 둘도 아니고 하나도 아님을 확인하게 될지도 모른다. 끊임없이 자신이 누구인가 하는 화두를 풀기 위해 고심하는 혜초를 만날 수도 있으리라. 우리가 만난 것이 혜초인가 아니면 석지심인가? 그도 아니면 언어를 통해 구도 행각을 하는 소설가 우한용인가. 이 소설이 당시의 정세와 계층구조 때문에 신라로 돌아오지 않은 혜초에 대한 패러디로 읽을 수 있는 틈새를 슬그머니 제안하는 것은 아닌가.

작가 우한용은 자신의 소설 쓰기가 곧 삶의 과정이라고 이야기한 적이 있다.《심복사》는 결국 소설가 우한용의 구도 여로이고, 그 과정에 나타나는 치열성 때문에 독자를 또 다른 구도의 과정으로 이끌어준다. 독자는 소설을 통해서 소설가와 함께 자기 초월을 도모하는 도반(道伴)이 되는 것이다.